JANET EVANOVICH

Américaine, Janet Evanovich est originaire du New Jersey. Au terme de quatre années d'études en arts plastiques, elle renonce à la peinture et commence à écrire, tout en travaillant comme secrétaire intérimaire. En 1994, elle publie son premier roman policier, *La prime*, qui est immédiatement salué par la critique et plébiscité par le public. On retrouve son personnage de chasseuse de primes, Stéphanie Plum, dans *Deux fois n'est pas coutume* (1996). La série de ses aventures, qui en est actuellement à son sixième titre aux États-Unis, est traduite en onze langues et connaît un succès mondial.
Janet Evanovich est mariée et mère de deux enfants; elle vit à la campagne dans le New Hampshire.

CINQ À SEXE

DU MÊME AUTEUR
CHEZ POCKET

Les enquêtes de Stéphanie Plum :

LA PRIME
DEUX FOIS N'EST PAS COUTUME
À LA UNE, À LA DEUX, À LA MORT
QUATRE OU DOUBLE
CINQ À SEXE
SIX APPEAL
SEPTIÈME CIEL
LE GRAND HUIT
FLAMBANT NEUF

Les enquêtes d'Alex Barnaby :
MÉCANO GIRL

JANET EVANOVICH

CINQ À SEXE

*Traduit de l'américain
par Philippe Loubat-Delranc*

PAYOT SUSPENSE

Titre original :
HIGH FIVE
St Martin's Press, New York, 1999

Le papier de cet ouvrage est composé de fibres naturelles, renouvelables, recyclables et fabriquées à partir de bois provenant de forêts plantées et cultivées durablement pour la fabrication du papier.

Le Code de la propriété intellectuelle n'autorisant aux termes de l'article L. 122-5 (2ᵉ et 3ᵉ a), d'une part, que les « copies ou reproductions strictement réservées à l'usage privé du copiste et non destinées à une utilisation collective » et, d'autre part, que les analyses et les courtes citations dans un but d'exemple ou d'illustration, « toute représentation ou reproduction intégrale ou partielle faite sans le consentement de l'auteur ou de ses ayants droit ou ayants cause est illicite » (art. L. 122-4).
Cette représentation ou reproduction, par quelque procédé que ce soit, constituerait donc une contrefaçon sanctionnée par les articles L. 335-2 et suivants du Code dela propriété intellectuelle.

© 1999, Evanovich Inc.
© 2002, Éditions Payots & Rivages pour la traduction française.
ISBN : 978-2-266-10269-8

MES REMERCIEMENTS...

... vont à Mary Anne Day, Joy Gianolio, Nancy Hunt, Merry Law, Lisa Medvedev, Catherine Mudrak, Fran Rak, Hope Sass, Karen Swee, Elaine Vliet, Joan Walsh et Vicki Wiesner. Et aux *Mystery Writers Reading Group* pour m'avoir suggéré le titre original de ce livre.

1

Quand j'étais petite, j'habillais ma poupée Barbie de la tête aux pieds, mais je ne lui mettais pas de petite culotte. De l'extérieur, elle avait l'air d'une femme bien — talons hauts en plastique du meilleur goût, tailleur chic sur mesure —, mais en dessous elle était nue. Je suis devenue agent de cautionnement judiciaire — en langage clair : chasseuse de primes. Je les ramène morts ou vifs. Enfin, j'essaie. Et faire ce métier, c'est un peu être une poupée Barbie sans petite culotte. C'est avoir un secret bien gardé. Et c'est afficher beaucoup de culot alors qu'en fait on travaille cul nu. Bon, d'accord, ce n'est peut-être pas comme ça pour tous les chasseurs de primes, mais moi, en tout cas, j'ai souvent la sensation d'avancer foufoune au vent. Métaphoriquement parlant, bien entendu.

Pour le moment, ce n'était pas à fleur de peau que j'étais, mais aux abois. Je ne pouvais pas payer mon loyer, et Trenton était à court de hors-la-loi. J'appuyais mes paumes sur le bureau de Connie Rosolli devant lequel j'étais campée, et j'avais beau faire, je ne pouvais m'empêcher de parler avec la voix de Minnie Mouse.

— Comment ça, il n'y a pas de DDC ? Il y en a toujours, des DDC !

— Je suis navrée, me répondit Connie. On a avancé pas mal de cautions, mais ils se sont tous présentés à leur procès. Ça doit être la lune.

DDC est l'acronyme de Défaut de Comparution dont, dans le jargon professionnel, on affuble ceux qui sèchent leur convocation au tribunal. Et ça, ça ne se fait pas, mais alors, pas du tout dans notre système judiciaire — mais il n'empêche que certains ne s'en privent pas.

Connie fit glisser vers moi une enveloppe en papier kraft.

— C'est le seul qui me reste, mais il ne vaut pas tripette.

Connie est la secrétaire de direction de l'agence de cautionnement judiciaire Vincent Plum. Elle a deux ou trois ans de plus que moi, ce qui la place dans la toute petite trentaine. Elle porte ses cheveux crêpés et relevés. Elle ne supporte d'être ennuyée par personne. Et si les seins étaient cotés en Bourse, Connie serait plus riche que Bill Gates.

— Vinnie est fou de joie, me dit-elle. Il se fait un max de fric. Aucun chasseur de primes à payer. Aucune caution perdue. La dernière fois que je l'ai vu d'aussi bonne humeur, c'était le jour où Mme Zaretsky s'était fait arrêter pour proxénétisme et actes sodomites et qu'elle lui avait offert son chien de garde comme garantie pour sa caution.

Je me hérissai devant l'image mentale qui

s'imposa à moi, due au fait que Vincent Plum était non seulement mon employeur, mais aussi mon cousin. Je l'avais fait chanter pour qu'il m'embauche comme chasseuse de primes à un moment où ma vie était au plus bas, et j'avais fini par bien aimer ce boulot... la plupart du temps. Cela ne veut pas dire que je me fais des illusions sur Vinnie. De l'extérieur, Vinnie est un bon agent de cautionnement. Mais de l'intérieur, Vinnie est de la moisissure sur l'écorce de mon arbre généalogique.

En sa qualité d'agent de cautionnement judiciaire, Vinnie verse au tribunal une caution en espèces, garantie que l'accusé se présentera à son procès. Si l'inculpé prend le large, Vinnie se voit confisquer son argent. Étant donné que cette perspective n'est guère séduisante, il me lâche dans la nature avec pour mission de retrouver le fugitif et de le ramener coûte que coûte dans le giron du système. Mes honoraires correspondent à dix pour cent du montant de la caution, mais je ne les touche qu'en cas de réussite.

J'ouvris la chemise d'une chiquenaude et lus l'accord de caution. « Randy Briggs. Arrêté pour port d'arme illégal. Ne s'est pas présenté au tribunal. » Le montant de la caution s'élevait à sept cents dollars. Autrement dit, soixante-dix pour moi. Autrement dit, pas grand-chose pour risquer ma vie en poursuivant un type connu pour être armé.

— Je ne sais pas trop, dis-je à Connie. Ce type se balade avec un couteau.

Connie consulta sa copie du compte rendu d'arrestation de Briggs.

— Il est écrit que c'est un petit couteau... à la lame émoussée.

— Petit comment ?

— Vingt centimètres et demi.

— C'est ça que tu appelles petit ?

— Personne d'autre ne prendra cette affaire. Ranger ne prend rien à moins de dix mille dollars.

Ranger est mon mentor et un chasseur de primes d'envergure internationale. En outre, Ranger ne semble jamais avoir de problème de loyer. Ranger a d'autres sources de revenus.

Je considérai la photo agrafée à la fiche de Briggs. Il n'avait pas l'air si méchant que ça. La quarantaine. Mince. Dégarni. Blanc. Activité professionnelle : programmeur indépendant.

Je poussai un soupir résigné et fourrai la chemise dans mon fourre-tout.

— Je vais aller lui parler.

— Si ça se trouve, il a juste oublié, dit Connie. Si ça se trouve, ce sera du gâteau.

Je lui décochai mon regard « ouais, c'est ça » et filai. On était un lundi matin, et les voitures passaient, moteur ronflant, devant la vitrine de l'agence de Vinnie. Le ciel d'octobre était aussi bleu qu'il peut l'être dans le New Jersey ; l'air était vif et sans trop d'oxyde de carbone. Ça changeait agréablement mais, d'une certaine façon, ça enlevait tout le plaisir de pouvoir respirer.

Une Firebird rouge neuve se coula contre le bord du trottoir derrière ma Buick 53. Lula en descendit et se campa, mains sur les hanches, dodelinant de la tête.

— Hé, cousine, tu roules toujours dans cette caisse de mac ?

Lula, qui faisait du classement pour Vinnie, avait des connaissances de première main sur les voitures de mac car, dans une vie antérieure, elle avait été prostituée. Elle fait partie de ces femmes qu'on qualifie avec ménagement « d'enveloppées », pesant un peu plus de cent kilos, se dressant à un mètre soixante-cinq, donnant l'impression que le gros de son poids était des muscles. Cette semaine-là, elle s'était teint les cheveux en orange, ce qui faisait très automnal sur sa peau chocolat au lait.

— C'est une voiture classique, lui dis-je.

Comme si nous ne savions pas toutes les deux que je me fichais pas mal du classicisme en matière de voitures ! Je conduisais La Bête parce que ma Honda avait péri par les flammes et que je n'avais pas assez de fric pour remplacer le tas de cendres qu'elle était devenue. Du coup, j'avais dû emprunter le dinosaure grand consommateur d'essence de mon oncle Sandor... une fois de plus.

— Le problème, c'est que t'es trop loin de tes gains potentiels, dit Lula. On a que des affaires merdiques en ce moment. Ce qu'il te faudrait, c'est un *serial killer* ou un violeur assassin en cavale. C'est ces types-là qui valent le coup.

— Ouais, j'aimerais bien être sur une affaire comme ça, c'est clair.

Tu parles ! Si Vinnie me refile un violeur

assassin à pourchasser, je rends mon tablier et je deviens vendeuse de chaussures.

Lula entra dans l'agence d'un bon pas, et je me glissai au volant pour relire le dossier de Randy Briggs. Il avait donné la même adresse de domicile et de travail. Résidence du Trèfle à Quatre Feuilles, Grand Avenue. Pas loin de l'agence. Un peu plus d'un kilomètre. Je démarrai, déboîtai, fis demi-tour au carrefour en dépit de l'interdiction et suivis Hamilton Avenue jusqu'à Grand Avenue.

La résidence du Trèfle à Quatre Feuilles était un immeuble situé au deuxième carrefour après le début de Grand Avenue. Façade en brique. Strictement fonctionnel. Deux étages. Entrée côté rue et côté cour. Petit parking à l'arrière. Le degré zéro de la décoration. Encadrements de fenêtres en aluminium très « dans le vent » dans les années cinquante, très craignos de nos jours.

Je me garai au parking puis m'engouffrai dans le petit hall d'entrée. L'ascenseur d'un côté ; l'escalier de l'autre. L'ascenseur me paraissait claustro et peu sûr. Je montai par l'escalier jusqu'au premier. Briggs logeait au 1B. Je restai plantée devant la porte un moment, à l'écoute. Aucun bruit ne provenait de l'intérieur. Ni télévision ni conversation. Je sonnai et me poussai sur le côté pour qu'on ne puisse pas me voir par le judas.

Randy Briggs ouvrit sa porte et passa la tête à l'extérieur.

— Ouais ?

Il était exactement comme sur sa photo : cheveux blond-roux coupés court et impeccablement coiffés, visage glabre, peau parfaite, pantalon kaki bien propre et chemise boutonnée jusqu'au col. Comme dans son dossier... sauf que, dans la vie, il ne mesurait que quatre-vingt-dix centimètres. Briggs était handicapé hauteur.

— Oh merde, dis-je en baissant les yeux sur lui.

— C'est quoi votre problème ? Vous n'avez jamais vu de personne de petite taille ?

— Seulement à la télé.

— Alors, ça doit être votre jour de chance.

Je lui tendis ma carte professionnelle.

— Je représente l'agence de cautionnement judiciaire Vincent Plum. Vous n'avez pas répondu à votre convocation au tribunal, et nous vous serions reconnaissants de bien vouloir convenir d'une autre date.

— Non.

— Pardon ?

— Non. Je ne compte pas convenir d'une autre date. Non. Je ne compte pas me présenter au tribunal. C'était une arrestation totalement injustifiée.

— Notre système veut que vous alliez expliquer tout cela au juge.

— Très bien. Allez me le chercher.

— Le juge ne fait pas de visites à domicile.

— Écoutez, j'ai beaucoup de travail, dit Briggs en refermant sa porte. Salut.

— Attendez ! Vous ne pouvez pas purement et simplement ignorer une convocation au tribunal.

— Je vais me gêner.

— Vous ne comprenez pas. Je suis payée par

le tribunal et par Vincent Plum pour vous arrêter !

— Ah ouais ? Comment allez-vous vous y prendre ? En me tirant dessus ? Vous n'avez pas le droit de tirer sur un homme sans arme.

Il tendit les mains vers moi.

— En me passant les menottes ? Si vous me faites sortir de force de mon appartement et si vous me traînez jusqu'en bas, vous passerez pour quoi ? Une grande méchante chasseuse de primes qui brutalise une personne de petite taille. Parce que c'est comme ça qu'on nous appelle, ma jolie. Pas des lilliputiens, pas des nains, pas des Munchkins[1] à la con. Des personnes de petite taille. Pigé ?

Mon alphapage vibra à ma ceinture. Le temps que je lise qui voulait me joindre, *bang !* Briggs avait claqué la porte et tourné le verrou.

— Minable ! cria-t-il de l'intérieur.

Bon, ça ne se passait pas aussi bien que je l'avais escompté. Deux solutions : soit je défonçais la porte et je flanquais une dégelée à Briggs, soit je répondais au message de ma mère. Aucune ne m'enthousiasmait particulièrement, mais j'optai pour ma mère.

Mes parents vivent dans une poche résidentielle de Trenton surnommée le Bourg. Personne ne quitte jamais vraiment le Bourg. On peut toujours aller s'installer dans l'Antarctique, mais quand on a grandi au Bourg, on reste un « bourgeois » pour la vie. Les maisons y sont petites et

---

1. Personnages de très petite taille qui apparaissent dans *Le Magicien d'Oz*. (N.d.T.)

d'une propreté obsessionnelle. Les terrains y sont étroits ; les familles, nombreuses. Pas de moto-crottes dans le Bourg : si votre toutou fait sa grosse commission sur la pelouse du voisin, vous pouvez être sûr de retrouver les guirlandes cacateuses sur votre véranda le lendemain matin. La vie est aussi simple que ça au Bourg.

Je fis démarrer la Buick, sortis du parking de la résidence et mis le cap sur Hamilton Avenue que je suivis jusqu'à l'hôpital St. François. Mes parents habitent deux rues derrière, Roosevelt Street, dans une maison jumelle bâtie à l'époque où les familles n'avaient besoin que d'une salle de bains et où on faisait la vaisselle à la main.

Ma mère était déjà sur le perron quand je me garai au bord du trottoir. Ma grand-mère maternelle, Mamie Mazur, était coude à coude avec elle. C'étaient des femmes petites, menues, dont la physionomie rappelait leurs ancêtres mongols... des maraudeurs frappadingues, sans doute.

— Dieu merci, te voilà, dit ma mère en me jaugeant tandis que je descendais de voiture et marchais vers elle. Qu'est-ce que c'est que ces chaussures ? On dirait des bottes d'ouvrier.

— La semaine dernière, dit ma grand-mère, je suis allée dans un dancing avec Betty Szajak et Emma Getz à une soirée spécial femmes. Et il y en avait qui défilaient, habillés comme des ouvriers du bâtiment, eh bien, ils portaient des bottes exactement comme les tiennes. On n'a pas eu le temps de dire ouf qu'ils avaient déjà arraché leurs vêtements et qu'ils ne portaient plus sur eux que leurs bottes et un minislip noir en espèce de soie dans lequel leurs roupettes jouaient des castagnettes.

Ma mère pinça les lèvres et se signa.

— Tu m'avais caché ça, dit-elle à ma grand-mère.

— Ça avait dû me sortir de l'esprit. Betty, Emma et moi, on était parties pour aller faire un bingo à l'église, mais il s'est trouvé qu'il n'y avait pas de bingo parce que les Chevaliers de Colomb[1] y faisaient un raout. Du coup, on a décidé d'aller voir les hommes dans ce nouveau dancing du centre-ville.

Ma grand-mère me donna un coup de coude.

— Y en a un, fit-elle, je lui ai glissé un billet de cinq sous la ficelle de son minislip !

— Oh, bon Dieu, c'est pas vrai ! s'exclama mon père qui lisait le journal au salon.

Mamie Mazur était venue habiter chez mes parents quelques années plus tôt quand Papi Mazur s'en était allé prendre sa place à la grande table de poker des cieux. Ma mère acceptait cette situation par devoir filial. Mon père s'était abonné à une revue d'armes à feu.

— Alors, que se passe-t-il ? demandai-je. Pourquoi tu m'as bipée ?

— On a besoin d'un détective, dit ma grand-mère.

Ma mère leva les yeux au ciel et m'entraîna à la cuisine.

— Sers-toi, dit-elle en posant la boîte à biscuits sur la petite table en formica. Tu veux un verre de lait ? Tu veux déjeuner ?

---

1. Knights of Columbus : association catholique fondée aux États-Unis en 1882. *(N.d.T.)*

Je soulevai le couvercle de la boîte à biscuits et jetai un coup d'œil à l'intérieur. Des cookies aux pépites de chocolat. Mes préférés !

— Raconte-lui, dit mamie à ma mère en lui donnant une bourrade dans les côtes.

Elle se tourna vers moi.

— Attends d'avoir entendu celle-là ! ajouta-t-elle. Elle est bien bonne !

Je regardai ma mère d'un air interrogateur.

— On a un problème familial, me dit-elle. Ton oncle Fred a disparu. Il est parti faire des courses et on ne l'a pas revu depuis.

— Quand est-il parti ?

— Vendredi.

Je me figeai, mon cookie à mi-hauteur de ma bouche.

— On est lundi !

— Génial, hein ? fit ma grand-mère.

Oncle Fred est le mari de Mabel, la cousine germaine de Mamie Mazur. Si on me demandait de lui donner un âge, je le situerais entre soixante-dix ans et l'infini. Une fois que les gens ont commencé à se tasser et à se rider, pour moi, ils n'ont plus d'âge et se ressemblent tous. Oncle Fred, je le croise aux mariages et aux enterrements, et, de temps en temps, chez Giovichinni quand il achète un pain de viande aux olives. Eddie Such, le boucher, pose le pain sur le plateau de la balance et oncle Fred lui dit : « Tu l'as mis sur une feuille de papier sulfurisé. Elle pèse combien, cette feuille de papier sulfurisé ? Tu ne vas pas me faire payer la feuille de papier sulfurisé, tout de même ? Je veux que tu me fasses une ristourne pour cette feuille de papier sulfurisé ! »

Je gobai le cookie.

— Vous avez signalé sa disparition à la police ?

— C'est la première chose que Mabel a faite.

— Et ?

— Et ils ne l'ont pas retrouvé.

J'ouvris le frigo et me servis un verre de lait.

— Et la voiture ? Ils l'ont retrouvée ?

— Oui, sur le parking du Grand Union. Les portières bien verrouillées, intacte.

— Il n'a plus toute sa tête depuis son attaque en 95, dit Mamie Mazur. Je crois bien que son petit ascenseur intérieur ne dessert plus le dernier étage, si vous voyez ce que je veux dire. Si ça se trouve, il est parti en goguette comme les Alzheimer. On a pensé à regarder au rayon céréales du supermarché ? Il y est peut-être encore parce qu'il n'arrive pas à se décider.

Au salon, mon père marmonna dans sa barbe quelque chose au sujet du petit ascenseur intérieur de ma grand-mère, et ma mère le fusilla du regard à travers le mur de la cuisine.

Je trouvais ça plus que bizarre. Oncle Fred avait disparu. Ce genre de choses, ça n'arrive jamais dans notre famille !

— Quelqu'un est parti à sa recherche ?

— Ronald et Walter. Ils ont quadrillé tout le quartier autour du Grand Union, mais personne ne l'a vu.

C'étaient les fils de Fred. Et ils avaient sans doute recruté leurs propres enfants pour la battue.

— On a pensé que tu étais la personne qu'il nous fallait pour tenter le coup, dit ma grand-mère. Vu que c'est ce que tu fais... retrouver des gens.

— Je retrouve des criminels.

— Ta tante Mabel te serait tellement reconnaissante si tu voulais bien chercher Fred, dit ma mère. Tu pourrais peut-être aller la voir, lui parler, te faire une idée.

— Elle a besoin d'un détective privé. Je ne suis pas détective.

— Mabel aimerait que ce soit toi. Elle ne tient pas à ce que ça sorte de la famille.

Mon petit radar perso se mit à bourdonner.

— Y a-t-il quelque chose que tu ne m'aies pas encore dit ?

— Que veux-tu que je te dise de plus ? Un homme n'est pas revenu à sa voiture.

Je bus mon lait et rinçai mon verre.

— D'accord. Je vais aller parler à tante Mabel. Mais je ne promets rien.

Oncle Fred et tante Mabel habitent dans Baker Street, une cité pavillonnaire à la lisière du Bourg, à trois rues de chez mes parents. Leur break Pontiac vieux de dix ans était garé au bord du trottoir et occupait presque toute la largeur de leur maison. Je les ai toujours connus vivant là, élevant deux enfants, puis s'occupant de cinq petits-enfants tout en s'entendant comme chien et chat depuis plus de cinquante ans.

Tante Mabel vint m'ouvrir. C'est une version plus ronde, plus douce de ma grand-mère. Ses cheveux blancs étaient permanentés à la perfection. Elle portait un pantalon en polyester jaune et un corsage assorti à fleurs. Ses boucles d'oreilles étaient des mégaclips, son rouge à lèvres d'un rouge éclatant, et ses sourcils soulignés au crayon marron.

— Oh, comme c'est gentil, dit-elle. Viens dans la cuisine. J'ai un gâteau de chez Giovichinni. Le bon, avec des amandes.

Au Bourg, il est des lois imprescriptibles : même si son mari a été kidnappé par des extraterrestres, une femme offre une pâtisserie aux amandes à ses visiteurs.

J'emboîtai le pas de ma tante et j'attendis en silence pendant qu'elle découpait le gâteau. Elle servit le café et nous nous assîmes face à face à la table de la cuisine.

— Je suppose que ta mère t'a dit pour ton oncle. Cinquante-deux ans de mariage et pfft, disparu.

— Il avait des problèmes de santé ?

— Cet homme était aussi robuste qu'un cheval.

— Et son attaque ?

— Bon, ça, oui, mais tout le monde en fait une de temps en temps. Et cette attaque ne l'a pas diminué le moins du monde. Le plus souvent, il se rappelait des choses que tout le monde avait oubliées. Comme cette histoire de poubelles. Qui se souviendrait d'une chose pareille ? Qui s'en soucierait même ? Tant de remue-ménage pour rien !

Je savais que j'allais regretter de poser la

question, mais je ne voyais pas comment y couper.

— Quelle histoire de poubelles ?

Tante Mabel prit une part de gâteau.

— Le mois dernier, un nouveau chauffeur conduisait le camion poubelle, et il est passé devant notre maison sans s'arrêter. Ce n'est arrivé qu'une fois, mais est-ce que mon mari allait laisser passer une chose pareille ? Non. Fred n'oublie jamais rien. Surtout quand ça a un rapport avec l'argent. Donc, à la fin du mois, Fred voulait qu'on nous rembourse deux dollars compte tenu du fait qu'on paie par trimestre, tu comprends, et qu'on avait déjà payé pour le jour où on nous a oubliés.

J'acquiesçai. Ça ne me surprenait pas du tout. Il y a des hommes qui jouent au golf, d'autres qui font des mots croisés. Le hobby de mon oncle Fred, c'est de compter ses sous.

— C'était une des choses que Fred devait faire vendredi, reprit Mabel. La société de ramassage des ordures le faisait tourner en bourrique. Il y est allé le matin, mais ils n'ont pas voulu le rembourser sans la preuve qu'il avait bel et bien payé. Un problème d'ordinateur qui empêchait d'avoir accès aux comptes. Du coup, Fred devait y retourner dans l'après-midi.

Pour deux dollars. Je me frappai le front mentalement. Si j'avais été au guichet de la société de ramassage des ordures, je lui aurais donné deux dollars de ma poche rien que pour me débarrasser de lui.

— De quelle société s'agit-il ?

— La RGC. La police m'a dit qu'il n'y était

pas allé. Fred devait faire plein de courses. Aller au pressing, à la banque, au supermarché, et à la RGC.

— Et tu n'as eu aucune nouvelle de lui ?

— Pas un mot. Personne n'a eu vent de quoi que ce soit.

J'avais le pressentiment que cette histoire-là n'allait pas se terminer par un *happy end.*

— Tu as une petite idée d'où il pourrait se trouver ?

— Tout le monde pense qu'il est parti au petit bonheur, comme une cloche.

— Et toi ?

Mabel fit une sorte de mouvement qui devait correspondre à un haussement d'épaules. Comme si elle ne savait pas trop quoi en penser. Moi, quand je fais ça, ça signifie que je ne veux pas dire ce que je pense.

— Si je te montre quelque chose, tu me jures de n'en parler à personne ? me demanda Mabel.

Aïe, aïe, aïe.

Elle alla ouvrir un tiroir et en sortit un paquet de photos.

— Je les ai trouvées dans son bureau. Je cherchais le chéquier, ce matin, et voilà sur quoi je suis tombée.

J'ai bien dû regarder la première photo au moins trente secondes avant de me rendre compte de ce que j'avais sous les yeux. Elle avait été prise dans l'ombre et elle était sous-exposée. Elle représentait une partie d'un sac-poubelle noir avec, au centre, une main ensanglantée tranchée au poignet. J'ai feuilleté le reste du paquet. Même chose sous un angle différent. Sur certaines, le sac était plus étalé, révélant d'autres parties du corps. Je crus reconnaître un tibia, une partie d'un torse, un truc qui aurait bien pu avoir été l'arrière d'un crâne. Homme ou femme, c'était difficile à dire.

Je me rendis compte que, sous le choc, je retenais ma respiration et que mes oreilles commençaient à bourdonner. Comme je n'avais pas envie de réduire en miettes mon image de chasseuse de primes en tombant dans les pommes, je fis un gros effort pour retrouver une respiration normale, calme.

— Il faut que tu les donnes à la police.

Mabel secoua la tête.

— Je ne sais pas comment Fred a eu ces photos entre les mains. Pourquoi quelqu'un aurait en sa possession des photos comme ça ?

Pas de date au verso.

— Tu sais quand elles ont été prises ?

— Non. C'est la première fois que je les vois.

— Tu permets que je jette un œil au bureau d'oncle Fred ?

— Il est à la cave. Fred passait beaucoup de temps là en bas.

C'était un vieux bureau de l'armée très abîmé. Sans doute acheté à une brocante à Fort Dix. Il était calé contre un mur, en face de la machine à laver et du sèche-linge. Et il trônait sur un bout de moquette taché, sans doute récupéré lorsqu'une nouvelle moquette avait été posée à l'étage.

Je farfouillai dans les tiroirs pour trouver les merdes habituelles. Crayons et stylos. Modes d'emploi divers et bons de garantie d'appareils électroménagers. Un tiroir dédié à de vieux exemplaires du *National Geographic*. Ils étaient tout écornés, et je me pris à imaginer oncle Fred se réfugiant ici pour échapper à Mabel en lisant des articles sur la déforestation à Bornéo.

Un avis de débit à l'ordre de la RGC était coincé sous un presse-papiers. Fred en avait sans doute fait une copie pour la présenter comme preuve de sa bonne foi et avait laissé l'original ici.

Dans ce pays, il y a des endroits où les gens font confiance aux banques pour gérer leur compte et leur envoyer un relevé informatisé une fois par mois. Le Bourg n'en fait pas partie. Les habitants du Bourg ne font confiance ni aux ordinateurs ni aux banques. Ma famille thésaurise les avis de débit comme Oncle Picsou les pièces de vingt-cinq *cents*.

Je ne trouvai aucune autre photo de cadavre. Et aucune facture ni aucun reçu en rapport avec les photos.

— Tu ne crois pas que Fred a tué cette personne, quand même ? me demanda Mabel.

Je ne savais que croire. Ce que je savais, c'est que j'avais les boules.

— Fred ne semblait pas être le genre d'homme qui pourrait faire une chose pareille, dis-je. Veux-tu que je transmette tout ça à la police ?

— Si tu crois que c'est mieux.

Sans l'ombre d'un doute.

Je devais passer des coups de fil, et la maison de mes parents était plus près que mon appartement — et leur téléphone coûtait moins cher que mon téléphone de voiture. Du coup, retour pleins gaz jusqu'à Roosevelt Street.

— Alors, comment ça s'est passé? me demanda Mamie Mazur en déboulant dans l'entrée à ma rencontre.

— Bien.

— Tu vas te charger de cette affaire?

— Ce n'est pas une affaire. C'est une disparition. En quelque sorte.

— Ça va être sacrément dur pour toi si c'est des extraterrestres qui ont fait le coup.

J'appelai le commissariat de Trenton et demandai à parler à Eddie Gazarra. Lui et moi avions grandi ensemble. Maintenant, il était marié à ma cousine Shirley la Geignarde. C'était un bon copain, un bon flic et une bonne source de renseignements.

— Tu as besoin de quelque chose, me dit-il.

— Bonjour quand même.

— Je me trompe?

— Non. J'ai besoin d'avoir des détails sur une enquête récente.

— Je ne peux pas te refiler ce genre de tuyau.

— Mais si, tu peux. De toute façon, c'est au sujet d'oncle Fred.

— L'oncle Fred porté disparu?

— Lui-même.

— Que veux-tu savoir?

— Tout.

— Quitte pas.

Deux minutes plus tard, il reprenait l'appareil, et je l'entendais feuilleter des papiers.

— Il est dit ici que la disparition de Fred a

été signalée vendredi, ce qui est techniquement trop tôt pour lancer un avis de recherche, mais on garde l'œil ouvert de toute façon. Surtout avec les personnes âgées. Des fois, elles se baladent au hasard en cherchant la route en briques jaunes pour le Pays d'Oz.

— Tu crois que c'est le cas d'oncle Fred ? Qu'il est parti pour le Pays d'Oz ?

— Difficile à dire. On a retrouvé sa voiture sur le parking du Grand Union. Toutes les portières verrouillées. Aucune trace d'effraction. Aucune trace de lutte. Aucune trace de vol. Il y avait des vêtements qui sortaient du pressing sur la banquette arrière.

— Autre chose dans la voiture ? Des courses ?

— Non. Pas de courses.

— Donc, il est allé au pressing mais pas au supermarché.

— J'ai une chronologie des événements sous les yeux. Fred est parti de chez lui à une heure, tout de suite après le déjeuner. À notre connaissance, son étape a été la banque, la First Trenton Trust. Il a retiré deux cents dollars à leur distributeur à deux heures trente-cinq. Au pressing, qui est à côté du supermarché dans le même centre commercial, on nous a dit qu'il était venu chercher ses vêtements vers trois heures moins le quart. Et c'est tout ce qu'on a.

— Il y a un trou d'une heure. Il faut dix minutes pour aller du Bourg au supermarché et à la banque.

— Je ne sais pas. Il était censé aller à la RGC, mais ils disent qu'ils ne l'ont pas vu.

— Merci, Eddie.

— Si tu veux me renvoyer l'ascenseur, j'ai besoin d'une baby-sitter pour samedi soir.

Gazarra a toujours besoin d'une baby-sitter. Ses gosses sont adorables, mais c'est la mort des baby-sitters.

— Euh, Eddie, j'aurais été ravie de t'aider, mais samedi, ça tombe mal, j'ai promis à quelqu'un de faire un truc avec lui.

— Ouais, je vois.

— Écoute, Eddie, la dernière fois que j'ai gardé tes gosses, ils m'ont coupé cinq centimètres de cheveux.

— Tu n'aurais pas dû t'endormir. Comment se fait-il que tu dormais pendant ton travail, d'abord ?

— Il était une heure du matin !

Mon prochain coup de fil fut pour Joe Morelli. Joe Morelli est un flic doué de talents non répertoriés dans le manuel du parfait policier. Il y a deux ou trois mois, je l'ai accueilli à bras ouverts dans ma vie et dans mon lit. Il y a deux ou trois semaines, je l'ai fichu dehors manu militari. On s'est croisés quelquefois depuis, par hasard ou lors de sorties au restaurant. Les rencontres accidentelles sont toujours chaleureuses. Les dîners font monter la température d'un cran avec le plus souvent au menu des échanges de points de vue animés que j'appelle des conversations, mais que Morelli appelle des disputes.

Aucune de ces rencontres ne s'était terminée dans la chambre à coucher. Quand on grandit au Bourg, il y a quelques principes qu'une petite fille apprend dès son plus jeune âge. L'un d'eux dit qu'un homme n'achète pas une marchandise qu'il peut avoir gratis. Ces paroles de sagesse ne m'ont peut-être pas empêchée de donner toutes mes marchandises à Morelli, mais au moins elles m'ont empêchée de continuer à le faire. Sans parler de la peur que j'ai eue en croyant être enceinte. C'était une fausse alerte mais je dois reconnaître que j'ai éprouvé des sentiments mitigés quand j'ai appris que je ne l'étais pas. Un zeste de regret teinté de soulagement. Et sans doute était-ce plus le regret que le soulagement qui m'avait forcée à considérer ma vie et ma relation avec Morelli avec plus de sérieux. Ça et la prise de conscience que lui et moi ne partageons pas le même point de vue sur des tas de choses. Mais nous n'avions pas renoncé à nous voir pour autant. Disons seulement que nous étions dans une situation d'attentisme et que chacun de nous délimitait son territoire... un peu comme dans le conflit israélo-palestinien.

J'ai appelé chez lui, à son bureau, dans sa voiture. Pas de chance. J'ai laissé des messages partout ainsi que mon numéro de téléphone sur son alphapage.

— Alors, qu'est-ce que tu as découvert? s'enquit ma grand-mère dès que j'eus raccroché.

— Pas grand-chose. Fred est parti de chez lui à une heure, et un peu plus d'une heure plus tard il est passé à la banque et au pressing. Il a dû faire quelque chose entre-temps, mais quoi?

Ma mère et ma grand-mère échangèrent un regard entendu.

— Quoi? dis-je. Quoi?

— Il s'est sans doute occupé d'une affaire personnelle, dit ma mère. Tu n'as pas à t'en mêler.

— C'est quoi, le grand secret ?

Autre échange de regard entre maman et mamie.

— Il y a deux sortes de secrets, dit ma grand-mère. Les secrets qui restent secrets, et les secrets de Polichinelle. Et là, c'est la seconde catégorie.

— Alors ?

— C'est au sujet de ses petites chéries, dit mamie.

— De ses quoi ?

— Fred a toujours eu des petites chéries, dit Mamie Mazur. Il aurait dû faire de la politique.

— Tu veux dire que Fred a des maîtresses ? Il a plus de soixante-dix ans !

— C'est le démon de midi.

— Soixante-dix ans, c'est plus que le démon de midi. Le démon de midi, c'est quarante.

Mamie roula vaguement des épaules.

— Je suppose que ça dépend du nombre d'années que tu as l'intention de vivre.

Je me tournai vers ma mère.

— Tu étais au courant ?

Elle sortit de la charcuterie fine du frigo et la disposa dans une assiette.

— Il a toujours été un coureur de jupons. Je ne sais pas comment Mabel fait pour supporter tout ça.

— Elle boit, dit ma grand-mère.

Je me fis un sandwich au pâté de foie et m'installai à table.

— Vous croyez qu'oncle Fred a pu s'enfuir avec une de ses petites amies ?

— Il y a plus de chances que ce soit le mari de l'une d'elles qui l'ait coincé et l'ait emmené faire un tour à la décharge, dit ma grand-mère. J'ai du mal à imaginer ce grippe-sou de Fred payer le pressing s'il est sur le point de s'enfuir avec une de ses roulures.

— Vous savez qui il fréquentait ?

— Difficile de ne pas s'y perdre, dit ma grand-mère. (Elle lança un coup d'œil à ma mère.) Qu'en penses-tu, Ellen ? Tu crois qu'il voit toujours Loretta Walenowski ?

— Il paraît que c'est fini, répondit ma mère.

Mon portable sonna au fond de mon fourre-tout.

— Salut, ma jolie. C'est quoi, la catastrophe ?

C'était Morelli.

— Comment sais-tu qu'il y a eu une catastrophe ?

— Tu m'a laissé un message sur trois téléphones et sur mon alphapage. Ou c'est une catastrophe, ou tu as une envie folle de moi, et je ne peux pas dire que ce soit mon jour de chance.

— Il faut que je te parle.

— Maintenant ?

— Ça ne prendra qu'une minute.

Le Poêlon, la sandwicherie à côté de l'hôpital, ferait mieux de s'appeler Le Palais de la Graisse. Morelli y était déjà, accoudé au comptoir, soda en main, arborant un air qui donnait à penser que sa journée avait déjà été trop longue.

Il sourit en me voyant... son sourire sympa, regard compris. Il enroula un bras autour de mon cou, attira ma tête vers lui et m'embrassa.

— Juste pour que ma journée ne soit pas complètement nulle, dit-il.

— On a un problème familial.

— Oncle Fred ?

— Mince, tu sais tout. Tu devrais être flic.

— T'es une petite maligne, dit-il. De quoi as-tu besoin ?

Je lui tendis le paquet de photos.

— Ma tante a trouvé ça dans le bureau de Fred ce matin.

Il les feuilleta.

— Bordel. C'est quoi, cette connerie ?

— On dirait un corps découpé en morceaux.

Il brandit le paquet de photos et m'en flanqua un coup sur le coin de la caboche.

— T'es une comique, toi.

— Tu as des idées sur ce coup ?

— Il faut les filer à Arnie Mott. C'est lui qui est chargé de l'enquête.

— Arnie Mott a autant d'initiative qu'un concombre.

— Ouais, mais c'est quand même lui qui est chargé de l'enquête. Je peux les lui transmettre en ton nom.

— Qu'est-ce qu'on peut en conclure ?

Joe, qui examinait toujours la photo du dessus, hocha la tête.

— Je ne sais pas, mais ça n'a pas l'air bidon.

Je fis un demi-tour interdit dans Hamilton Avenue et me garai à deux pas de l'agence de Vinnie, mettant la Buick à quai derrière une Mercedes S600V noire que je soupçonnai d'appartenir à Ranger. Il change de voiture comme de chemise. Leur seul dénominateur commun, c'est qu'elles sont toujours chères et toujours noires.

Connie leva la tête vers moi quand je franchis la porte.

— C'est vrai que Briggs ne mesure que quatre-vingt-dix centimètres ?

— Quatre-vingt-dix centimètres et pas coopératif du tout. J'aurais dû lire sa description physique sur sa demande de caution avant d'aller frapper chez lui. Je suppose qu'il n'y a pas de nouvelle affaire ?

— Navrée, dit Connie. Rien.

— Cette journée est vraiment merdique. Mon oncle Fred a disparu. Il est parti faire des courses vendredi, et personne ne l'a revu depuis. On a retrouvé sa voiture sur le parking du Grand Union.

Est-ce utile de parler du corps découpé en morceaux ? Non.

— J'ai un oncle qui a fait ça une fois, dit Lula. Il est carrément allé à pied jusqu'à Perth Amboy avant qu'on le retrouve. C'est « l'âge bête du troisième âge ».

La porte du bureau du fond était fermée et Ranger n'était pas en vue. J'en conclus qu'il devait être avec Vinnie. Je coulai un regard dans cette direction.

— Ranger est là ?

— Ouais, fit Connie. Il a fait un boulot pour Vinnie.

— Un boulot ?

— Aucune question, s'il te plaît.

— Pas un truc de chasseur de primes.

— Pas vraiment.

Je quittai l'agence et attendis dehors. Ranger apparut cinq minutes plus tard. Ranger est américano-cubain. Ses traits sont américains, ses yeux latinos, sa peau est couleur crème au café, et son corps est ce qu'un corps peut être de mieux. Ses cheveux noirs étaient coiffés en catogan. Il portait un T-shirt noir qui lui collait à la peau autant qu'un tatouage, et un pantalon de treillis noir enfoncé dans des rangers noires.

— B'jour, dis-je.

Ranger me décocha un regard par-dessus ses lunettes noires.

— B'jour toi-même.

Je lorgnai sa voiture avec convoitise.

— Belle Mercedes.

— Moyen de transport. Modèle standard.

Comparée à quoi ? À la Batmobile ?

— Connie m'a dit que tu parlais avec Vinnie.

— Je négociais une affaire, *baby*. Je ne « parle » jamais à Vinnie.

— C'est pour affaires que je voulais te voir justement. Tu as un peu été mon mentor dans mon boulot de chasseuse de primes, tu le sais.

— Eliza Doolittle et Henry Higgins à Trenton.

— Ouais. Ben, pour tout de dire, côté chasseuse de primes, ça ne marche pas très fort en ce moment.

— Personne ne s'est dérobé à la justice ?
— Eh non.

Ranger s'adossa à sa voiture et croisa les bras sur ses pectoraux.

— Et ?
— Et je me dis que je devrais peut-être diversifier mes activités.
— Et ?
— Et j'ai pensé que tu pourrais peut-être m'aider.
— Tu penses à quoi ? Te constituer un portefeuille financier ? Investir de l'argent ?
— Non. Je pense à gagner ma vie.

Ranger renversa la tête en arrière et rit doucement.

— Mon genre d'activités, c'est pas pour toi, *baby*.

Je me rembrunis.

— Bon, dit-il, à quoi tu pensais ?
— À quelque chose de légal.
— Il y a légal et légal.
— Je veux un truc complètement légal.

Ranger se pencha vers moi et me dit à voix basse :

— Je vais t'expliquer ma déontologie. Ce que je juge moralement répréhensible, je ne le fais pas. Mais, parfois, mon code moral s'écarte de la norme. Des fois, il est même franchement en contradiction avec la loi. Le gros de ce que je fais se situe dans la zone en demi-teinte juste après le complètement légal.

— Bon, d'accord, et si tu m'aiguillais vers un truc avant tout légal et moralement inattaquable ?

— Tu es sûre que c'est ce que tu veux ?
— Oui.
Non. Non, pas du tout.
Ranger avait une expression indéchiffrable.
— Je vais y réfléchir.
Il se coula dans sa voiture, fit ronfler le moteur et s'éloigna.
J'avais un oncle qui avait peut-être découpé une femme en morceaux et les avait fourrés dans un sac-poubelle, mais j'avais aussi un mois de retard de loyer. J'ignorais encore comment j'allais m'y prendre, mais il allait bien falloir que je règle ces deux problèmes.

2

Je retournai à la résidence du Trèfle à Quatre Feuilles, me garai au parking, pêchai mon ceinturon en nylon noir sur la banquette arrière de la Buick et m'en harnachai. Je le garnis d'un boîtier paralysant, d'une bombe lacrymogène, d'une paire de menottes, et je partis en quête du gardien de l'immeuble. Dix minutes plus tard, j'étais devant la porte de Briggs en possession d'un double de ses clés. Je frappai deux fois. Et je hurlai :

— Agence de cautionnement judiciaire !

Pas de réponse.

J'ouvris la porte et entrai.

Pas de Briggs.

La patience est une qualité indispensable à un chasseur de primes. Le problème, c'est que j'en manque. Je repérai une chaise face à la porte d'entrée, m'y assis et commençai à attendre. Je me dis que je resterais aussi longtemps qu'il le faudrait, mais je savais bien que je me mentais. Pour commencer, être entrée dans son appartement comme je l'avais fait était un brin illégal. Sans compter que j'avais quand même un peu la trouille. Bon, d'accord, il faisait moins d'un mètre de haut, mais... ce n'est pas ça qui l'empêchait de tirer au revolver. Ni d'avoir peut-être des potes qui mesuraient deux mètres et avaient un pois chiche dans la tête.

J'étais assise là depuis plus d'une heure quand j'entendis frapper un coup, et vis un papier apparaître sous la porte.

« Salut la minable ! Je sais que t'es là, disait le message. Et je ne rentrerai chez moi qu'une fois que tu te seras barrée. »

Super.

Mon immeuble ressemble à s'y méprendre au Trèfle. Même bloc en brique, même attention minimaliste à la qualité de vie. La plupart des locataires sont des personnes âgées, avec quelques Hispanos dans le lot, histoire de pimenter la sauce. J'avais pris mon courrier en passant dans le hall. Inutile de l'ouvrir pour en connaître la teneur : factures, factures, factures. J'ouvris ma porte, jetai les enveloppes sur le plan de travail de la cuisine et vérifiai si j'avais des messages sur mon répondeur. Aucun. Rex, mon hamster, dormait dans sa boîte de conserve au fond de son aquarium.

— Salut, Rex ! C'est moi ! Je suis là !

J'entendis un vague bruissement de copeaux de bois, et ce fut tout. Rex n'a jamais été du genre à parler pour ne rien dire. Je mis le cap sur le frigo pour aller lui chercher un grain de raisin et trouvai un Post-it collé à la porte. « Je t'apporte à dîner. Rendez-vous à six heures. »

Le mot n'était pas signé, mais, à la façon dont mes seins se durcirent à sa vue, je sus tout de suite qu'il était de Morelli.

Je jetai le mot à la poubelle et le grain de raisin dans la cage de Rex. Secousse tellurique parmi les copeaux : Rex apparut à reculons, goba le grain de raisin dans ses abajoues, me regarda en clignant ses yeux noirs et luisants, frétilla des moustaches et repartit à fond de train dans sa boîte de conserve.

Je me douchai, soumis mes cheveux aux épreuves du brushing et du gel, enfilai un jean et une chemise assortie et me laissai tomber à plat ventre sur le lit pour cogiter. D'habitude, ma position de prédilection pour réfléchir, c'est sur le dos, mais je tenais à ce que ma coiffure reste intacte jusqu'à l'arrivée de Morelli.

Je songeai à Randy Briggs en me disant que ce serait super de le traîner par la peau du cou jusqu'au bas de son immeuble, ses petits pieds rebondissant *bong, bong, bong* sur les marches.

Ensuite, je songeai à oncle Fred et ma paupière gauche se mit à tressauter.

— Pourquoi moi ? dis-je.

Mais il n'y avait personne pour me répondre.

En vérité, on ne peut pas dire que Fred soit Indiana Jones, et, en dépit des photos gore, je ne pouvais concevoir qu'il lui soit arrivé autre chose qu'une crise d'Alzheimer. Je me creusai la tête pour retrouver des souvenirs de lui, mais il ne m'en revint que très peu. Quand il souriait, c'était jusqu'aux oreilles, ça faisait forcé, et ses fausses dents cliquetaient à l'unisson. Il marchait les pieds en canard. Voilà. Tels étaient mes souvenirs d'oncle Fred.

Je m'assoupis tandis que je déambulais dans les allées du souvenir, et, soudain, je m'éveillai en sursaut, tous les sens en alerte. J'entendis la porte d'entrée de mon appartement s'ouvrir avec un clic, et mon cœur se mit à battre tous azimuts dans ma poitrine. J'avais fermé à clé en entrant. Quelqu'un venait d'ouvrir. Et ce quelqu'un était en ce moment même dans mon appartement. Je retins mon souffle. *Oh, je vous en prie, mon Dieu, faites que ce soit Morelli.* L'idée qu'il entre chez moi par effraction ne me plaisait guère, mais elle était nettement plus agréable que celle de me retrouver nez à nez avec un type moche et baveux prêt à me tordre le cou jusqu'à ce que ma langue devienne violette.

Je me levai d'un bond et cherchai une arme. J'optai pour un escarpin à talon aiguille en satin rose, reliquat de ma BA de demoiselle d'honneur de Charlotte Nagy. Je sortis de ma chambre sur la pointe des pieds, traversai le salon et risquai un coup d'œil dans la cuisine.

C'était Ranger. Qui vidait le contenu d'un Tupperware dans un saladier.

— Bon Dieu, tu m'as fichu une trouille bleue ! Et si tu essayais de frapper la prochaine fois ?

— Je t'ai laissé un mot. J'ai pensé que tu m'attendais.

— Le mot n'était pas signé. Comment voulais-tu que je sache qu'il était de toi ?

Il se tourna vers moi et me dévisagea.

— Y aurait-il d'autres possibilités ?

— Morelli.
— Tu ressors avec lui ?
— Bonne question.

Je jaugeai la bouffe. De la salade.

— Morelli m'aurait apporté des hot-dogs, lui.

— Ce genre de trucs te tuera, *baby*.

On est chasseurs de primes. On peut se faire tirer dessus. Et Ranger fait très attention aux glucides et aux lipides.

— Je ne suis pas sûre que notre espérance de vie soit très longue, de toute façon.

Ma cuisine est minuscule. Ranger semblait occuper tout l'espace. Il était très près de moi. Il passa un bras dans mon dos et chopa deux coupelles dans le petit placard au-dessus du plan de travail.

— C'est pas la durée qui est importante, dit-il. C'est la qualité. Ce qu'il faut atteindre, c'est la pureté du corps et de l'esprit.

— Tu es pur de corps et d'esprit, toi ?

Ranger planta son regard dans le mien.

— Pas en ce moment.

Hum.

Il finit de verser la salade composée dans une des coupelles et me la tendit.

— Tu as besoin d'argent.
— Oui.
— Il existe de nombreuses façons d'en gagner.

Je baissai les yeux sur ma salade et, du bout de ma fourchette, poussai les petits légumes sur le côté.

— C'est certain.

Ranger attendit que j'aie relevé la tête avant de poursuivre.

— Tu es sûre que tu veux le faire ?

— Non, je n'en suis pas sûre. Je ne sais même pas de quoi on parle. Je ne sais pas vraiment ce que tu fais. Je suis juste à la recherche d'un boulot d'appoint pour compléter mes revenus.

— Des restrictions ? Des préférences ?

— Ni drogues ni ventes d'armes illégales.

— Tu crois que je serais capable de dealer ?

— Non. J'ai dit ça comme ça.

Il se servit une part de salade.

— Ce que je fais en ce moment, c'est des travaux de rénovation.

Plutôt sympathique.

— De la déco d'intérieur, tu veux dire ?

— Ouais. On peut appeler ça comme ça.

Je goûtai la salade. Pas mauvaise, mais il manquait un petit quelque chose. Des croûtons frits dans du beurre... de gros morceaux de fromage cent pour cent matière grasse... et de la bière. Je cherchai en vain un autre sachet. J'ouvris le frigo. Pas de bière non plus.

— Je t'explique comment ça marche, dit Ranger. J'envoie une équipe pour tout remettre à neuf, et je laisse une ou deux personnes sur place pour s'occuper de la maintenance à long terme.

Il releva la tête de sa coupelle et me jaugea.

— Tu gardes la forme, hein ? Tu cours toujours ?

— Bien sûr, répondis-je. Je cours tout le temps.

Je ne cours jamais. Ma conception de l'exercice physique se limite à slalomer dans un centre commercial.

Ranger me gratifia d'un regard noir.

— Menteuse.

— Bon, j'envisage de me remettre à courir.

Il finit sa salade et posa la coupelle dans le lave-vaisselle.

— Je passe te prendre demain matin à cinq heures.

— Cinq heures du matin! Pour commencer des travaux de rénovation?

— C'est comme ça que j'aime faire.

Un signal d'alarme clignota dans ma tête.

— Peut-être devrais-tu m'en dire plus sur...

— C'est de la routine. Rien de spécial.

Il consulta sa montre.

— Il faut que j'y aille. Une réunion de travail.

Je préférais ne rien savoir sur son ordre du jour.

D'une chiquenaude, j'allumai la télé, mais ne trouvai rien d'intéressant. Pas de hockey. Pas de comédie. Je pris mon fourre-tout et en sortis la grosse enveloppe du magasin de photocopies. Je ne sais pas trop pourquoi, mais, avant de voir Morelli, j'avais fait des copies couleurs des photos. J'avais pu en mettre six par feuille, ce qui m'en faisait quatre que j'étalai devant moi sur la table de ma salle à manger.

Pas très joli à regarder.

Lorsque les photos étaient ainsi côte à côte,

certaines choses sautaient aux yeux. J'étais presque sûre qu'il n'y avait qu'un seul corps, et que ce n'était pas celui d'une personne âgée. Pas de cheveux grisonnants. Peau ferme. Difficile de dire s'il s'agissait d'une femme ou d'un jeune homme. Certaines photos avaient été prises en plan rapproché. D'autres à une distance plus grande. On n'avait pas l'impression que les parties du corps avaient été réarrangées d'une certaine façon, mais, parfois, les bords du sac avaient été écartés pour en montrer plus.

O.K., Stéphanie, mets-toi à la place du photographe. Pourquoi prends-tu ces photos ? Des trophées ? Je ne pensais pas car aucune ne montrait le visage. Et il y en avait vingt-quatre, donc toute la pellicule était là. Si j'avais envie de garder un souvenir de cette boucherie, j'aurais pris au moins une photo du visage, non ? Idem si j'avais besoin de prouver que le boulot avait été fait... comme pour un contrat de la mafia. Que restait-il ? Un témoignage visuel fait par quelqu'un qui n'avait pas voulu effacer les preuves. Donc, peut-être oncle Fred avait-il trouvé ce sac contenant un corps découpé, et avait-il couru chercher son appareil photo et mitraillé. Et puis quoi ? Ensuite, il range les photos dans un tiroir de son bureau, part faire des courses et ne revient pas.

C'était ma meilleure hypothèse, si faible soit-elle. En fait, ces photos pouvaient très bien avoir été prises il y a cinq ans. Quelqu'un avait pu les donner à mon oncle pour qu'il les mette en sûreté ou pour lui faire une plaisanterie macabre.

Je les rangeai dans leur enveloppe et pris mon sac. Je pensais que faire des recherches dans le quartier du Grand Union serait une perte de temps, mais je ressentais tout de même le besoin d'y aller.

Je roulai jusqu'à une résidence située derrière la galerie marchande et me garai dans la rue. Je pris ma torche électrique et partis à pied, écumant les rues, les allées, regardant derrière les buissons, les poubelles, criant le nom de Fred dans Trenton désert. Quand j'étais petite, j'avais une chatte appelée Katherine. Elle était arrivée un jour sur notre perron et n'avait plus voulu repartir. Au début, on lui donnait à manger sur la véranda de derrière, puis elle avait fini par trouver le moyen d'entrer dans la cuisine. La nuit, elle sortait errer dans le quartier, et, la journée, elle dormait roulée en boule sur mon lit. Une nuit, Katherine était partie et n'était jamais revenue. Pendant des journées entières, j'avais marché dans les rues, les allées, regardé derrière les buissons, les poubelles, crié son nom tout comme je criais maintenant celui de Fred. Ma mère dit que parfois les chats partent ainsi quand ils sentent qu'ils vont mourir. Pour moi, c'était un bobard.

Je me levai au radar à quatre heures et demie, titubai jusqu'à la salle de bains et restai immobile sous le jet de la douche jusqu'à ce que mes yeux daignent vouloir s'ouvrir. Au bout d'un moment, je sentis que ma peau commençait à se ratatiner, alors je me dis que ça devait suffire. Je me séchai, et secouai la tête en guise de brushing. Je ne savais pas ce qu'il valait mieux que je porte pour faire de la décoration d'intérieur, alors je mis ce que je mettais toujours... jean et T-shirt. Puis, pour accessoiriser le tout au cas où on ferait vraiment de la déco, je complétai ma tenue par une ceinture et un blouson.

Je sortis comme une flèche par la porte de service et vis que Ranger m'attendait au parking, au volant d'une Range Rover noire rutilante aux vitres teintées. Il a sans arrêt des voitures neuves dont les conditions d'achat sont toujours un mystère pour moi. Trois hommes occupaient la banquette arrière. Deux étaient noirs — dont un d'origine indéterminée — et tous trois avaient les cheveux coupés en brosse courte, très marine. Tous portaient un pantalon de treillis et un T-shirt noirs style commando. Tous étaient hyperbaraqués. Pas un gramme de graisse. Aucun d'entre eux n'avait la tête d'un décorateur d'intérieur.

Je m'assis devant à côté de Ranger et bouclai ma ceinture de sécurité.

— C'est ton équipe de déco intérieure derrière nous ?

Ranger sourit dans la pénombre de l'aube, démarra et roula en souplesse hors du parking.

— Je ne suis pas habillée comme vous, dis-je.

Ranger s'arrêta au feu d'Hamilton Avenue.

— J'ai un blouson et un gilet pour toi dans le coffre.

— Tout ça n'a rien à voir avec de la décoration intérieure, hum ?

— Ça dépend ce qu'on entend par là, *baby*.
— Et le gilet...
— Kevlar.
Autrement dit, pare-balles.
— Tu es dégueulasse. J'ai horreur qu'on me tire dessus. Tu sais très bien que je ne supporte pas ça !
— C'est juste une mesure de précaution, dit Ranger. Il y a peu de risques qu'on nous tire dessus.
Peuuuu de risques ?
On a roulé en silence jusqu'au centre-ville. Ranger était plongé dans ses pensées. Les types derrière semblaient n'en avoir aucune — n'en avoir jamais eu aucune. Quant à moi, je me demandais si je ne ferais pas mieux de sauter de la voiture au prochain feu rouge et de rentrer chez moi en courant à toutes jambes. Et en même temps, si ridicule que cela puisse paraître, je restais à l'affût de Fred. Il était scotché dans mon cerveau. C'était pareil pour Katherine, ma chatte. Cela faisait quinze ans qu'elle avait disparu, mais j'y regardais toujours à deux fois quand j'apercevais un chat noir. Un sentiment d'inachevé, je suppose.
— Où va-t-on ? finis-je par demander.
— Un immeuble de Sloane. Faut y faire un peu de ménage.
Sloane Street est parallèle à Hamilton Avenue. On la prend par Stark Street, la pire rue de la ville, pleine de drogue, de désespoir et d'élevages en batterie. Plus on va vers le sud, plus le quartier s'embourgeoise, et Sloane Street est un peu la ligne de démarcation entre les citoyens

respectueux des lois et les autres. C'est un combat constant que de sauvegarder cette ligne et de maintenir les dealers et les prostituées à distance. Le bruit courait depuis peu que Sloane était en train de perdre la bataille.

Ranger s'y engagea et se gara trois rues plus loin. Il fit un signe de tête en direction d'un immeuble en briques jaunes de l'autre côté de la rue, à deux numéros de là.

— C'est le nôtre. On va au deuxième étage.

L'immeuble en avait trois, et, à vue d'œil, il y avait deux ou trois petits appartements par étage. Au rez-de-chaussée, la façade était couverte des graffitis des bandes locales. Pas de lumière aux fenêtres. Pas de circulation dans la rue. Des détritus poussés par le vent s'étaient amassés dans les caniveaux et contre les portes d'entrée.

Mon regard passa de l'immeuble à Ranger.

— Tu es sûr que c'est légal ?

— J'ai été embauché par le proprio.

— Ce « ménage », ça concerne des meubles ou... des gens ?

Ranger tourna la tête vers moi.

— Il existe une procédure légale pour vider un appartement des locataires et de leurs biens, dis-je. Il faut présenter un avis d'expulsion et...

— La procédure légale est trop lente, m'interrompit-il. Et en attendant, les gamins qui habitent cet immeuble se font pourrir la vie par les gens qui se shootent dans l'appartement 2C.

— Faut considérer qu'on rend service à la communauté, dit un des types à l'arrière.

Les deux autres opinèrent.

— Ouais, dirent-ils. Un service à la communauté.

Je fis craquer mes articulations et me mordillai la lèvre inférieure.

Ranger descendit de voiture, ouvrit la porte arrière et donna à chacun de nous un gilet pare-balles, et un anorak noir avec le mot SÉCURITÉ imprimé au dos en lettres capitales blanches.

J'enfilai le gilet et regardai les autres ajuster leur ceinturon et leur holster.

— Laisse-moi deviner, me dit Ranger en me passant un bras autour des épaules. Tu as oublié de prendre ton arme ?

— Les décorateurs n'utilisent pas de revolvers.

— Dans ce quartier, si.

Les hommes se plantèrent devant moi.

— Messieurs, leur dit Ranger, je vous présente Mlle Plum.

Le type d'origine indéterminée me tendit la main.

— Lester Santos.

L'homme à côté de lui fit de même.

— Bobby Brown.

Le troisième s'appelait Tank. Et il suffisait de le regarder pour savoir d'où lui venait ce nom.

— Je n'ai pas envie de m'attirer des ennuis avec ça, dis-je à Ranger. Je vais vraiment être de mauvaise humeur si je me fais arrêter. J'ai horreur de me faire arrêter.

Santos eut un sourire narquois.

— Putain, t'aimes pas qu'on te tire dessus,

t'aimes pas te faire arrêter. Tu sais pas t'amuser, toi.

Ranger enfila son blouson et partit, traversant la rue, sa bande de gais lurons en rang serré sur ses talons.

On entra dans l'immeuble et on monta au deuxième. Ranger alla droit sur le 2C et écouta à la porte. On s'aplatit contre le mur. Personne ne dit mot. Ranger et Santos avaient leur revolver au poing, Brown et Tank leur torche électrique.

Je pris mes marques, m'attendant à ce que Ranger défonce la porte à coups de pied, mais, au lieu de ça, il sortit une clé de sa poche et l'introduisit dans la serrure. La porte s'entrouvrit mais fut bloquée par une chaîne de sécurité. Ranger fit deux pas en arrière et se jeta contre la porte, l'emboutissant d'un coup d'épaule à hauteur de la chaîne qui céda, et il se retrouva le premier dans l'appartement. Tout le monde suivit sauf moi. Les torches s'allumèrent. Ranger cria : « Sécurité ! », et puis ce fut le chaos total. Des gens à moitié nus décampèrent de matelas posés à même le sol. Des femmes se mirent à hurler. Des hommes à jurer.

L'équipe de Ranger passa d'une pièce à l'autre, menottant des gens, les alignant contre un mur du salon. Six personnes en tout.

Un des hommes, fou furieux, se démenait comme un beau diable pour empêcher qu'on le menotte.

— Vous pouvez pas faire ça, bande d'enculés ! braillait-il. Je suis chez moi, ici ! Propriété privée ! Que quelqu'un appelle les flics, putain !

Il sortit un cran d'arrêt de sa poche et en fit jaillir la lame.

Tank le prit par la peau du cou, le souleva de terre et le jeta par la fenêtre.

Tout le monde se figea, fixant la vitre brisée d'un air abasourdi.

Ranger ne paraissait pas troublé le moins du monde.

— Va falloir faire venir un vitrier, dit-il.

J'entendis gémir, puis des raclements. Je traversai la pièce et regardai par la fenêtre. Le type au cran d'arrêt, étendu de tout son long sur l'escalier de secours, essayait vainement de se relever.

Je plaquai une main contre mon cœur, et fus soulagée de constater qu'il s'était remis à battre.

— Il est sur l'escalier de secours ! Bon Dieu, pendant une minute, j'ai cru que tu l'avais jeté du haut du deuxième étage !

Tank me rejoignit et regarda à son tour.

— Ah ouais, t'as raison, il est sur l'escalier de secours, le fils de pute.

L'appartement était petit. Petite chambre, petite salle de bains, petite cuisine, petit salon. Le comptoir de la cuisine était jonché de sachets et de boîtes de fast-food, de canettes de soda vides, d'assiettes incrustées de restes de nourriture et de casseroles bon marché et bien cabossées. Le formica était vérolé par des brûlures de cigarette et de réchaud à crack. Seringues usagées, miettes de beignets, torchons crasseux et déchets non identifiables encombraient l'évier. Deux matelas tachés et déchirés étaient calés contre un mur du salon. Aucune lampe, aucune table, aucun signe de présence de la civilisation. Que de la saleté et du désordre. Les mêmes ordures qui s'accumulaient dans les caniveaux de la rue emplissaient les pièces de l'appartement 2C. L'air était vicié. Il s'y mêlait des odeurs d'urine, de hasch, de sueur, et d'autres choses plus désagréables encore.

Santos et Brown menèrent les occupants dépenaillés dans le couloir, et les firent descendre dans le hall.

— Que va-t-il leur arriver maintenant? demandai-je à Ranger.

— Bobby va les conduire au centre de distribution de méthadone. À partir de là, ils font ce qu'ils veulent.

— Pas d'arrestations?

— On ne fait pas d'arrestations. À moins qu'il y ait un DDC parmi eux.

Tank revint de la voiture avec un carton plein de matériel de déco, qui, en l'occurrence, consistait en gants jetables, sacs-poubelle, et en un bocal pour les seringues.

— C'est ça, le deal, me dit Ranger. On vide l'appart de tout ce qui n'est pas cloué. Demain, le proprio fera venir quelqu'un pour nettoyer et faire les réparations.

— Qui va empêcher ces locataires de revenir?

Ranger se contenta de me lancer un regard.

— Ouais, fis-je. Question idiote.

En milieu de matinée, on avait fini de faire le ménage. Santos et Brown, assis sur des chaises pliantes, s'étaient postés dans le petit hall d'entrée pour le premier tour de garde. Tank était en route pour la décharge avec les matelas et les sacs-poubelle. Ranger et moi étions restés en haut pour fermer l'appartement.

Ranger inclina sur ses yeux la visière de sa casquette SEAL[1].

— Alors? fit-il. Ça te dit de bosser dans la sécurité? Tu veux faire partie de l'équipe? Je peux te confier la garde de nuit avec Tank.

— Il a l'intention de jeter d'autres personnes par les fenêtres?

— Va savoir, *baby*.

— Je ne sais pas trop si je suis taillée pour ça.

Ranger ôta sa casquette et me la vissa sur le crâne, coinçant mes cheveux derrière mes oreilles, laissant ses doigts s'y attarder plus longtemps que nécessaire...

— Tu dois croire à ce que tu fais.

C'était justement ça, le problème. Ça et Ranger. Je le trouvais beaucoup trop attirant. Dans mon fichier, Ranger ne faisait pas partie de la liste « petits amis potentiels », mais de celle « mercenaires frappadingues ». Être attirée par Ranger, ça revenait à courir après l'orgasme apocalyptique.

Je pris une profonde inspiration.

— Je suppose que je peux tenter une surveillance de nuit. Histoire de voir comment ça se passe.

---

1. Sea, Air, Land. Commando d'élite chargé des missions non officielles. (*N.d.T.*)

Quand Ranger me déposa devant chez moi, je portais toujours la casquette. Je l'ôtai et la lui tendis.

— N'oublie pas ton couvre-chef SEAL, dis-je.

Ranger me jaugea de derrière ses lunettes noires. Yeux invisibles. Pensées indéchiffrables. Voix douce.

— Garde-la. Elle te va bien.
— La casquette du juste...
— Sois-en digne, *baby*.

Je franchis la double porte de l'entrée de mon immeuble. Je m'apprêtais à m'engager dans l'escalier quand la porte de l'ascenseur s'ouvrit sur Mme Bestler.

— Je monte ! pépia-t-elle. Serrez-vous derrière !

Mme Bestler a quatre-vingt-trois ans et un appartement au deuxième. Quand elle s'ennuie, elle joue au liftier.

— B'jour, madame Bestler. Premier étage.

Elle appuya sur deux boutons et me lorgna.

— On voit que vous avez travaillé. Vous avez arrêté des mauvais garçons aujourd'hui ?

— J'ai aidé un copain à nettoyer un appart.

Sourire de Mme Bestler.

— Ce que vous êtes gentille.

Arrêt de l'ascenseur. Ouverture des portes.

— Premier étage, claironna Mme Bestler. Robes du soir. Tailleurs haute couture. Rayon Femmes.

J'entrai chez moi et allai tout droit sur mon répondeur et son signal d'appel. J'avais deux messages. Le premier était de Morelli — pour dîner. Miss Populaire, c'est moi.

« Je te retrouve chez Pino à six heures », disait-il.

Les invitations de Morelli produisent toujours chez moi des sentiments contradictoires. Ma première réaction est une excitation sexuelle au seul son de sa voix ; puis, un nœud à l'estomac en pensant à ses motivations ; et enfin, la curiosité et l'impatience. Toujours optimiste, en somme.

Le second message était de Mabel. « Un homme vient de passer, il voulait voir Fred. Il m'a dit que c'était pour affaires et qu'il fallait qu'il lui parle tout de suite. Je lui ai expliqué que je ne savais pas où il était, mais que tu t'occupais de tout, alors qu'il ne devait pas s'inquiéter. J'ai pensé qu'il valait mieux te prévenir. »

Je rappelai Mabel illico pour lui demander qui était ce type et à quoi il ressemblait.

— Il était à peu près de ma taille. Un brun.

— Blanc ?

— Oui. Oh, et maintenant que tu m'y fais penser, il ne m'a même pas donné son nom.

— De quel genre d'affaires parlait-il ?

— Je n'en sais rien. Il ne me l'a pas dit.

— O.K. Préviens-moi s'il revient t'enquiquiner.

Je téléphonai à l'agence pour savoir s'il y avait de nouveaux DDC. « Pas de chance », eus-je pour toute réponse. J'appelai Mary Lou, ma meilleure amie, mais elle n'avait pas le temps de me parler car son petit dernier avait attrapé froid, et son chien, qui avait dévoré une chaussette, venait de l'expulser dans un caca sur la moquette de son salon.

J'en étais à considérer la boîte de conserve de Rex d'un œil nouveau, quand le téléphone sonna.

— Je l'ai ! claironna ma grand-mère. J'ai un nom à te donner. Je suis allée au salon de coiffure ce matin, pour une mise en plis, et figure-toi qu'Harriet Schnable, qui était là pour une permanente, m'a raconté qu'elle avait entendu dire au bingo que Fred rendait souvent visite à Winnie Black. Et Harriet n'est pas du genre à voir de la fumée là où il n'y a pas de feu.

— Tu la connais, cette Winnie Black ?

— Uniquement par le club du troisième âge. Elle prend quelquefois le car avec nous pour aller à Atlantic City. Avec Axel, son mari. Je suppose que c'est là que Fred rencontre la plupart de ses petites chéries ces temps-ci... au club. Beaucoup de ces femmes-là ont encore la cuisse légère, si tu vois ce que je veux dire. J'ai même réussi à avoir son adresse. J'ai appelé Ida Lukach. C'est la présidente du bureau d'adhésion du club. Elle sait tout.

Je notai l'adresse et remerciai ma grand-mère.

— Personnellement, j'aurais préféré qu'il ait été enlevé par des extra-terrestres, ajouta Mamie Mazur. Cela dit, je ne vois pas ce que des Martiens feraient de ce vieux schnoque.

Je posai mon nouveau couvre-chef sur ma boîte à biscuits et troquai mon jean contre un tailleur beige et des talons hauts. Je ne connaissais pas Winnie Black, alors je me disais que ça ne me coûtait rien d'avoir un look pro. Parfois, les gens sont plus volubiles face à un tailleur qu'à un jean. Je pris mon fourre-tout, fermai la porte et rejoignis Mme Bestler dans l'ascenseur.

— Il vous a trouvée ? me demanda-t-elle.
— Qui ça ?
— Le monsieur qui vous cherchait. Il était très aimable. Je l'ai fait descendre à votre étage il y a une dizaine de minutes.
— Il n'a pas frappé chez moi. Je l'aurais entendu. Je suis restée presque tout le temps dans ma cuisine.
— Comme c'est bizarre...

Les portes de l'ascenseur s'ouvrirent et Mme Bestler sourit.

— Rez-de-chaussée. Articles de maroquinerie. Bijoux.
— Il ressemblait à quoi ?
— Oh, il était grand. Très grand. Et la peau foncée. Un Afro-Américain.

Donc, pas l'homme dont m'avait parlé Mabel.

— Il avait les cheveux longs ? Coiffés en catogan ?
— Oh, non, il n'avait presque pas de cheveux du tout.

Je fis une inspection rapide du hall d'entrée. Aucune armoire à glace dans un coin. Je sortis de l'immeuble et scrutai le parking. Personne là non plus. Mon visiteur avait disparu. Dommage. J'aurais tout donné pour avoir une excuse de ne pas aller voir Winnie Black. J'étais prête à parler à un agent recenseur, à un vendeur d'aspirateurs, à un témoin de Jéhovah. Tout sauf Winnie Black. Savoir qu'oncle Fred avait une petite amie me suffisait amplement. Je ne voulais pas la voir. Je ne voulais pas me retrouver face à Winnie Black et l'imaginer au pieu entre les pattes en canard de Fred.

Winnie habitait dans un petit pavillon de Low Street. Bardeaux blancs. Volets bleus. Porte rouge. Très patriotique. Je me garai, marchai d'un bon pas jusqu'à la porte d'entrée, sonnai. Je n'avais pas la plus petite idée de ce que j'allais dire à cette dame. Sans doute un truc du genre : excusez-moi, mais c'est bien vous qui sortez avec mon oncle Fred ?

Je m'apprêtais à sonner une seconde fois quand la porte s'ouvrit sur Winnie Black qui me dévisagea.

Elle avait un visage rond, agréable, une silhouette ronde, agréable, et n'avait pas l'air de quelqu'un qui se tape un vieil oncle.

Je me présentai et lui tendis ma carte.

— Je suis à la recherche de Fred Shutz. Il a disparu depuis vendredi, et je me disais que vous pourriez peut-être m'aider.

Son air sympathique se figea.

— J'ai appris qu'il avait disparu, mais je ne vois pas ce que je pourrais vous dire.

— Quand l'avez-vous vu pour la dernière fois ?

— Le jour de sa disparition. Il est venu boire le café — ça lui arrivait parfois. C'était juste après déjeuner. Il est resté une petite heure. Axel, mon mari, était sorti dégourdir les pneus de la Chrysler.

Tiens donc ! Je me frappai mentalement la tête.

— Est-ce que Fred vous a paru malade, inquiet ? Vous a-t-il dit quelque chose qui pouvait vous faire penser à l'endroit où il se rendait ?

— Je l'ai trouvé... distrait. Il m'a dit qu'il avait quelque chose d'important sur le feu.

— Vous a-t-il donné des précisions ?

— Non. Mais j'ai eu l'impression que ça concernait la société de ramassage des ordures. Un litige à propos de son compte... l'ordinateur qui aurait effacé son nom de la liste des clients. Et Fred m'a dit qu'il savait des choses sur eux et qu'ils en auraient pour leur argent. Ce sont ses termes exacts... « ils en auront pour leur argent ». Et dire qu'il n'est jamais arrivé à leurs bureaux.

— Comment le savez-vous ?

Winnie parut surprise par ma question.

— Tout le monde le sait.

Il n'y a pas de secrets au Bourg.

— Autre chose... j'ai trouvé des photos dans le bureau de Fred. Vous en a-t-il parlé ?

— Non. Pas que je me souvienne. Ce sont des photos de famille ?

— Ce sont des photos de sacs-poubelle. Et sur certaines d'entre elles, on peut voir le contenu de ces sacs.

— Non. Ça, je m'en souviendrais s'il m'en avait parlé.

Je regardai par-dessus son épaule l'intérieur coquet de son petit pavillon. Pas de mari en vue.

— Axel est là ?

— Il est au parc. Il promène le chien.

Je regagnai la Buick et roulai jusqu'au parc, un peu plus loin, qui s'étendait sur deux pâtés de maisons. Il y avait des carrés d'herbe bien entretenue, des bancs, des parterres de fleurs, de grands arbres et, à une extrémité, une petite aire de jeux pour les enfants.

Ce ne fut pas difficile de repérer Axel. Il était assis sur un banc, perdu dans ses pensées. Son chien, un bâtard, assis à ses pieds, le regard vitreux, ressemblait beaucoup à son maître. La seule différence entre eux, c'était qu'Axel portait des lunettes et que son chien, lui, avait des poils sur le caillou.

Je m'approchai. Aucun ne bougea, même une fois que je me fus plantée devant eux.

— Axel Black?

Il releva la tête.

— Oui?

Je me présentai, lui tendis ma carte.

— Je suis à la recherche de Fred Shutz, et je parle aux personnes qui pourraient le connaître.

— Je parie que vous en avez entendu des vertes et des pas mûres. Ce vieux Fred est un sacré zigoto. C'est l'homme le plus grippe-sou qui ait jamais foulé la terre. Il chipotait sur chaque *cent*. Il n'a jamais fait le plus petit don à quoi que ce soit. Et il se prenait pour un Roméo par-dessus le marché. Toujours à vouloir se faire bien voir d'une femme ou d'une autre.

— Apparemment, vous ne l'appréciez pas trop.

— C'est le moins qu'on puisse dire. Je ne lui

voulais pas de mal, mais je ne l'aimais pas beaucoup. Pour tout dire, il était... louche.

— Vous avez une idée de ce qui a pu lui arriver ?

— À mon avis, il s'est intéressé de trop près à la femme qu'il ne fallait pas.

Je ne pus m'empêcher de penser qu'il parlait peut-être de sa femme, et qu'il avait peut-être écrasé oncle Fred avec sa Chrysler, l'avait fourré dans son coffre et jeté à la rivière.

Mais ça n'expliquait pas les photos.

Mais peut-être les photos n'avaient-elles aucun rapport avec sa disparition ?

— Bon, fis-je. Si jamais quelque chose vous revient, n'hésitez pas à me contacter.

— Comptez sur moi.

Les suivants sur ma liste étaient Ronald et Walter, les fils de Fred. Ronald bossait comme contremaître à la fabrique de friands au porc. Walter et sa femme, Jean, tenaient une épicerie dans Howard Street. Je me dis que ce serait une bonne idée d'aller leur parler — surtout pour savoir quoi répondre à ma mère quand elle me demanderait ce que je faisais pour retrouver oncle Fred.

Walter et Jean avaient appelé leur magasin « Tout en Un ». Il était situé face à un supermarché ouvert vingt-quatre heures sur vingt-quatre, et aurait fait faillite depuis longtemps s'il ne permettait à ses clients, en un seul passage, d'acheter du pain, de jouer au loto et de parier vingt dollars sur un canasson courant à Freehold.

À mon arrivée, je trouvai Walter à la caisse. Il

lisait le journal. C'était le début de l'après-midi. Le magasin était désert. Walter posa son journal et se leva.

— Tu l'as retrouvé ?
— Non. Je suis désolée.

Il inspira profondément.

— Ouf. Je pensais que tu venais m'annoncer qu'il était mort.
— Tu penses qu'il est mort ?
— Je ne pense rien. Au début, je me disais qu'il était parti se promener et s'était perdu, ou qu'il avait eu une attaque. Mais maintenant, je ne pense plus. Tout ça n'a pas de sens.
— Tu savais que Fred avait des problèmes avec la société de ramassage des ordures ?
— Fred avait des problèmes avec tout le monde.

Je dis au revoir à Walter, fis ronfler le moteur de la Buick et traversai la ville pleins gaz en direction de la fabrique de friands. Je trouvai une place au parking visiteurs et priai la réceptionniste de faire passer un petit mot à Ronald.

Il arriva quelques minutes plus tard.

— Je suppose que tu viens me voir au sujet de papa. C'est sympa de ta part de nous aider à le retrouver. Je n'arrive pas à croire qu'il ne soit pas encore revenu.
— Tu as une théorie sur la question ?
— Aucune que je souhaite formuler à voix haute.
— Les femmes de sa vie ?

Ronald hocha la tête.

— C'est un numéro. Avare comme pas deux, mais incapable de garder son zob dans son fal-

63

zard. Je ne sais pas si son engin démarre encore au quart de tour, mais il ne veut toujours pas lâcher le morceau. Il a soixante-douze ans, bordel !

— Tu es au courant d'un litige avec la société de ramassage des ordures ?

— Non, mais tu sais, ça fait un an qu'il est en bisbille avec sa compagnie d'assurances, alors...

3

Je quittai le parking de la fabrique de friands au porc et mis le cap sur le centre-ville. Il était près de cinq heures. Les fonctionnaires embouteillaient les rues. Entre autres nombreux avantages de Trenton : si on a besoin de pratiquer le langage des signes à l'italienne, on n'est jamais à court d'employés de bureau méritants.

Je fis une rapide escale chez moi pour une petite beauté minute. J'ajoutai une couche de mascara, redonnai du volume à mes cheveux et filai.

Quand j'arrivai chez Pino, Morelli y était déjà. Il me tournait le dos, perdu dans ses pensées, accoudé au comptoir, penché sur sa bière. Il portait un jean, des baskets, et une chemise verte écossaise déboutonnée sur un T-shirt Gold's Gym. À l'autre bout du bar, une femme l'observait dans le miroir face à eux. C'est ce qu'elles font toutes maintenant. Quand il était plus jeune, que ses traits étaient plus doux, elles ne se contentaient pas de l'observer. Quand il était plus jeune, toutes les mères du New Jersey mettaient leurs filles en garde contre Joe

Morelli. Et quand il était plus jeune, toutes les filles du New Jersey se fichaient pas mal de ce que leur disaient leurs mères. Morelli avait le visage plus anguleux désormais, le regard moins engageant — y compris pour les femmes. Alors, elles l'observaient de loin en se demandant ce que ça ferait de sortir avec lui.

Moi, évidemment, je sais ce que ça fait de sortir avec lui. C'est... génial.

Je me hissai sur le tabouret à côté de lui, et, d'un geste, signifiai au barman que je voulais une bière.

Morelli m'évalua du regard, ses yeux tout grands tout noirs dans la pénombre du bar.

— Tailleur chic et talons hauts, dit-il. Soit tu reviens d'une veillée funèbre ou d'un entretien d'embauche, soit tu as essayé de tirer les vers du nez d'une gentille mamie pour obtenir des renseignements qu'elle ne devrait pas te donner.

— Porte numéro trois.

— Laisse-moi deviner... ça a rapport avec ton oncle Fred ?

— Bingo !

— Et ça avance ?

— Difficile à dire. Tu savais que Fred était un tombeur ? Il avait une petite amie.

Il sourit.

— Fred Shutz ? Voilà qui est encourageant.

Je levai les yeux au ciel.

Il prit nos bières et mit le cap sur les tables.

— À la place de Mabel, je serais ravi que Fred aille voir ailleurs, dit-il. On ne doit pas rigoler tous les jours avec lui.

— Surtout depuis qu'il collectionne des photos de corps démembrés.

— Je les ai données à Arnie. Il n'avait pas l'air ravi. Je crois qu'il espérait que Fred allait réapparaître en train de faire du stop dans Klockner Boulevard.

— Il compte s'en occuper ?

— Je suppose qu'il va retourner interroger Mabel. Et faire une recherche dans les fichiers à partir des photos pour voir s'il trouve quelque chose.

— Tu ne l'as pas déjà fait ?

— Si. Et je n'ai rien trouvé.

Pino n'avait rien de spécial. À certaines heures de la journée, le bar était plein de flics venus se détendre après le service ; à d'autres moments, les tables regorgeaient de familles du Bourg affamées. Entre-temps, c'était l'antre de quelques poivrots habitués des lieux, et les cuisines étaient envahies de cafards aussi gros que des chats. Si je mangeais chez Pino en dépit de la rumeur cancrelatesque, c'était qu'Anthony Pino faisait les meilleures pizzas de tout Trenton. Peut-être même de tout le New Jersey.

Morelli commanda et se carra dans sa chaise.

— Dans quelles dispositions te sens-tu à mon égard ?

— Tu penses à quoi ? demandai-je.

— À une invitation.

— Je croyais que c'était ce soir, l'invitation.

— Non, là, c'est un dîner pour te demander si tu accepterais mon invitation.

Je bus une gorgée de bière.

— Ça doit être une invitation exceptionnelle.

67

— Un mariage.

Je me redressai sur ma chaise.

— Pas le *mien,* quand même ?

— Non, à moins que tu ne m'aies pas tenu au courant de ta vie en ce moment.

Je poussai un soupir de soulagement.

— Ouf. J'ai eu un petit moment d'inquiétude.

Morelli se rembrunit.

— Tu veux dire que si je te demandais de m'épouser, j'aurais droit à cette réaction ?

— Ben, ouais.

— Je croyais que tu voulais te marier. Je croyais que c'était pour ça que tu ne voulais plus coucher avec moi... parce que tu ne voulais plus de sexe hors du mariage.

Je me penchai vers la table et haussai un sourcil en direction de Morelli.

— Tu veux m'épouser ?

— Non, je ne veux pas t'épouser. On a déjà fait le tour de la question.

— Dans ce cas, ma réaction n'a aucune importance.

— Bon sang, soupira Morelli. J'ai besoin d'une autre bière.

— Alors, ce mariage ?

— C'est celui de ma cousine Julie. Samedi. Et il me faut une cavalière.

— Tu me demandes de t'accompagner à un mariage quatre jours à l'avance ? Je ne peux pas être prête en quatre jours, pas pour un mariage ! Il me faut une nouvelle robe, une nouvelle paire de chaussures, un rendez-vous chez le coiffeur.

Comment veux-tu que je fasse tout ça en quatre jours ?

— O.K., on laisse tomber, on n'y va pas.

— Je peux peut-être faire l'impasse sur le coiffeur, mais j'ai absolument besoin de nouvelles chaussures.

— Talons, dit Morelli. Hauts. Aiguilles.

Je tripotai mon verre de bière.

— Je n'étais pas ton dernier choix, quand même ?

— Tu es mon seul choix. Si ma mère ne m'avait pas appelé ce matin, je l'aurais carrément oublié, ce mariage. Je suis sur une affaire qui me prend la tête.

— Tu veux qu'on en parle ?

— Surtout pas.

— Et oncle Fred, on peut en parler ?

— Le play-boy.

— Ouais. Je n'arrive pas à comprendre comment il a pu purement et simplement disparaître.

— Les gens qui disparaissent, il y en a tous les jours. Ils prennent le bus, et c'est parti pour une nouvelle vie. Ou ils sautent du haut d'un pont et se laissent porter par la marée. Parfois, d'autres personnes les aident à disparaître.

— Je te parle d'un homme de plus de soixante-dix ans trop radin pour acheter un ticket de bus et qui aurait dû marcher pendant des kilomètres avant de trouver un pont. Il a laissé les vêtements qu'il venait d'aller chercher au pressing dans sa voiture. Il a disparu alors qu'il faisait des courses.

Nous nous tûmes le temps que nos pizzas soient posées devant nous.

— Il revenait de la banque, reprit Morelli une fois que nous fûmes seuls. C'est un vieux monsieur. Une cible facile. Quelqu'un a pu arriver à sa hauteur en voiture et l'enlever de force.

— On n'a trouvé aucune trace de lutte.

— Ça ne veut pas dire qu'il n'y en a pas eu.

Je cogitai tout en mâchant ma pizza. Je m'étais fait la même réflexion, et je n'aimais pas ça.

Je rapportai à Morelli la teneur de ma conversation avec Winnie Black.

— Elle est au courant pour les photos ?

— Non.

— Autre chose, ajouta Morelli. Je voulais te parler de Benito Ramirez.

Je levai les yeux de ma pizza. Benito Ramirez était un boxeur poids lourd professionnel de Trenton. Il aimait faire mordre la poussière — et pas seulement à ses adversaires sur le ring. Il aimait tabasser les femmes. Il aimait les entendre implorer sa pitié pendant qu'il leur infligeait des tortures abominables. En fait, il était déjà arrivé qu'elles succombent à leurs blessures, mais il s'était toujours trouvé des sympathisants pour se voir attribuer à titre posthume le mérite des pires de ses crimes. Il avait été mêlé à ma toute première enquête de chasseuse de primes, et j'avais largement contribué à son séjour derrière les barreaux. Son arrestation avait eu lieu un poil trop tard pour Lula. Il avait bien failli la tuer — après l'avoir violée, atrocement tailladée et abandonnée nue, en sang, sur mon escalier de secours pour que je la trouve.

— Quoi, Ramirez ? demandai-je.

— Il est sorti.
— Sorti où ?
— Sorti de prison.
— Quoi ? Comment ça, sorti de prison ? Il a failli tuer Lula. Et il est impliqué dans des tas d'autres meurtres.

Sans parler du fait qu'il m'avait harcelée et terrorisée.

— Il a été mis en liberté conditionnelle. Il fait un travail d'utilité publique et a un suivi psychiatrique.

Morelli s'interrompit pour tirer sur un autre morceau de pizza.

— Il a un excellent avocat.

Morelli avait dit tout ça d'un ton neutre, mais je savais que ça ne le laissait pas indifférent. Il avait sa tête de flic. Celle qui ne laissait filtrer aucune émotion. Celle au regard dur, indéchiffrable.

Je mangeai avec ostentation, comme si je n'étais pas trop perturbée par cette nouvelle, alors que j'avais l'estomac retourné.

— Depuis quand ? demandai-je.
— Hier.
— Et il est en ville ?
— Exactement comme avant. Il s'entraîne au gymnase dans Stark Street.

Un homme grand, avait dit Mme Bestler. Un Afro-Américain. Très poli. Qui rôde dans les couloirs de mon immeuble. Bon Dieu, c'était peut-être Ramirez !

— Si tu as le moindre soupçon qu'il s'approche de toi, dit Morelli, je veux que tu me le dises.

71

J'avais enfourné une autre bouchée de pizza, mais j'avais toutes les peines du monde à l'avaler.

— Sûr.

Nous finîmes notre pizza et nous attardâmes autour d'un café.

— Tu devrais peut-être passer la nuit chez moi, suggéra Morelli. Au cas où Ramirez déciderait de te rendre visite.

Je compris tout de suite que Morelli ne pensait pas qu'à ma protection. Et c'était une proposition alléchante. Mais j'avais déjà emprunté cet itinéraire, et il me semblait qu'il ne menait nulle part.

— Je ne peux pas, répondis-je. Je travaille ce soir.

— Je croyais que ça tournait au ralenti.

— Ce n'est pas pour Vinnie, mais pour Ranger.

Morelli grimaça.

— Je préfère ne pas poser de questions.

— Ce n'est rien d'illégal. C'est dans la sécurité.

— Comme toujours. Ranger s'occupe de sécurité en tout genre. Il assure la sécurité de petits pays du tiers-monde.

— Ça n'a aucun rapport avec du trafic d'armes. C'est régulier. On surveille l'entrée d'un immeuble de Sloane Street.

— Sloane ? Tu es dingue ? Cette rue est à la lisière d'une zone de guerre.

— C'est justement pour ça que cet immeuble a besoin d'être surveillé.

— Très bien. Que Ranger trouve quelqu'un

d'autre. Crois-moi, personne ne cherche à se rendre dans Sloane Street au beau milieu de la nuit.

— Je ne serai pas en voiture, Tank passe me prendre.

— Tu bosses avec un mec qui s'appelle Tank ?

— Il est blindé.

— Bon sang. Il a fallu que je tombe amoureux d'une nana qui bosse avec un dénommé Tank.

— Tu m'aimes ?

— Bien sûr que je t'aime. Je ne veux pas t'épouser, c'est tout.

En sortant de l'ascenseur, je le vis assis par terre dans le couloir, à côté de ma porte, et je sus tout de suite que c'était le visiteur dont Mabel m'avait parlé. Je plongeai ma main dans mon sac, en quête de ma bombe lacrymogène. Au cas où. Je farfouillai pendant quelques instants. Rouge à lèvres, bigoudis, boîtier paralysant... mais pas de bombe.

— Vous cherchez soit vos clés, soit votre lacrymo, me dit l'homme en se levant. Alors, permettez-moi de vous aider.

Il enfonça la main dans sa poche et en sortit une bombe lacrymogène qu'il me lança.

— Je vous en prie !

Et, d'une poussée, il ouvrit ma porte.

— Comment vous avez fait ? J'avais fermé à clé.

— Un don de Dieu. J'ai pensé qu'on gagnerait du temps si je fouillais votre appartement avant votre retour.

Je secouai la bombe pour m'assurer qu'elle fonctionnait.

— Hé, pas de panique, dit-il. J'ai rien dérangé. Même si, je dois dire, je me suis bien amusé avec vos petites culottes.

Mon intuition me disait qu'il mentait. Il avait fouillé mon appartement, ça, c'était sûr, mais je doutais que mes dessous l'aient captivé. En vérité, je n'en avais pas beaucoup, et ils n'étaient pas particulièrement originaux. Tout de même, on avait violé mon intimité. Je l'aurais bien gazé sur-le-champ, mais je n'avais pas trop confiance en la bombe que j'avais en main. C'était la sienne, après tout.

— Alors, lança-t-il en se balançant sur ses talons, vous ne m'invitez pas à entrer ? Vous ne voulez pas savoir qui je suis ? Vous ne voulez pas savoir pourquoi je suis ici ?

— Je vous écoute.

— Pas ici. Je veux entrer et m'asseoir. Ma journée a été longue.

— N'y pensez plus. Parlez-moi ici.

— Je ne crois pas. Je préfère à l'intérieur. Ce sera plus civilisé. Un peu comme si on était amis.

— On n'est pas amis. Et si vous ne me dites pas immédiatement ce que vous avez à me dire, je vous gaze.

Il était à peu près de ma taille, un mètre soixante-dix, et bâti comme un cube. Difficile de lui donner un âge. La petite quarantaine, peut-être. Ses cheveux bruns commençaient à se dégarnir. Ses sourcils donnaient l'impression d'avoir été boostés aux stéroïdes. Il portait des baskets miteuses, un Levi's noir et un sweat-shirt gris anthracite.

Il poussa un gros soupir et sortit un .38 de sous son sweat.

— La lacrymo, ce ne serait pas une bonne idée, dit-il. Parce qu'alors je serais obligé de vous buter.

Mon estomac se noua un brin et mon cœur se mit à battre plus fort dans ma poitrine. Je songeai aux photos du corps mutilé dans le sac-poubelle. Fred s'y était trouvé mêlé je ne sais comment. Maintenant, c'était mon tour. Et il était fort possible que je sois menacée par un homme qui connaissait ledit sac-poubelle comme sa poche.

— Si vous me tuez dans le couloir, mes voisins pourront vous identifier.

— Pas de problème. Je les buterai eux aussi.

L'idée qu'il tue quelqu'un — surtout moi — ne me disait rien qui vaille, aussi entra-t-on tous deux dans mon appartement.

— Voilà, fit-il en mettant le cap sur la cuisine, c'est beaucoup mieux.

Il ouvrit le frigo et prit une bière.

— D'où vient cette bière ? demandai-je.

— C'est moi. Vous croyiez que la bonne fée des bières était passée ? Faut que vous alliez faire des courses, ma belle, c'est pas sain de vivre comme ça.

— Mais qui êtes-vous ?

Il coinça son revolver dans sa ceinture et me tendit la main.

— Bobosse.

— Qu'est-ce que c'est que ce nom à la con ?

— Quand j'étais gosse, j'avais toujours ce problème dans mon pantalon.

Ah!

— Et à part ça, vous avez un vrai nom ?

— Ouais. Mais autant que vous ne le connaissiez pas. Tout le monde m'appelle Bobosse.

Je me sentais mieux depuis qu'il ne pointait plus son arme sur moi. Assez bien en tout cas pour vouloir assouvir ma curiosité.

— Alors, c'est quoi, les affaires que vous faites avec Fred ?

— Ben, en fait, Fred me doit de l'argent.

— Hum, hum.

— Et je veux le récupérer.

— Bonne chance.

Il engloutit la moitié de la canette de bière.

— Ça, voyez, ce n'est pas une bonne attitude.

— Comment se fait-il qu'il vous doive de l'argent ?

— Il aime jouer aux courses de temps en temps.

— Seriez-vous en train de me dire que vous êtes son bookmaker ?

— Ouais, c'est ce que je suis en train de vous dire.

— Je ne vous crois pas. Fred ne jouait jamais.

— Qu'est-ce que vous en savez ?

— En plus, vous n'avez pas l'air d'un bookmaker.

— Il sont comment, les bookmakers ?
— Différents.
Plus respectables.
— Vous êtes à la recherche de Fred et je suis à sa recherche, alors je me suis dit qu'on pourrait le rechercher ensemble.
— Bien sûr.
— Vous voyez, c'était pas si difficile.
— Bon, vous partez maintenant ?
— Sauf si vous vous voulez que je reste pour regarder la télé avec vous.
— Non.
— J'ai mieux, comme téloche, de toute façon.

À minuit et demi, j'étais en bas et attendais Tank. J'avais fait un somme, et je me sentais à moitié réveillée. J'étais vêtue de noir de la tête aux pieds : casquette SEAL de Ranger, T-shirt, jean, blouson SÉCURITÉ. À la demande de Ranger, j'avais mon revolver à ma ceinture, et mon fourre-tout contenait le reste du nécessaire : boîtier paralysant, bombe lacrymogène, torche électrique, menottes.

Le parking dégageait une impression d'étrangeté à cette heure de la nuit. Les voitures des troisième âge dormaient à portières fermées. Des flots de lumière halogène se reflétaient sur leur carrosserie. Le macadam avait l'air chargé de mercure. Le pâté de petites maisons individuelles derrière mon immeuble était plongé dans l'obscurité et le silence. De temps à autre, un vrombissement de moteur montait de St. James

Street. Une lumière de phares apparut soudain au coin de la rue et une voiture s'engagea dans le parking. Sur le coup, je fus prise de panique à l'idée que ce n'était peut-être pas Tank, mais Benito Ramirez. Je réussis à ne pas craquer en pensant à mon revolver à ma ceinture et en ayant recours à la méthode Coué : *je suis cool, je suis dure, je suis une femme dangereuse à qui il vaut mieux ne pas se frotter. Je t'attends, minable... Oui, c'est ça. Si jamais c'est Ramirez, je mouille ma culotte, je hurle et je prends mes jambes à mon cou.*

La voiture était noire, luisante. Un 4 × 4. Il s'arrêta devant moi et la vitre côté chauffeur descendit.

Tank me jaugea.

— Prête pour le rock and roll ?

Je pris place sur le siège passager et bouclai ma ceinture.

— Tu t'attends à ce que ça bouge beaucoup ce soir ?

— Je ne m'attends à rien. Travailler pendant cette tranche horaire, c'est comme regarder l'herbe pousser.

Ouf. Je devais réfléchir à des tas de choses, et je ne tenais pas particulièrement à voir Tank en pleine action. Et surtout, je ne tenais pas à me voir en pleine action.

— Un bookmaker nommé Bobosse, je suppose que ça ne te dit rien ?

— Bobosse ? Non. Jamais entendu parler. Il est du coin ?

— En fait, je n'en sais rien.

Le trajet à travers la ville fut tranquille. Une

voiture était garée au bord du trottoir devant l'immeuble de Sloane Street. Un autre 4 × 4 noir. Tank se gara juste derrière. Au-delà de l'immeuble, des voitures étaient garées de chaque côté de la rue.

— Un de nos trucs, c'est d'établir une zone de non-stationnement aux abords de l'immeuble, m'expliqua Tank. Ça déblaie le terrain. Les locataires ont un parking derrière l'immeuble. Seuls les véhicules de la sécurité sont autorisés devant la porte.

— Et si quelqu'un veut se garer par ici ?

— On l'en décourage.

Docteur ès euphémismes.

Il y avait deux hommes dans le hall. Vêtus de noir, ils portaient des blousons SÉCURITÉ. L'un d'eux s'avança à notre approche et nous ouvrit la porte.

Tank entra et regarda autour de lui.

— Il s'est passé quelque chose ?

— Rien. La soirée a été calme.

— À quelle heure remonte votre dernière ronde ?

— Minuit.

Tank approuva.

Les hommes rassemblèrent leurs affaires — une Thermos, un livre, un sac de gym — et sortirent dans la rue. Ils s'immobilisèrent un moment sur le trottoir, s'imprégnant de l'atmosphère, puis montèrent à bord de leur 4 × 4 et démarrèrent.

Une petite table et deux chaises pliantes placées contre le mur du fond du hall permettaient aux deux agents de sécurité de surveiller en même temps la porte et l'escalier. Deux talkies-walkies étaient posés sur la table.

Tank verrouilla la porte d'entrée et fixa un talkie-walkie à sa ceinture.

— Je vais faire une ronde. Tu restes ici et tu ouvres l'œil. Tu m'appelles si quelqu'un veut entrer.

Je lui fis le salut militaire.

— Rapide, commenta-t-il. J'aime ça.

Je m'assis sur une chaise pliante et regardai vers la porte. Personne ne s'en approchait. Je regardai vers l'escalier. Rien ne se passait de ce côté-là non plus. Je regardai l'état de mes ongles. Pas géniale, la manucure. Je regardai ma montre. Deux minutes s'étaient écoulées — encore quatre cent soixante-dix-huit minutes avant de rentrer chez moi.

Tank descendit tranquillement la dernière volée de marches et prit l'autre chaise.

— Tout est calme, m'annonça-t-il.
— Bon, et maintenant, qu'est-ce qu'on fait ?
— Maintenant, on attend.
— On attend quoi ?
— Rien.

Deux heures plus tard, Tank était confortablement avachi sur sa chaise, les bras croisés, les yeux mi-clos mais le regard vigilant braqué sur la porte. Son métabolisme était passé en mode reptile. Imperceptibilité de la respiration, immobilité du corps : cent vingt-cinq kilos de vigilance en suspension motrice.

Moi, de mon côté, j'avais renoncé à m'empêcher de glisser de ma chaise. J'étais étalée par terre où je pouvais dormir tranquillement sans risque de me tuer.

J'entendis couiner la chaise de Tank. Je l'entendis se pencher en avant. J'entrouvris un œil.

— C'est l'heure de la ronde ?

Il s'était levé.

— Il y a quelqu'un à la porte.

Je me redressai et *BANG !* Coup de feu et fracas du verre volant en éclats. Tank fut projeté en arrière contre la table puis s'écroula sur le sol.

Le tireur bondit dans le hall, revolver au poing. C'était le type que Tank avait jeté par la fenêtre, l'occupant du 2C. Il avait un regard de fou, le visage blême.

— Tu lâches ton flingue ! me hurla-t-il. Tu lâches ton putain de flingue !

Je baissai les yeux. Effectivement, je le tenais.

— Vous n'allez quand même pas me tuer ?

Ma voix sonnait creux.

Il portait un long imperméable. Il en écarta les pans d'un geste brusque pour me montrer toute une série de sachets scotchés à la doublure.

— Tu sais ce que c'est, ça ? Des explosifs. Tu fais ce que je te dis, ou alors je nous fais tous sauter.

J'entendis un bruit métallique, et je compris que mon revolver m'avait glissé des mains.

— J'ai besoin d'entrer dans mon appart, dit l'homme. Tout de suite.

— Il est fermé à clé.

— Alors, tu vas chercher la clé.

— Je ne l'ai pas.

— Alors, tu défonces la porte à coups de pied, bordel !

— Moi ?

— Tu as quelqu'un d'autre à proposer ?

Je baissai les yeux vers Tank. Il ne bougeait pas.

Avec son revolver, l'homme à l'imper montra l'escalier.

— Avance.

Je le contournai prudemment et montai jusqu'au deuxième. Arrivée devant l'appartement 2C, je tournai la poignée. Bel et bien fermé à clé.

— Défonce-la.

Je donnai un coup de pied dans la porte.

— Bordel ! C'est pas un coup de latte, ça. Tu sais pas y faire ? Jamais tu regardes la télé ?

Je reculai de quelques pas et me jetai sur la porte. Je la percutai de côté et repartis comme un boomerang. La porte n'eut pas une égratignure.

— Ça marche quand c'est Ranger qui le fait, dis-je.

L'homme à l'imper suait à grosses gouttes et le revolver tremblait dans sa main. Il se tourna vers la porte, visa à deux mains et tira deux fois. Le bois vola en éclats, et il y eut un bruit de métal percutant du métal. Il flanqua un coup de pied dans le battant à hauteur de la serrure et la porte s'ouvrit avec fracas. Il bondit à l'intérieur, cogna sur l'interrupteur et regarda dans tous les sens.

— On a nettoyé l'appartement, précisai-je.

Il courut dans la chambre, dans la salle de bains et revint au salon. Il ouvrit les portes de tous les placards de la cuisine.

— Vous aviez pas le droit, me hurla-t-il au visage. Vous aviez pas le droit de tout me prendre.

— Il n'y avait pas grand-chose.

— Y avait plein de choses ! Tu sais ce que j'avais ici ? De la came. De la bonne. De la pure. Bordel, si tu savais à quel point j'ai besoin d'un fixe.

— Bon, écoutez, je vous propose un truc : je vous accompagne à la clinique pour qu'on vous soigne.

— J'veux pas de clinique. J'veux ma came.

L'occupante de l'appartement 2A ouvrit sa porte.

— Qu'est-ce qui se passe ?

— Rentrez chez vous et enfermez-vous à double tour, lui dis-je. On a un petit problème à régler.

L'homme à l'imper s'était remis à arpenter son appartement au pas de course.

— Bordel, disait-il. Bordel. Bordel.

Une autre femme, frêle, voûtée, fit son apparition dans le couloir. Elle devait avoir plus de cent ans. Ses cheveux blancs coupés court se dressaient en touffes éparses. Elle portait une vieille chemise de nuit rose et de gros chaussons duveteux.

— Je n'arrive pas à dormir avec tout ce boucan, dit-elle. Ça fait quarante-trois ans que j'habite l'immeuble, et je n'ai jamais vu de bizarreries par ici. On n'avait jamais de problème de voisinage jusqu'à présent.

L'homme à l'imper fit volte-face, pointa son revolver en direction de la vieille dame et tira. La balle alla se ficher dans le mur derrière elle.

— Saperlipopette, s'écria la vieille dame.

Elle extirpa un 9 mm des replis de sa chemise de nuit et visa l'homme en tenant son arme des deux mains.

— *Non!* criai-je. Ne tirez pas. Il est bardé de...

Trop tard. La vieille buta l'homme à l'imper et la fin de ma phrase fut happée par le bruit de l'explosion.

Quand je repris conscience, j'étais étendue sur un chariot d'hôpital, attachée. Et j'étais dans le hall. Et le hall était plein de monde, surtout des flics. Le visage de Morelli apparut dans mon champ de vision, flou d'abord puis de plus en plus net. Il remuait les lèvres, mais sans rien dire.

— Quoi? braillai-je. Parle plus fort!

Il hocha la tête, agita les bras et je le vis articuler « Emmenez-la ». Un infirmier poussa le chariot au-dehors, dans l'air de la nuit. On tressauta sur le trottoir, puis je sentis qu'on me hissait à bord d'une ambulance dont le gyrophare clignotait contre la noirceur du ciel.

— Hé, attendez une minute, dis-je. Je vais bien. Je veux me lever. Détachez-moi.

Je pus quitter l'hôpital en milieu de matinée. Quand Morelli revint dans ma chambre avec mon autorisation de sortie, j'étais déjà habillée et je faisais les cent pas.

— Ils te relâchent, dit-il. Moi, à leur place, je t'aurais installée à l'étage, en psychiatrie.

Je lui tirai la langue, et je me sentis hyper-adulte. Je pris mon sac, et la fuite avant que l'infirmière n'arrive avec le fauteuil roulant réglementaire.

— J'ai plein de questions à te poser, lançai-je à Morelli.

Il m'entraîna vers l'ascenseur.

— J'en ai quelques-unes aussi. Entre autres : qu'est-ce qui s'est passé, bordel ?

— Moi d'abord. Il faut que je sache pour Tank. Personne ne veut me dire quoi que ce soit. Il est, hum, tu sais... ?

— Mort ? Non, malheureusement. Il portait un gilet pare-balles. L'impact de la balle l'a fait tomber, sa tête a cogné par terre et il a perdu connaissance, mais il va bien. Au fait, tu étais où quand l'autre lui a tiré dessus ?

— Allongée par terre. L'heure d'aller me coucher était largement passée.

Sourire de Morelli.

— En langage clair, tu n'as pas été touchée parce que tu dormais sur ton lieu de travail.

— Quelque chose comme ça. Ma formulation me semble plus appropriée. Et le kamikaze ?

— Pour l'instant, on a retrouvé une chaussure, une boucle de ceinture dans le périmètre autour de ce qui reste de l'appartement — à savoir pas grand-chose, soit dit entre nous —, et quelques dents dans Stark Street.

La porte de l'ascenseur s'ouvrit. On y entra d'un même pas.

— Tu déconnes pour les dents, hein ?

En guise de réponse, Morelli fit la grimace et appuya sur le bouton du rez-de-chaussée.

— Quelqu'un d'autre a été blessé ?

— Non. La vieille dame est tombée sur le cul, exactement comme toi. Peux-tu confirmer sa version des faits ? Légitime défense ?

— Oui. Il lui a tiré dessus une fois avant qu'elle ne le fasse sauter. La balle devrait être fichée dans le mur... si le mur est toujours là.

On émergea dans le hall, puis dans la rue qu'on traversa jusqu'au pick-up de Morelli.

— Et maintenant ? demanda-t-il. Chez toi ? Chez ta mère ? Chez moi ? Tu es la bienvenue si tu ne te sens pas très bien.

— Je te remercie, mais il faut que je rentre chez moi. Je veux prendre une douche, me changer...

Sans compter qu'il fallait que je reparte à la recherche de Fred. Il me tardait de retrouver sa trace. Mon plan était de me rendre sur le parking où il avait disparu et de me concentrer pour ressentir ses ondes télépathiques. Je n'ai jamais ressenti aucune onde télépathique de ma vie, mais bon, il y a un début à tout.

— Au fait, tu connais un bookmaker qui se fait appeler Bobosse ?

— Non. Il ressemble à quoi ?

— Italien de taille moyenne. La quarantaine.

— Il ne travaille pas pour moi. Tu l'as connu comment ?

— Il est allé voir Mabel, puis il est venu me voir. Il prétend que Fred lui doit de l'argent.

— Fred ? s'étonna Morelli.

— Si Fred avait voulu jouer aux courses, pourquoi n'aurait-il pas demandé à son fils de parier pour lui ?

— Parce qu'il ne voulait pas qu'on sache qu'il jouait ?

— Ah ouais. Je n'avais pas pensé à ça.

Pfft.

— J'ai parlé à ton médecin, enchaîna Morelli. Il dit qu'il faut que tu te reposes pendant deux ou trois jours. Et que le sifflement que tu entends devrait diminuer avec le temps.

— C'est déjà beaucoup mieux.

Morelli me lança un regard de biais.

— Tu ne comptes pas te reposer, hein ?

— Quelle est ta définition de ce verbe ?

— Rester chez soi, lire, regarder la télé.

— Je ferai un peu de ça.

Morelli s'engagea dans le parking de mon immeuble puis arrêta le pick-up.

— Quand le cœur t'en dira, passe au poste pour faire une déposition.

— Compte sur moi, dis-je en sautant du pick-up.

— Attends. Je monte avec toi.

— Pas nécessaire. Merci quand même. Ça ira.

Morelli me sourit une fois encore.

— Et si tu craques dans le hall et que tu te

mettes à me supplier à genoux de venir te faire l'amour ?

— Tu peux toujours rêver, Joe.

Quand j'entrai dans mon appartement, je vis que le signal d'appel de mon répondeur clignotait, clignotait, clignotait en rouge... et que Bobosse était endormi sur mon canapé.

— Qu'est-ce que vous fichez là ? hurlai-je. Debout ! Dehors ! On n'est pas au Ritz ! Est-ce que vous vous rendez compte que vous venez de commettre une effraction ?

— Mais c'est qu'elle a les ovaires dans le chignon, dit-il en se levant. Vous étiez où ? J'étais inquiet. Vous n'êtes pas rentrée hier soir.

— Vous vous prenez pour qui, ma mère ?

— Eh, je me fais du souci pour vous, c'est tout. Vous devriez être contente d'avoir un ami comme moi. (Il regarda autour de lui.) Vous auriez pas vu mes chaussures ?

— Vous n'êtes PAS mon ami. Quant à vos chaussures, elles sont sous la table basse.

Il les récupéra, les enfila, les laça.

— Alors, vous étiez où ?

— J'avais un boulot. Au clair de lune.

— Ça devait être un sacré boulot. Votre mère a téléphoné. Elle a dit qu'elle avait entendu dire que vous aviez fait sauter quelqu'un.

— Vous avez parlé à ma mère ?

— Elle a laissé un message sur votre répondeur. (Il regardait de nouveau autour de lui.) Vous n'auriez pas vu mon revolver ?

Je fis volte-face et filai à la cuisine pour écouter mes messages.

« Stéphanie, c'est maman. Qu'est-ce que c'est que cette histoire d'explosion ? Ritchie, le fils d'Edna Gluck, lui a dit que tu avais fait sauter quelqu'un ? C'est vrai ? Allô ? Allô ? »

Bobosse avait dit vrai. Aaargh, cette grande gueule de Ritchie !

J'écoutai le deuxième message. Une respiration. Idem pour le message numéro trois.

— C'est quoi, ce souffle ? s'enquit Bobosse, planté au milieu de ma cuisine, les mains enfoncées dans les poches, les pans froissés de sa chemise écossaise en flanelle sortant de son pantalon.

— Une erreur de numéro.

— Vous me le diriez si vous aviez un problème, hein ? Parce que, vous savez, je connais une façon de résoudre les problèmes de ce genre.

Je n'avais pas le moindre doute là-dessus. Il n'avait pas la tête d'un bookmaker, mais je n'avais aucune difficulté à croire qu'il saurait résoudre ce type de problèmes.

— Pourquoi êtes-vous ici ?

Il se mit à farfouiller dans mes placards, cherchant quelque chose à se mettre sous la dent, ne trouvant rien d'intéressant à son goût. J'en conclus qu'il n'était pas fana des croquettes pour hamster.

— Je voulais savoir si vous aviez appris du nouveau. Si vous aviez trouvé des indices ou autre.

— Non. Pas d'indices. Rien.

— Je croyais que vous étiez une superdétective ?

— Je ne suis absolument pas détective. Je suis agent de cautionnement judiciaire.

— Chasseur de primes.

— Non. Chasseuse de primes.

— C'est OK pour moi. Vous recherchez des gens et vous les retrouvez. C'est exactement de ça qu'il s'agit dans le cas qui nous occupe.

— Combien d'argent Fred vous doit exactement ?

— Assez pour que je veuille le récupérer. Pas assez pour lui donner envie de disparaître. Je suis un mec plutôt sympa, vous savez. Je ne suis pas du genre à briser les genoux de quelqu'un parce qu'il me rembourse pas. Bon, d'accord, des fois, ça peut m'arriver de briser un genou, mais quand même pas tous les jours.

Je levai les yeux au ciel.

— Vous savez quoi ? reprit Bobosse. Je pense que vous devriez aller vous renseigner à sa banque. Voir s'il a tiré du fric. Moi, je ne peux pas faire ça, vu que j'ai l'air de quelqu'un qui brise les genoux des gens. Mais vous, vous êtes une jolie fille. Je suis sûr que vous avez une copine qui bosse à la banque. Les gens voudront forcément rendre service à quelqu'un comme vous.

— Je vais y réfléchir. Maintenant, partez.

Bobosse s'éloigna vers la porte sans se presser. Il prit un vieux blouson en cuir marron à une des patères et se retourna vers moi, l'air très sérieux.

— Trouvez-le.

Le non-dit était « sinon... ».

Je tirai le verrou derrière lui. À la première occasion, j'en ferais poser un nouveau. Il devait bien exister quelqu'un qui fabriquait des verrous anti-intrus.

Je rappelai ma mère et lui expliquai que je n'avais fait sauter personne. Que l'homme s'était, en quelque sorte, fait sauter tout seul avec l'aide d'une vieille dame en chemise de nuit rose.

— Et si tu changeais de travail ? me suggéra ma mère. Tu pourrais prendre des cours à cette école qui fait de la pub à la télé pour devenir opérateur informatique.

— Il faut que je sorte.

— Viens donc dîner. Je fais un bon rôti en sauce avec des haricots verts.

— Je ne crois pas.

— Gâteau renversé à l'ananas comme dessert.

— Bon, d'accord. Je serai là à six heures.

J'effaçai les halètements en me disant que c'étaient des erreurs de numéro. Mais, au fond de moi, j'avais reconnu le « haleteur ».

Je vérifiai deux fois tous mes verrous, m'assurai que mes fenêtres étaient hermétiquement fermées et que personne ne se cachait dans ma penderie ni sous mon lit. Je pris une longue douche chaude, m'enveloppai dans une serviette, sortis de la salle de bains... et me trouvai nez à nez avec Ranger.

4

— *Aaaaaaah!*
Je fis un bond en arrière et plaquai mes mains sur ma poitrine, resserrant la serviette autour de mon buste.
— Qu'est-ce que tu fais là ? criai-je.
Le regard de Ranger glissa le long de la serviette puis remonta jusqu'à mon visage.
— Je te ramène ton bibi, *baby*.
Il vissa ma casquette SEAL sur ma tête, l'ajustant sur mes cheveux mouillés.
— Tu l'avais oubliée dans le hall.
— Oh ! Merci.
Sourire de Ranger.
— Qu'est-ce qu'il y a ? demandai-je.
— Très mignonne.
Je fis la moue.
— Autre chose ?
— Tu fais équipe avec Tank ce soir, dit-il.
— Tu assures toujours la surveillance de cet immeuble ?
— Il y a un gros trou dedans, *baby*. Il faut empêcher les mauvais garçons d'entrer.
— Je passe la main sur ce coup.

— Pas de problème. J'ai d'autres idées pour toi.

— Ah ouais ? Comme quoi ?

Ranger haussa les épaules.

— Y a des ouvertures.

Il passa une main dans son dos et en ramena un revolver. Mon revolver.

— J'ai trouvé ça aussi dans le hall.

Il planta l'arme dans le rebord supérieur de ma serviette, la nichant entre mes seins, et je sentis ses phalanges effleurer ma peau.

Mon souffle se coinça dans ma gorge et, un instant, je crus que ma serviette allait prendre feu.

Re-sourire de Ranger. Re-moue de ma part.

— Je te rappelle, dit Ranger.

Et le voilà parti.

Bon. Je tirai doucement le revolver hors de ma serviette et le rangeai dans ma boîte à biscuits dans la cuisine. Puis je retournai à ma porte et examinai les verrous. De la camelote. Je les tournai tout de même, ainsi que la clé dans la serrure. Je ne voyais pas ce que je pouvais faire de plus.

J'allai dans ma chambre, laissai tomber ma serviette et me trémoussai dans un soutien-gorge sport et une petite culotte Petit Bateau. Cette journée ne s'annonçait pas soieries et dentelles. Cette journée serait platement Petit Bateau.

Une demi-heure plus tard, j'avais franchi la porte de mon immeuble, vêtue d'un jean et d'une chemise assortie. Je m'attachai dans ma Grande Bleue et roulai hors du parking. Deux pâtés de maisons plus loin, je tournai dans

Hamilton Avenue et remarquai qu'une voiture me collait au pare-chocs. Je pivotai dans mon siège pour voir qui la conduisait... Bobosse. Je fis la moue, ce qui me valut de sa part un sourire et un signe de la main. Ce type était incroyable. Il m'avait menacée d'une arme, et avait sans doute quelque chose à voir avec le corps enveloppé dans le sac-poubelle, mais j'avais toutes les peines du monde à avoir vraiment peur de lui. En toute honnêteté, il était plutôt sympa... dans le genre agaçant.

Je fis un écart vers le bord du trottoir, tirai le frein à main, descendis de voiture et fonçai sur lui.

— Qu'est-ce que vous faites ? criai-je à travers sa vitre.

— Je vous suis.

— Pourquoi ?

— Je ne veux rien rater. Si jamais vous aviez de la chance et retrouviez Fred, je tiens à être là.

— Je ne sais pas comment vous faire passer le message, mais, de vous à moi, je pense qu'il est très peu probable que Fred soit en état de vous rembourser votre argent si je le retrouve.

— Vous croyez qu'il sert de nourriture aux poissons ?

— C'est une possibilité.

Il haussa les épaules.

— Vous allez penser que je suis dingue, dit-il, mais je suis optimiste.

— Parfait ! Allez montrer votre optimisme ailleurs. Je n'aime pas que vous me suiviez partout. Ça me fait flipper.

— Je ne vous embêterai pas. Vous oublierez que je suis là.

— Vous roulez à dix centimètres de mon pare-chocs arrière. Comment voulez-vous que je vous oublie ?

— Ne regardez pas dans votre rétro.

— En outre, je ne crois pas que vous soyez bookmaker. Personne ne vous connaît. Je me suis renseignée.

Il sourit comme si c'était très drôle.

— Ah ouais ? Alors, à votre avis, je suis qui ?

— Je ne sais pas.

— Vous me ferez signe quand vous aurez trouvé.

— Connard.

— C'est celui qui dit qui y est, dit Bobosse. Et je parie que votre mère ne serait pas contente si elle savait que vous parlez comme ça.

Mouchée, je repartis vers la Buick, me claquemurai derrière le volant et roulai jusqu'à l'agence.

— Tu vois le type qui s'est garé derrière moi ? demandai-je à Lula.

— Celui dans la Dodge marron étron ?

— Il prétend s'appeler Bobosse et être bookmaker.

— Pour moi, c'est pas un *bookie,* fit Lula. Et j'ai jamais entendu parler d'aucun Bobosse.

Connie vint elle aussi lorgner par la vitre.

— Moi non plus, je ne l'ai jamais vu, dit-elle. Et pour un *bookie,* il n'a pas l'air de rouler sur l'or.

— Il dit que Fred lui doit de l'argent, et il me suit au cas où je le retrouverais.

95

— Et alors, ça redore ton image ? fit Lula.
— Non. Je voudrais me débarrasser de lui.
— Définitivement ? Pasque j'ai un pote...
— Non ! Juste pour le reste de la journée.

Lula jaugea une nouvelle fois Bobosse.

— Si je tire dans ses pneus, tu crois qu'il va me tirer dessus ?
— Il y a des chances.
— J'aime pas qu'on me tire dessus...
— Je pensais qu'on pourrait faire un échange de voiture, dis-je.
— Échanger ma Firebird contre le mastodonte dans lequel tu roules ? Ça va pas, non ? Je peux faire beaucoup de choses par amitié, mais y a des limites.
— Très bien ! Pas de problème ! On oublie !
— Hé, cool, fit Lula. Y a pas de quoi criser. Je vais aller lui parler. Je peux être très persuasive.
— Tu ne vas pas le menacer, hein ?
— J'menace pas les gens, moi. Pour quel genre de nana tu me prends ?

Connie et moi la suivîmes des yeux tandis qu'elle sortait de l'agence en se dandinant et s'éloignait vers la voiture. Nous savions quel genre de nana elle était.

Lula portait une minijupe en tissu extensible jaune citron et un top en stretch au moins deux fois trop petit pour elle. Cheveux orange. Rouge à lèvres fuchsia. Fard à paupières doré.

On l'entendit lui dire « Salut, beau gosse », puis elle baissa d'un ton et ses paroles nous furent inaudibles.

— Tu devrais peut-être en profiter pour filer

en douce pendant qu'elle l'occupe, me suggéra Connie. Il n'y verra que du feu.

Je me dis que les chances que Bobosse ne voie que du feu étaient plutôt minces, mais que ça valait le coup d'essayer. Petit trot jusqu'à la voiture. Bord du trottoir. Volant. Je libérai le frein à main, retins mon souffle et tournai la clé de contact. *Vroooooouuuuuuum!* Un V8 ne file pas en douce. CQFD.

Bobosse et Lula se retournèrent vers moi. Je vis Bobosse dire quelque chose à Lula. Alors Lula l'empoigna par le col de sa chemise et me hurla :

— Fonce ! Je le tiens, tu peux compter sur moi !

Bobosse lui flanqua un coup sur la main, et Lula se coinça dans la vitre de la voiture, son gros popotin jaune à l'air, ressemblant, vue de l'extérieur, à Winnie l'Ourson coincé dans le terrier du lapin. Elle tenait Bobosse par le cou et, quand je roulai à leur hauteur, je la vis lui coller un gros baiser en plein sur la bouche.

À mon arrivée, Mabel, dans sa cuisine, se faisait un thé.

— L'enquête avance ? me demanda-t-elle.

— J'ai parlé au type qui recherche Fred. Il prétend être son bookmaker. Tu savais que Fred pariait ?

— Non.

Elle arrêta son geste, sachet de thé à la main.

— Il jouait aux courses ? dit-elle. Première nouvelle.

— Peut-être qu'il m'a menti.
— Pourquoi ferait-il ça?

Bonne question. Si Bobosse n'était pas bookmaker, que faisait-il? Quel était le lien entre lui et Fred?

— Au sujet des photos, dis-je à Mabel. As-tu une idée de quand elles ont été prises?

Mabel versa de l'eau dans la théière.

— Sans doute récemment parce que je ne les avais encore jamais vues. Je ne regarde pas tout le temps dans le bureau de Fred, mais de temps en temps, quand j'ai besoin de quelque chose. Et ces photos, je ne les avais jamais vues. Fred ne prend plus de photos. Il y a des années, quand les enfants étaient petits, on en prenait. Maintenant, c'est Ronald et Walter qui nous apportent des photos des petits-enfants. On n'a même plus d'appareil. L'année dernière, il a fallu qu'on photographie le toit pour notre compagnie d'assurances, on a dû acheter un appareil jetable.

J'abandonnai Mabel à son thé et retournai m'asseoir au volant. Je regardai des deux côtés de la rue. Youpi, pas de Bobosse à l'horizon!

Mon escale suivante fut le centre commercial où Fred avait l'habitude d'aller faire ses courses. Je me garai dans le coin du parking où sa voiture avait été retrouvée. Même heure. Même temps. Vingt-cinq degrés au soleil. Il y avait assez de gens alentour pour remarquer une altercation. Un homme errant, l'air perdu, aurait aussi toutes les chances de se faire repérer, mais je ne pensais pas que ce soit cela que j'étais venue chercher.

L'agence de la First Trenton était située à une extrémité du centre commercial. Distributeur de billets à l'extérieur et autres services bancaires à l'intérieur. Leona Freeman y travaillait comme guichetière. C'était une cousine du côté de ma mère. Deux ou trois ans de plus que moi. Et une bonne longueur d'avance côté trip familial : quatre enfants, deux chiens et un mari adorable.

Il n'y avait pas foule quand j'entrai. Leona me fit signe de derrière son comptoir.

— Stéphanie !
— Salut, Leona, comment tu vas ?
— Plutôt bien. Et toi ? Tu veux de l'argent ? J'en ai plein mes tiroirs.

Je lui souris.

— Vanne bancaire, me précisa-t-elle.
— Tu as appris que Fred avait disparu ?
— Oui. Il est venu ici juste avant.
— Tu l'as vu ?
— Ouais, bien sûr. Il a fait un retrait au distributeur, et puis il est entré pour voir Shempsky.

Leona et moi étions allées en classe avec Allen Shempsky. C'était un mec bien qui avait gravi les échelons et était devenu vice-président. Et ça, c'était du nouveau. Personne ne m'avait encore dit que Fred était allé voir Shempsky.

— Qu'est-ce que Fred lui voulait, à Allen ?

Leona haussa les épaules.

— J'en sais rien. Il est resté dans son bureau une dizaine de minutes. En sortant, il ne s'est pas arrêté pour me dire bonjour ni rien. Fred a toujours été comme ça. Il y a mieux dans le genre sociable.

Le bureau de Shempsky était coincé entre deux autres. La porte du sien était ouverte. J'y glissai la tête.

— Toc toc !

Allen leva vers moi un regard inexpressif, puis, au bout d'un moment, je vis que ça avait fait tilt et qu'il m'avait reconnue.

— Excuse-moi, dit-il. J'avais la tête ailleurs. Qu'est-ce que je peux faire pour toi ?

— Je suis à la recherche de mon oncle Fred. Je crois savoir qu'il est venu te voir juste avant sa disparition.

— Oui. Il envisageait de demander un prêt.

— Un prêt ? Quel type de prêt ?

— À la consommation.

— Il t'a dit pourquoi il avait besoin d'argent ?

— Non. Il voulait se renseigner sur les différents taux d'intérêt et les durées. Ce genre de choses. Des informations préliminaires. On n'a rien signé. Je crois qu'il n'a dû rester ici que cinq minutes. Dix tout au plus.

— Il t'a paru contrarié ?

— Pas spécialement. Enfin, pas plus que d'habitude. Fred a toujours été ronchon. C'est ta famille qui t'a demandé de le rechercher ?

— Oui.

Je me levai et lui tendis ma carte.

— Appelle-moi si quelque chose d'important te revient.

Un prêt. Était-ce dans le but de rembourser Bobosse ? Je ne pensais pas que Bobosse était bookmaker, mais je ne serais pas choquée outre mesure de découvrir qu'il était maître chanteur.

Le pressing était situé au centre de l'alignement de bâtiments, à côté du Grand Union. Je connaissais de vue la femme qui le tenait. J'y donnais mes vêtements moi aussi, parfois.

Elle se souvenait de Fred, oui, mais pas de grand-chose à part ça. Il était venu chercher ses vêtements, et voilà. Non, ils n'avaient pas bavardé. Il y avait beaucoup de monde. Elle n'avait pas vraiment fait attention à lui.

Retour à la Buick.

Je demeurai immobile, regardant autour de moi, essayant d'imaginer ce qui avait bien pu se passer. Fred s'était garé devant le Grand Union, prévoyant qu'il aurait des courses à y faire. Il avait soigneusement posé ses vêtements propres sur le siège arrière de sa voiture, puis fermé et verrouillé les portières. Et ensuite ? Ensuite, il avait disparu. D'un côté du centre commercial, il y avait une nationale à quatre voies, et derrière, une cité et la zone pavillonnaire où j'avais déjà cherché Fred.

Les bureaux de la RGC se trouvaient au bord de la rivière, après Broad Street. C'était une zone industrielle composée d'entrepôts et d'usines à la papa. Pas vraiment un itinéraire touristique. Idéal pour un transporteur de déchets.

Je me coulai dans la circulation et orientai la proue de la Grande Bleue sur l'ouest. Dix minutes et sept feux rouges plus tard, je roulais dans Water Street, scrutant les lugubres façades en brique en quête de numéros. La chaussée était fissurée et grêlée de fondrières ; les parkings des sociétés, bordés de clôtures grillagées ;

les trottoirs, déserts; les fenêtres, sombres et sans signe de vie. Inutile de lire les numéros : la RGC était facilement repérable. Méga-enseigne. Une ribambelle de bennes garées au parking. Cinq places réservées aux visiteurs sur le côté du bâtiment. Toutes vides. Rien d'étonnant. On ne pouvait pas dire que ça sentait la rose dans les parages.

Je me garai sur une des places et courus à l'intérieur. Le bureau était petit. Lino sur le sol. Murs vert cadavre. Un comptoir coupait la pièce en deux. Au fond : deux bureaux et un classeur à tiroirs.

Une femme se leva d'un des bureaux et vint se placer au comptoir derrière une plaque au nom de Martha Deeter, réceptionniste. J'en conclus que c'était ladite Martha.

— Vous désirez? s'enquit-elle.

Je me présentai comme étant la nièce de Fred et lui dis que j'étais à sa recherche.

— Je me souviens de lui avoir parlé, dit-elle. Il est allé chez lui chercher son avis de débit et il n'est jamais revenu. Je n'ai pas pensé une seule seconde qu'il aurait pu lui arriver quelque chose. J'ai supposé qu'il avait laissé tomber, voilà tout. Il y en a beaucoup ici qui essaient de resquiller.

— Comment savoir!

— Exactement. C'est pour ça que je lui ai demandé d'aller chercher la preuve de son règlement. Les vieux, c'est les pires. Ils ont tous des revenus fixes. Ils sont prêts à dire n'importe quoi pour ne pas lâcher un dollar.

Un homme était assis à l'autre bureau. Il se leva et s'approcha de Martha.

— Je peux peut-être vous aider. Je suis le comptable, et je crains que ce soit mon problème. En vérité, ça s'est déjà passé. C'est l'ordinateur. Il y a tout simplement certains clients qu'il s'obstine à ne pas reconnaître.

Martha tambourina le plateau du comptoir.

— Ce n'est pas l'ordinateur. Il y en a toujours qui essaient de profiter. Des gens qui trouvent que c'est très bien d'arnaquer les grosses boîtes.

L'homme m'adressa un sourire crispé et me tendit la main.

— Larry Lipinski. Je vais faire en sorte que le compte soit régularisé.

Martha avait l'air fumasse.

— On devrait quand même voir l'avis de débit.

— Bon Dieu de bon Dieu, Martha ! s'écria Lipinski. Cet homme a disparu alors qu'il était allé le chercher. Il est probable qu'il l'a sur lui. Comment veux-tu qu'on te le montre !

— Les Shutz sont censés être clients depuis des années. Ils doivent avoir des avis de débit datant de trimestres antérieurs.

— Je n'y crois pas ! dit Lipinski. Laisse tomber. C'est l'ordinateur. Tu te rappelles, le mois dernier ? On a eu le même problème.

— Ce n'est pas l'ordinateur.
— Si.
— Non.
— M'si.
— Nan.

Je reculai jusqu'à la porte et me glissai au-dehors. Je n'avais pas envie d'assister au crêpage de chignons. Si Fred voulait « qu'ils en aient pour leur argent », il semblait peu probable qu'il ait la complicité de ces deux-là.

Une demi-heure plus tard, j'étais de retour chez Vinnie. La porte de son bureau était fermée, et il n'y avait aucun emprunteur de caution au bureau de Connie. Lula et elle parlaient rosbif.

— C'est dégueu, disait Lula en regardant le sandwich de Connie, les yeux exorbités. On n'a jamais vu de la mayo sur du rosbif. Tout le monde sait que c'est du ketchup qu'il faut mettre sur du rosbif. Pas de la mayo de merde. C'est quoi ça, c'est à la mode italienne ?

Connie lui brandit son majeur sous le nez.

— C'est ça la mode italienne, dit-elle.

Je chipai une chips dans le sachet sur le bureau de Connie.

— Alors, que s'est-il passé ? demandai-je à Lula. Tu sors avec Bobosse ?

— Il embrasse pas mal, me répondit Lula. Au début, il a eu du mal à se concentrer, mais, au bout d'un moment, il était vraiment dedans.

— Je pars aux trousses de Briggs, lui dis-je. On fait équipe ?

— Sûr, fit Lula en enfilant un sweat-shirt. Ce sera toujours mieux que rester ici, le cul sur une chaise. On se fait chier aujourd'hui !

Elle avait déjà ses clés de voiture en main.

— Et c'est moi qui conduis, précisa-t-elle. Il est nullos, le son dans ta Buick, et moi il me faut du Dolby. Il me faut de la zique qui me mette dans le *mood*. Il faut que je sois en condition pour botter les culs.

— On ne va botter aucun cul, Lula. On va faire dans la subtilité.

— Pas de problème. Ça aussi, ça me connaît.

Je suivis Lula hors de l'agence et jusqu'à sa voiture. On boucla nos ceintures, le lecteur de CD s'enclencha et la basse nous souleva pratiquement de terre.

— Alors, c'est quoi, le plan ? demanda Lula en s'engageant dans le parking de Briggs. Faut qu'on ait un plan.

— Le plan, c'est de frapper à sa porte et de mentir.

— Ça, c'est dans mes cordes. J'aime bien mentir. Je peux être Super Menteuse, moi.

On traversa le parking, on monta par l'escalier. Le couloir était désert. Aucun bruit ne nous parvenait de l'appartement de Briggs.

Je m'aplatis contre le mur, hors de vue, et Lula frappa deux coups à la porte.

— Qu'est-ce que t'en dis ? me demanda-t-elle. Mon look, ça va ? Je suis en mode non effrayant, là. C'est mon look, viens, enfoiré, viens, viens m'ouvrir.

Si, par mon judas, je voyais Lula en mode non effrayant, je courrais me planquer sous mon lit. Mais, bon, ça n'engage que moi.

La porte s'ouvrit, chaîne de sécurité en place, et Briggs, risquant un coup d'œil par l'entrebâillement, regarda Lula.

— Salut, fit Lula. J'habite en dessous, et je viens vous demander si vous voulez signer une pétition parce qu'on menace de nous augmenter le loyer.

— Je n'en ai pas entendu parler, dit Briggs. Je n'ai pas reçu d'avis là-dessus.

— Ben, n'empêche qu'on va nous augmenter le loyer.

— Les fils de pute, fit Briggs. Y a toujours un truc qui va pas dans cet immeuble. Je me demande bien pourquoi je reste ici.

— Loyer pas cher ? suggéra Lula.

La porte se referma, la chaîne de sécurité glissa, et la porte se rouvrit toute grande.

— Hé ! s'écria Briggs quand Lula et moi fonçâmes dans l'appartement. Vous pouvez pas débouler comme ça chez moi. Avec un bobard, en plus.

— Erreur, fit Lula. On est des chasseuses de primes. On peut débouler où on veut quand on veut. On a des droits.

— Vous n'avez aucun droit. C'est une accusation bidon. C'est un couteau cérémoniel que j'avais sur moi. Il était sculpté.

— Un couteau cérémoniel, répéta Lula. Comme si un mec dans ton genre pouvait porter un couteau cérémoniel.

— Absolument. Je suis accusé à tort.

— De toute façon, ça a pas d'importance, dit Lula. Faut quand même qu'on t'emmène au poste.

— Je suis au milieu d'un gros projet. Je n'ai pas le temps.

— Hum, fit Lula. Je vais t'expliquer comment ça marche. En gros, on s'en tape !

Briggs plissa les lèvres et croisa les bras d'un air résolu.

— Vous ne pouvez pas me forcer.

— Tu vas voir si on peut pas, rétorqua Lula. T'es qu'une demi-portion. On pourrait te faire chanter *Yankee Doodle* si on voulait. Mais bon, on va pas le faire, parce qu'on est des pros, tu vois.

Je sortis une paire de menottes de ma poche arrière et passai un bracelet au poignet de Briggs.

Il le regarda comme si c'était le virus de la fièvre Ébola.

— Ça veut dire quoi, ça ? fit-il.

— Rien de particulier, lui répondis-je. Procédure standard.

— Hiiiiiiiiiiii ! hurla-t-il. Hiiiiiiiiiiiiiiiiiiii !

— Arrête ça ! cria Lula. On dirait une nana. Tu me fous les boules.

Il s'était mis à courir dans la pièce en agitant les bras et en continuant de crier.

— Hiiiiiiiiiiiiiiiiiiiiiiiiiiiiiiiiii !

Je tentai de l'attraper par les menottes, mais le manquai.

— On ne bouge plus ! lui ordonnai-je.

Briggs bouscula Lula au passage qui, sidérée, demeura clouée sur place, et il sortit dans le couloir.

— Rattrape-le ! criai-je en me précipitant vers Lula. Ne le laisse pas s'enfuir !

Je la poussai dehors et nous voilà dévalant l'escalier quatre à quatre à la suite de Briggs.

— Bordel, dit Lula. J'entends le bruit de ses

petits pieds mais j'arrive pas à le voir. On va le perdre entre toutes ces bagnoles.

Arrivées au parking, on décida de se séparer. Lula alla d'un côté, moi de l'autre. Une fois au bout, on s'arrêta, aux aguets. Aucun bruit de pas.

— Je l'entends plus, dit Lula. Il doit marcher sur la pointe des pieds.

On fit demi-tour et ce fut alors qu'on le vit tourner au coin de l'immeuble et foncer à l'intérieur.

— Oh, la vache ! cria Lula. Il remonte chez lui.

On piqua un sprint à travers le parking, on déboula dans le hall de l'immeuble, on remonta l'escalier quatre à quatre, mais quand on arriva devant l'appartement de Briggs, la porte était fermée à double tour.

— On sait que t'es là ! brailla Lula. T'as intérêt à ouvrir c'te porte !

— Vous pouvez souffler à pleins poumons, mais vous n'arracherez pas ma porte de ses gonds ! dit Briggs.

— C'est ça, ouais, lui dit Lula. On pourrait faire sauter la serrure à coups de revolver, et alors on rentrerait et tu verrais si tu sortirais pas de ton terrier !

Pas de réponse.

— Hé ? cria Lula.

On colla notre oreille contre le battant et on entendit le ronron de l'unité centrale d'un ordinateur. Briggs se remettait au travail.

— Y a rien que je déteste autant qu'un nain qui pète plus haut que son cul, dit Lula en sortant un .45 de son sac à main. Recule-toi. Je vais la dynamiter, c'te porte.

Tentant, mais pas très judicieux de vider un chargeur dans un immeuble pour un type qui ne valait que sept cents dollars.

— Pas de coup de feu, dis-je. Je vais demander la clé au gardien.

— Ça servira à rien si t'as pas l'intention de tirer, dit Lula. Il a remis sa chaîne de sécurité.

— J'ai vu Ranger défoncer une porte d'un coup d'épaule.

Lula considéra la porte.

— Je pourrais, moi aussi, dit-elle, sauf que je viens d'acheter cette robe avec ces rayures spaghetti et j'ai pas envie de la déchirer.

Je consultai ma montre.

— Déjà cinq heures, et ce soir je vais dîner chez mes parents.

— On devrait peut-être remettre ça à plus tard.

— On s'en va ! criai-je à Briggs à travers sa porte. Mais on va revenir ! Et je vous conseille de prendre soin des menottes, elles m'ont coûté cinquante dollars !

— On aurait tout à fait eu le droit de dégommer c'te porte à coups de feu vu qu'il est en possession d'un bien volé, dit Lula.

— Tu as toujours une arme sur toi ?

— Comme tout le monde.

— Benito Ramirez a été libéré avant-hier.

Lula chancela sur la marche.

— C'est pas possible.

— C'est Joe qui me l'a dit.

— Quel système judiciaire de merde !

— Fais attention.

— Bah, moi, il m'a déjà lardée de coups de couteau. C'est toi qui dois faire attention.

On sortit d'un bon pas et on s'arrêta net.

— Oh, oh, fit Lula. On a de la compagnie.

C'était Bobosse. Il s'était garé juste derrière nous. Et il n'avait pas l'air heureux.

— Comment il nous a retrouvées, à ton avis ? demanda Lula. On a même pas pris ta caisse.

— Il a dû nous suivre depuis l'agence.

— Je l'ai pas vu. Et c'est pas faute d'avoir regardé.

— Moi non plus, je ne l'ai pas vu.

— Il est doué, dit Lula. Vaudrait mieux qu'on se méfie de lui.

— Comment tu trouves le rôti ? me demanda ma mère. Il n'est pas trop sec ?

— Il est très bon. Comme toujours.

— C'est Rose Molinowski qui m'a donné la recette des haricots verts en cocotte. On les fait avec de la soupe aux champignons et du pain émietté.

— Que ce soit pour une veillée mortuaire ou un baptême, Rose apporte toujours ce plat en cocotte, dit ma grand-mère. C'est sa griffe.

Mon père releva la tête de son assiette.

— Sa griffe ?

— J'ai entendu ça sur une des chaînes de télé-achat du câble. Tous les grands designers ont leur griffe pour ci, leur griffe pour ça...

Mon père hocha la tête et replongea la tête sur son rôti cocotte. Ma grand-mère se resservit.

— Comment se passe ta chasse à l'homme ? me demanda-t-elle. Tu as déjà une piste sérieuse pour Fred ?

— Fred, c'est l'impasse. J'ai parlé à son fils et à sa petite amie. J'ai reconstitué son emploi du temps. J'ai parlé à Mabel. Rien. Il a disparu sans laisser de trace.

Mon père marmonna dans sa barbe — je crus comprendre « il en a de la chance » — et continua de manger.

Ma mère leva les yeux au ciel.

Et ma grand-mère prit une louche de haricots.

— Tu devrais faire appel à un médium, me suggéra-t-elle. L'autre jour, à la télé, ils donnaient un numéro où on pouvait en consulter. Ils savent tout sur tout. Ils n'arrêtent pas de retrouver des morts. Il y en avait deux ou trois à un talk-show, ils expliquaient que la police faisait appel à eux pour qu'ils l'aident à élucider des affaires de *serial killer*. En regardant cette émission, je me disais que si j'étais une tueuse en série je découperais mes cadavres en petits morceaux pour donner du fil à retordre aux médiums. Ou alors je les viderais de leur sang que je recueillerais dans un grand seau, puis j'enterrerais un poulet et avec le sang de mes victimes je ferais une traînée jusqu'au poulet. Comme ça, le médium ne saurait plus que penser quand la police déterrerait le poulet.

Elle prit la saucière et nappa sa part de rôti.

— Vous croyez que ça marcherait ?

Nous cessâmes tous de manger — sauf ma grand-mère.

— Hé, je n'enterrerais pas un poulet vivant, évidemment, dit-elle.

Plus personne ne crut bon d'ajouter quoi que ce soit, et je sentis la fatigue m'envahir tandis que j'en étais à ma deuxième part de gâteau.

— Tu as une petite mine, me dit ma grand-mère. Ça doit fatiguer de se faire tirer dessus.

— J'ai mal dormi la nuit dernière.

— Tu veux faire la sieste pendant que ta grand-mère et moi faisons le ménage ? s'enquit ma mère. Tu peux utiliser la chambre d'amis.

D'habitude, j'aurais trouvé une fausse excuse pour rentrer chez moi tôt, mais, ce soir, Bobosse était posté de l'autre côté de la rue, à deux maisons de chez nous, dans sa Dodge. Alors, partir tôt ne me disait rien. Ce qui me disait, c'était de faire vivre à Bobosse la nuit la plus longue de sa vie.

Il y a trois chambres chez mes parents. Ma grand-mère dort dans l'ancienne chambre de ma sœur, et mon ancienne chambre sert de chambre d'amis. Évidemment, la seule « amie » qui ait profité de la chambre d'amis, c'est moi. Tous les amis de mes parents, tous les membres de notre famille habitent dans un rayon de dix kilomètres, et ils n'ont aucune raison de passer la nuit chez mes parents. Moi aussi, je vis dans un rayon de dix kilomètres, mais on sait d'expérience que j'ai connu des catastrophes ponctuelles qui m'ont obligée à chercher des résidences provisoires. Du coup, mon peignoir est pendu en permanence dans la penderie de la chambre d'amis.

— Une petite sieste, oui, peut-être, dis-je. Je suis vannée.

À mon réveil, le soleil se faufilait par l'interstice entre les doubles rideaux. Je paniquai pendant quelques secondes à l'idée d'arriver en retard à l'école, puis je pris conscience que ça faisait un bail que je n'y allais plus et que je m'étais vautrée dans le lit pour une courte sieste et avais, en fait, dormi toute la nuit.

Je roulai sur moi-même, me levai, tout habillée, et gagnai la cuisine à pas traînants. Ma mère faisait une soupe de légumes, et ma grand-mère, assise à la table, épluchait la rubrique nécrologique du journal.

Mamie Mazur leva la tête à mon entrée.

— Tu n'étais pas à la société de ramassage des ordures, hier, pour leur poser des questions sur Fred ?

Je me servis une tasse de café et m'assis face à elle.

— Si.

— Il est écrit ici que Martha Deeter, leur réceptionniste, a été tuée hier soir. On lui a tiré dessus. Ils l'ont trouvée dans le parking de son immeuble.

Elle fit glisser le journal jusqu'à moi.

— Ils ont même mis une photo d'elle et tout.

Je regardai la photo, sidérée. C'était bien Martha. Étant donné la façon dont elle traitait son collègue de travail, je me serais plutôt attendue à voir des traces de doigts autour de son cou. Une balle en pleine tête, je n'y aurais pas pensé...

— Ils disent qu'il y a une veillée funèbre demain soir, chez Stiva, précisa ma grand-mère. On devrait y aller puisque ce sont eux qui ramassent nos ordures.

L'église catholique n'organisait des lotos que deux fois par semaine, aussi ma grand-mère et ses amies diversifiaient-elles leur vie sociale en assistant aux expositions des corps.

— Aucun suspect, dis-je, lisant l'article. La police pense que c'était pour la voler. Son sac à main a disparu.

Quand je partis de chez mes parents, la Dodge marron était toujours garée un peu plus bas dans la rue. Bobosse pionçait derrière le volant, tête renversée en arrière, bouche ouverte. Je tapotai à sa vitre. Il se réveilla en sursaut.

— Merde, fit-il. Il est quelle heure ?
— Vous êtes resté là toute la nuit ?
— J'en ai bien l'impression.

Moi aussi, j'en avais bien l'impression. Il avait encore une plus sale tête que d'habitude. Il avait de gros cernes, besoin d'un bon rasage et on aurait dit qu'il s'était coiffé avec un pétard.

— Alors, vous n'avez tué personne hier soir ? Bobosse me regarda en clignant des yeux.
— Pas que je sache. Pourquoi ? Qui a fait le grand saut ?
— Martha Deeter. Elle travaillait à la RGC.
— Pour quelle raison l'aurais-je tuée ?

— Je n'en sais rien. J'ai lu ça dans le journal ce matin, et j'ai pensé vous le demander.

— On ne sait jamais, me répondit Bobosse.

Quand j'entrai dans mon appartement, je vis que le voyant lumineux de mon répondeur clignotait.

« Salut, *baby*. C'est Ranger. J'ai un boulot pour toi. »

L'autre message était de Benito Ramirez.

« Bonjour, Stéphanie. » Voix posée, ton aimable, comme à son habitude. « J'ai été absent un petit moment... comme tu sais. » Silence. Dans ma tête, je voyais ses yeux. Petits par rapport à son visage. Une folie terrifiante dans le regard. « Je suis passé te voir, mais t'étais pas chez toi. C'est O.K. Ce sera pour une autre fois. » Petit gloussement d'écolière. Raccroché.

J'effaçai le message de Ranger, mais pas celui de Ramirez. Je ferais sans doute mieux de demander qu'on limite ses mouvements. De manière générale, je ne crois pas trop à l'efficacité de ce genre d'injonction, mais si Ramirez persistait à me harceler, ça pourrait me permettre de faire annuler sa mise en liberté conditionnelle.

J'appelai Ranger sur son téléphone de voiture.

— C'est quoi, ton boulot ?

— Chauffeur. J'ai un jeune cheikh qui arrive à Newark à cinq heures cet après-midi.

— Il transporte de la drogue ? Des armes ?

— Négatif. Il vient en visite chez sa famille dans Bucks County. En week-end prolongé. Il y a peu de chance que ce soit un kamikaze.

— Où est l'embrouille ?

— Y a pas d'embrouille. Tu mets un tailleur noir et un corsage blanc. Tu le retrouves aux arrivées et tu l'escortes sans encombre jusqu'à sa destination.

— Ça me paraît cool.

— Tu vas conduire une voiture avec une vitre de séparation. Elle t'attend au garage à l'angle de la IIIe Avenue et de Marshall Street. Tu y passes à trois heures et tu demandes Eddie.

— Autre chose ?

— Sors couverte.

— Tu veux parler du tailleur...

— Non. De ton revolver.

— Oh !

Je raccrochai et repris les photos couleurs de Fred. Je les étalai sur la table, exactement comme la première fois. Deux d'entre elles représentaient le sac ficelé. J'en conclus que c'était ainsi que Fred l'avait trouvé. Il l'avait pris deux fois en photo avant de l'ouvrir. La grande question était de savoir s'il savait ce que le sac contenait ou si ça avait été une pochette surprise.

Je montai chez Mme Bestler, qui était myope comme une taupe, pour lui emprunter sa loupe. Une fois revenue chez moi, je m'approchai de la fenêtre pour réexaminer les photos. La loupe ne me fut pas d'une grande utilité, mais j'étais quasiment certaine que c'était une femme. Brune. Cheveux courts. Aucun bijou à sa main droite.

Apparemment, il y avait aussi des journaux froissés dans le sac-poubelle. Le labo de la police pourrait peut-être dater ces photos. Le sac au cadavre était posé à côté d'autres sacs. J'en dénombrai quatre. Posés sur l'asphalte. Des déchets d'une entreprise, peut-être. Une entreprise trop petite pour se payer une benne. Il y en avait pas mal dans le coin. Mais ces photos avaient aussi pu être prises dans l'allée d'un particulier, d'une famille qui avait des tonnes d'ordures.

On voyait une partie d'un bâtiment au fond. Difficile de dire ce que c'était. Flou et dans l'ombre. Je penchais pour un mur en plâtre.

Voilà tout ce que ces photos avaient à m'offrir.

Je pris une douche, déjeunai sur le pouce et décidai d'aller parler à Mabel.

5

Je sortis de mon immeuble, plus prudente que jamais, gardant l'œil ouvert de crainte de voir surgir Ramirez. J'atteignis la Buick, presque déçue qu'il ne m'ait pas abordée. D'un côté, j'aurais préféré avoir cette confrontation derrière moi ; d'un autre côté... je préférais ne pas y penser.

Bobosse non plus n'était pas là. Sur lui aussi, j'étais partagée. Bobosse était casse-bonbons, et je n'avais pas la moindre idée de qui il était, mais je me disais qu'il valait peut-être mieux qu'il soit dans les parages si jamais je me faisais agresser par Ramirez. Je préférais encore Bobosse à Ramirez. Je ne savais pas pourquoi je pensais ça. Si ça se trouve, c'était Bobosse le boucher...

Je roulai poussivement hors du parking et conduisis en pilotage automatique jusque chez Mabel, m'efforçant de mettre de l'ordre dans mes projets. Je devais neutraliser Ramirez, découvrir le fin mot de l'histoire Fred, servir de chauffeur à un cheikh... et la morte du sac-poubelle me donnait un sentiment de malaise.

Sans oublier que j'avais absolument besoin d'une nouvelle paire de chaussures pour samedi soir. Les chaussures étaient, et de loin, la priorité numéro un. O.K., il y a des jours où je ne suis pas la plus grande chasseuse de primes de tout l'univers. Mais je ne suis pas non plus un fin cordon-bleu. Ni un as de la finance. Je peux très bien vivre avec tous ces défauts dès l'instant que je sais qu'une fois de temps en temps j'ai l'air hypersexy. Et samedi soir, je comptais bien l'être, hypersexy. Donc, il me fallait une nouvelle robe.

Mabel était sur le seuil de chez elle à mon arrivée. Toujours dans l'espoir de voir resurgir Fred, sans doute.

— Comme je suis contente de te voir, me dit-elle en m'invitant à entrer. Je ne sais plus que penser.

Comme si je pouvais l'aider dans ce domaine.

— Par moments, je m'attends à ce que Fred franchisse la porte, comme d'habitude. Et puis à d'autres moments, je suis sûre qu'il ne reviendra jamais. Et le problème... c'est que j'ai vraiment besoin d'un nouveau lave-linge/sèche-linge. En fait, ça fait des années qu'il m'en faut un, mais Fred était si parcimonieux. Je vais peut-être faire un saut chez Sears pour jeter un coup d'œil. Acheter avec les yeux, ça n'a jamais fait de mal à personne, hein ?

— Ça me paraît une bonne idée.

— Je savais que je pourrais compter sur toi. Tu veux un thé ?

— Non pour le thé, mais j'ai d'autres questions à te poser. J'aimerais que tu réfléchisses aux endroits où Fred aurait pu se rendre et où il aurait pu y avoir quatre ou cinq sacs-poubelle posés sur du goudron devant un mur en plâtre de couleur claire.

— Tu penses aux photos, c'est ça ? Laisse-moi réfléchir. Fred avait ses habitudes, tu sais. Quand il s'est retrouvé à la retraite, il y a deux ans, c'est lui qui s'est occupé des courses. Au début, on les faisait ensemble, mais c'était trop stressant pour moi. Alors, j'ai fini par rester à la maison et par regarder la télé l'après-midi pendant que Fred faisait les courses. Il allait au Grand Union tous les jours. Et parfois à la boucherie, mais rarement parce qu'il trouvait que Giovichinni avait la balance un peu lourde. Il n'y allait que s'il voulait des *kielbasas*. Une fois de temps en temps, il avait envie d'un cake aux olives de chez Giovichinni.

— Il y est allé la semaine dernière ?

— Pas que je sache. La semaine dernière, la seule différence c'est que, le matin, il est allé à la société de ramassage des ordures. En général, il ne sort jamais le matin, mais il était vraiment furieux au sujet de cet oubli.

— Et le soir, ça lui arrive de sortir ?

— Il nous est arrivé d'aller jouer aux cartes au club du troisième âge. Et à des soirées exceptionnelles, de temps en temps. Comme pour Noël.

Nous étions devant la fenêtre du salon, en train de bavarder, quand le camion des éboueurs passa en trombe devant la maison de Mabel pour s'arrêter devant chez les voisins.

Mabel en resta bouche bée.

— Ils n'ont pas pris mes poubelles ! Elles sont là, juste devant, et ils ne les ont pas prises !

Elle ouvrit la porte et trottina jusqu'au trottoir, mais le camion avait déjà disparu.

— Comment ont-ils pu faire ça ? gémit-elle. Qu'est-ce que je vais faire de mes poubelles, moi ?

Je pris les Pages Jaunes, trouvai le numéro de la RGC, le composai. Ce fut Larry Lipinski qui décrocha.

— Larry ? C'est Stéphanie Plum. Vous vous souvenez de moi ?

— Bien sûr, mais je suis un peu débordé, là.

— J'ai appris pour Martha.

— Martha, ouais. Vous appelez pour quoi ?

— Pour les poubelles de ma tante. Ce qui se passe, Larry, c'est que la benne vient de passer devant chez elle sans les ramasser.

Gros soupir à l'autre bout de la ligne.

— C'est parce qu'elle n'a pas réglé sa facture. Il n'y a aucune trace du paiement.

— On a parlé de tout ça hier. Vous m'aviez dit que vous vous en occuperiez.

— Écoutez, ma belle, j'ai fait ce que j'ai pu, O.K. ? Mais on n'a pas de trace du paiement, et franchement je commence à me dire que Martha avait raison, que votre tante et vous, vous essayez de nous entuber.

— Oh, Larry !

Il raccrocha.

— *Enculé, va !* criai-je dans le combiné.

Air choqué de tatie Mabel.

— Excuse-moi, lui dis-je. Ma langue a fourché.

Je descendis à la cave, pris l'avis de débit du chèque à la RGC dans le bureau de Fred et le laissai tomber dans mon fourre-tout.

— Je m'en occuperai demain, dis-je. Je l'aurais bien fait aujourd'hui, mais je n'ai pas le temps.

Mabel se tordait les mains.

— Ma poubelle va sentir si je la laisse dehors au soleil. Que vont penser les voisins ?

Je me frappai la tête mentalement.

— Pas de problème. Ne t'inquiète pas de ça.

Elle me servit un sourire timide.

Je lui dis au revoir, marchai d'un bon pas jusqu'au trottoir, extirpai le sac-poubelle joliment ficelé de Mabel de son container et le fourrai dans le coffre de ma voiture. Puis, je roulai jusqu'à la RGC, jetai le sac sur le trottoir devant leurs bureaux et redémarrai pleins gaz.

Après ça, on dira que je ne suis pas opérationnelle ?

Je roulai en pensant à Fred. Supposons qu'il ait vu quelqu'un faire ça. Bon, pas exactement ce que j'ai fait, mais supposons qu'il ait vu quelqu'un sortir un sac-poubelle du coffre de sa voiture et le poser sur le trottoir à côté d'autres sacs-poubelle. Et supposons que, pour une raison ou pour une autre, il ait eu la curiosité de regarder ce que ce sac contenait ?

Pour moi, ça se tenait. Je voyais ça d'ici. Ce que je ne comprenais pas — si, de fait, tout s'était passé comme je l'imaginais —, c'était pourquoi Fred ne l'avait pas signalé à la police. Peut-être connaissait-il la personne qui avait jeté le sac ? Mais de toute façon, pourquoi prendre ces photos ?

Minute. Inversons le processus. Supposons que quelqu'un ait vu Fred jeter le sac-poubelle. Cette personne a fait sa petite enquête, a découvert le corps, a pris des photos en guise de preuves et a voulu faire chanter Fred. Qui pourrait faire une chose pareille ? Bobosse ! Oui... et peut-être Fred a-t-il eu peur et pris la tangente...

Ce qui clochait dans cette théorie, c'est que je n'imaginais pas Fred débiter une femme à la tronçonneuse. Et qu'il faudrait être complètement cinglé pour faire chanter oncle Fred, car il n'avait pas un kopeck.

Tailleur noir. Jupe à cinq centimètres au-dessus du genou. Veste collée à la courbure de mes hanches. Petit top en Lycra blanc. Collants extra-fins tout juste noirs. Chaussures à talons noires. Mon .38 était dans mon sac et, pour l'occasion, j'avais pris la peine de charger ce foutu machin... au cas où Ranger se pointerait et me ferait subir un quiz éclair.

Bobosse était au parking, garé derrière ma Buick.

— Vous allez à un enterrement ?

— J'ai un nouveau job. Je vais servir de chauffeur à un cheikh qui arrive à Newark. Je ne vais pas être en ville de tout l'après-midi, et je suis un peu inquiète au sujet de Mabel. Puisque ça a l'air de vous plaire de vous poser le cul dans votre voiture, je pensais que vous pourriez vous offrir ce plaisir devant chez elle.

L'occuper, me disais-je. Lui donner du grain à moudre.

— Vous voulez que je protège ceux que je harcèle ?

— Ouais.

— Ce n'est pas comme ça que ça marche. Et qu'est-ce qui vous prend d'aller jouer au chauffeur de maître ? Je croyais que vous étiez à la recherche de votre oncle ?

— Il me faut de la thune !

— Il vous faut retrouver Fred.

— O.K., je vais vous dire l'entière vérité : je ne sais pas comment retrouver Fred. J'ai suivi des pistes, et elles ne m'ont menée nulle part. Ça m'aiderait peut-être de me dire franco qui vous êtes et ce que vous faites ici.

— Je cherche Fred.

— Pourquoi ?

— Vous feriez mieux de partir. Vous allez être en retard.

Le garage à l'angle de la IIIe Avenue et de Marshall Street n'avait pas de nom. Il devait bien figurer dans l'annuaire, mais sa façade n'affichait aucune raison sociale. Tout juste une bâtisse en brique que jouxtait un parking pavé fermé par un grillage. Il y avait trois ponts sur le côté. Ils donnaient sur le parking. Des mécaniciens y réparaient des voitures. Une longue limousine blanche et deux Town Cars noires étaient garées au parking. J'encastrai la Buick dans une place à côté d'une des deux voitures de maître, verrouillai les portières et jetai les clés dans mon fourre-tout.

Un type qui avait un faux air d'Antonio Banderas s'avança vers moi d'une démarche nonchalante.

— Belle caisse, dit-il en lorgnant la Buick. On n'en fait plus des comme ça, mec.

Il fit courir sa main sur l'aile arrière.

— Un petit bijou. Un vrai petit bijou.

— Mmm, mmm.

Le petit bijou en question bouffait vingt litres aux cent et prenait les virages avec autant de souplesse qu'un frigo. Sans compter qu'elle ne collait pas du tout à mon image. Mon image aurait exigé vitesse, ligne aérodynamique et couleur noire, et non formes rebondies et carrosserie bleu pastel. Le rouge, ce ne serait pas mal non plus. Et il me fallait un toit ouvrant. Et une bonne stéréo. Et des sièges en cuir. Et...

— C'est la lune, ça, *baby,* dit Banderas.

Je le fis revenir sur terre.

— Vous savez où je peux trouver Eddie ?

— Vous l'avez en face de vous, ma jolie. Eddie, c'est moi.

Je lui tendis la main.

— Stéphanie Plum. Je viens de la part de Ranger.

— J'ai une caisse qui vous attend.

Il se tourna vers la Town Car la plus proche, ouvrit la portière côté chauffeur et prit une grosse enveloppe blanche coincée derrière le pare-soleil.

— Voilà pour vous, me dit-il. Tout ce qu'il

vous faut. La clé est sur le contact. J'ai fait le plein.

— Je n'ai pas besoin d'avoir un permis particulier pour ça, hein ?

Il me regarda d'un air pas concerné.

— O.K., je vois, dis-je.

De toute façon, ce n'était sans doute pas le plus important. Ce n'était pas facile d'obtenir une autorisation de port d'arme dans Mercer County, et je ne faisais pas partie des heureuses élues. Si je me faisais contrôler par un flic, il serait tellement ravi de m'arrêter pour port d'arme illégal qu'il en oublierait sans doute de m'épingler pour conduire ce véhicule.

Je pris l'enveloppe et la coinçai derrière le volant. Je réglai le siège et feuilletai les papiers. Heure d'arrivée du vol, où aller me garer, quelques instructions de procédure, nom, bref signalement et photo d'Ahmed Fahed. Son âge n'était pas précisé, mais il faisait très jeune.

Je sortis du parking en douceur et mis le cap sur la Route 1. Je pris la bretelle pour l'East Brunswick, filant au volant de ma grosse voiture noire climatisée, me sentant très pro. Être chauffeur, c'est pas si mal, songeai-je. Aujourd'hui, un cheikh, demain... qui sait, Tom Cruise ! En tout cas, ça valait toujours mieux que de tenter de déloger de chez lui un fana d'informatique. Et hormis le fait que je ne pouvais pas m'empêcher de penser à cette main droite tranchée et à cette tête sans corps, je me sentais hyperbien.

Je pris la sortie de l'aéroport et trouvai la direction des arrivées. Mon passager venait de San Francisco, en première classe. Je me garai dans la zone réservée aux limousines, traversai la rue, entrai dans le terminal et lus divers écrans en quête de la porte d'arrivée.

Une demi-heure plus tard, Ahmed Fahed la franchissait. Il portait des baskets à deux cents dollars et un jean trop grand pour lui. Son T-shirt faisait de la pub pour une microbrasserie. Sa chemise rouge en flanelle était froissée et déboutonnée, manches retroussées jusqu'aux coudes. Je m'étais attendue à voir un cheikh enturbanné et en djellaba. Une chance, il était le seul Arabe à l'air arrogant ayant voyagé en première classe. Il fut facile à repérer.

— Ahmed Fahed ?

Ses sourcils se haussèrent imperceptiblement à ma vue.

— Je suis votre chauffeur.

Il me jaugea.

— Où est votre flingue ?

— Dans mon fourre-tout.

— Mon père demande toujours un garde du corps. Il craint qu'on tente de me kidnapper.

À mon tour de hausser les sourcils un max.

Il fit faire le même exercice à ses épaules.

— On est riches. Et les gens riches, on les kidnappe.

— Pas dans le New Jersey. Trop coûteux. Entre les chambres d'hôtel et les frais de repas. L'extorsion de fonds, ça rapporte plus.

Son regard glissa sur ma poitrine.

— Vous l'avez déjà fait avec un cheikh ?

— Pardon ?

— C'est peut-être votre jour de chance.

— Ouais. Et vous, vous pourriez recevoir une balle. Vous avez quel âge, au fait ?

Il redressa le menton d'un chouïa.

— Dix-neuf ans.

Je lui en aurais donné quinze, mais bon, en Arabe, je ne m'y connais pas trop.

— Vous avez des bagages ?

— Deux.

J'ouvris la voie jusqu'au tapis aux bagages, attrapai ses deux valises et les fis rouler hors de l'aéroport, à travers les voies des taxis et jusqu'au parking. Une fois que j'eus chargé mon client sur la banquette arrière, je démarrai et me coulai dans les embouteillages.

Au bout d'un moment, lassé qu'on roule au pas, Ahmed Fahed commença à avoir la danse de Saint-Guy.

— Qu'est-ce qui se passe ?

— Trop de voitures. Pas assez de routes.

— Ben, faites quelque chose.

Je lui lançai un coup d'œil dans le rétro.

— Vous pensez à quoi ?

— Je ne sais pas. Mais faites quelque chose ! Foncez !

— On n'est pas en hélicoptère. Je ne peux pas « foncer ».

— O.K. J'ai une idée. Qu'est-ce que vous en dites ?

— De quoi ?

— De ça.

Je tournai la tête vers lui.

— Quoi ça ?

Il m'agita sa zigounette sous le nez, hilare.

Super. Un jeune cheikh obsédé sexuel et exhibitionniste.

— Je peux te faire de ces trucs avec, dit-il.

— Pas dans ma voiture. Remettez ça dans votre pantalon tout de suite ou je le dis à votre père.

— Il serait fier de moi. Regardez... Je suis monté comme un âne.

Je sortis un cran d'arrêt de mon fourre-tout et l'ouvris d'une chiquenaude.

— Vous avez envie d'être monté comme un hamster ?

— S'pèce de connasse de Yankee !

Je levai les yeux au ciel.

— C'est insupportable, dit-il. J'aime pas les bouchons. Et j'aime pas cette bagnole. Et j'aime pas être assis là à rien foutre !

Ahmed Fahed n'était pas le seul que la circulation rendait furieux. D'autres conducteurs commençaient à craquer. Ils juraient tout seuls, tiraillaient sur leur cravate. Des doigts tambourinaient impatiemment sur les volants. Le type derrière moi appuyait non-stop sur son klaxon.

— Je vous donne cent dollars si vous me laissez conduire, dit Ahmed Fahed.

— Non.
— Mille.
— Non.
— Cinq mille.

Coup d'œil dans le rétro.

— Non.

— Vous étiez tentée, dit-il, l'air rieur et content de lui. *Aaargh !*

Une demi-heure plus tard, nous avions réussi

à atteindre l'échangeur pour le Nouveau-Brunswick.

— J'ai soif, dit Ahmed Fahed. Il n'y a rien à boire dans cette bagnole ! J'ai l'habitude d'avoir une limo avec bar. Trouvez-moi un endroit où je pourrai boire un soda.

Je ne savais trop si c'était réglementaire pour un chauffeur de limousine, mais je me dis : oh puis zut, c'est lui qui paie. Je pris la Route 1 et cherchai un fast-food. Le premier à surgir devant nous fut un McDo. C'était l'heure de dîner, et la voie du comptoir extérieur était aussi bouchée que l'autoroute. J'y renonçai et garai la voiture.

— Je veux un Coca, me lança Ahmed Fahed, carré dans son siège, manifestement peu désireux d'aller faire la queue avec les autochtones.

Ne crise pas, m'intimai-je. Il a l'habitude de se faire servir.

— Autre chose ?
— Des frites.

Très bien. Je pris mon sac et traversai le parking. Je franchis la porte d'un pas vif et choisis une file. Deux personnes devant moi. J'étudiai les menus affichés au-dessus du comptoir. Une personne devant moi. J'ajustai mon sac sur mon épaule et regardai au-dehors. Je ne vis pas ma voiture. Une petite alarme se déclencha juste sous mon cœur. Je scannai le parking. Pas de voiture. Je quittai la file et ressortis dans l'air froid. La voiture avait bel et bien disparu.

Et meeeeeeeeeeerde !

Ma première crainte fut qu'il ait été kidnappé. J'avais été engagée comme chauffeur et garde du corps du cheikh, et le cheikh s'était fait kidnapper. Cette crainte fut de courte durée. Qui voudrait de ce fils à papa pourri? Regarde les choses en face, Stéph, ce petit morveux a piqué la bagnole.

Deux possibilités. Soit j'appelais la police. Soit j'appelais Ranger.

J'essayai d'abord Ranger.

— Mauvaise nouvelle, lui annonçai-je. J'ai plus ou moins perdu le cheikh.

— Où ça?

— Nord Brunswick. Il m'a envoyée lui acheter un Coca au McDo et il en a profité pour filer.

— Tu es où, là?

— Toujours au McDo, où veux-tu que je sois?

— Ne bouge pas. Je te rappelle.

Clic.

— Quand? demandai-je à la tonalité occupée. Quand?

Dix minutes plus tard, le téléphone sonnait.

— Pas de problème, me dit Ranger. On a retrouvé le cheikh.

— Comment tu as fait?

— En appelant sur le téléphone de voiture.

— Il avait été kidnappé?

— Il en avait marre d'attendre. Il m'a dit que tu n'en finissais pas.

— Oh, le petit branleur!

Plusieurs personnes se figèrent et me regardèrent.

Je baissai d'un ton et me retournai, face au téléphone.

— Excuse, ma langue a fourché, chuchotai-je à Ranger.

— Je comprends ça, *baby*.

— Il est parti avec ma veste.

— Bones la récupérera avec la voiture. Tu veux que je passe te prendre ?

— Je vais appeler Lula.

— T'aurais dû m'emmener avec toi, décréta Lula. Ça serait pas arrivé si t'avais pas voulu traîner ton petit cul en solo.

— Je me disais que ce serait du tout cuit. Aller chercher un gamin et le conduire quelque part...

— Regarde, on arrive au centre commercial ! Je suis sûre que ça te remonterait le moral de faire du shopping.

— J'ai vraiment besoin d'une nouvelle paire de chaussures.

— Tu vois ! Il y a une raison à tout. Dieu voulait que ce soir tu fasses du shopping.

On entra dans le centre via chez Macy et on déboula au rayon chaussures.

— STOP ! cria Lula. T'as vu ces pompes ?

Elle prit une paire de chaussures noires en satin sur le rayon. Elles avaient des bouts pointus, des talons de huit centimètres et une fine bride.

— Ça, c'est de la godasse sexy ! fit Lula.

Je ne pus qu'approuver. C'étaient des chaussures hypersexy. Je demandai ma pointure et les essayai.

— Putain, mais c'est pour toi, ces godasses !

Il faut que tu achètes ces godasses! On prend ces godasses! cria Lula à la vendeuse. Emballez-nous ça!

Dix minutes plus tard, Lula piochait des robes sur les cintres.

— *Oua-a-a-a-h!* s'écria-t-elle. Accroche-toi, c'est elle!

La robe qu'elle brandissait était à peine visible. C'était un petit morceau de fibre textile noire qui tenait par miracle au maxidécolleté et à la minilongueur.

— Ça, c'est de la robe qui les fait triquer, dit Lula.

Je ne le craignais que trop. Je regardai l'étiquette du prix et en eus le souffle coupé.

— C'est au-dessus de mes moyens!

— Faut au moins que tu l'essaies. Si ça se trouve, elle t'ira pas, comme ça tu regretteras pas de pas pouvoir te l'acheter.

Ça me parut logique. Et me voilà partie vers les cabines d'essayage tout en me livrant à un rapide calcul mental de ma réserve du solde de ma carte de crédit... *aïe*. Si j'arrêtais Randy Briggs et si je prenais tous mes repas du mois prochain chez ma mère et si je faisais moi-même mes ongles, je pourrais presque me la payer.

— Supersensas, dit Lula quand je me glissai hors de la cabine en robe et chaussures noires. Putain, je te dis pas!

Je me campai devant une glace. C'était incontestablement une tenue « supersensas-putain-je-te-dis-pas ». Et si je réussissais à perdre trois kilos d'ici à deux jours, la robe m'irait comme un gant.

— O.K., je la prends.

— Il nous faut au moins des frites pour fêter ça, dit Lula, une fois que nous fûmes sorties du magasin. Je t'invite.

— Des frites ? Ah non, je ne peux pas. Dix grammes de plus et je ne rentre plus dans la robe.

— Mais c'est des légumes, les frites ! Ça apporte pas de matières grasses. Et de toute façon, on va devoir traverser tout le centre commercial, ça nous fera de l'exercice. D'ailleurs, on sera sans doute tellement vannées une fois arrivées là-bas qu'on devra prendre une part de poulet pané avec les frites.

La nuit tombait quand on quitta le centre commercial. J'avais déboutonné ma jupe pour faire de la place au poulet pané et aux frites, et j'avais une crise d'angoisse au sujet de mes nouvelles fringues.

— Non, mais regarde ça ! s'exclama Lula en accélérant le pas jusqu'à sa Firebird. Quelqu'un nous a mis un mot. Ça vaut toujours mieux qu'une prune. J'ai horreur des prunes.

Je regardai par-dessus son épaule pour lire le mot.

« Je t'ai vue dans le centre. Tu devrais pas allumer les mecs en portant des robes comme ça. »

— Ça doit être pour toi, dit Lula. Vu que je porte pas de robe.

Je scannai rapidement le parking.

— Ouvre les portières et partons, dis-je.

— C'est rien que le mot d'un pervers.

— Mouais, mais qui savait où on était garées ?

— C'est peut-être quelqu'un qui nous a vues quand on est arrivées. Un petit avorton qui attendait que sa femme sorte de chez Macy.

— Ou il a pu être écrit par quelqu'un qui m'a suivie depuis Trenton.

Et je ne pensais pas que Bobosse soit ce quelqu'un. J'avais été à l'affût de sa voiture. En outre, j'étais quasi certaine qu'il devait surveiller Mabel comme je le lui avais demandé.

Lula et moi échangeâmes un regard. Message reçu. Nous pensions toutes les deux à... Ramirez. On sauta dans la Firebird et on s'enferma à l'intérieur.

— Je te parie que c'est pas lui, dit Lula. Tu l'aurais forcément vu, hein, tu crois pas ?

Le soir, mon quartier est très tranquille. Tous les retraités se sont repliés dans leur appartement, parés pour la nuit, en train de regarder une redif de *Friends* ou de *Starsky et Hutch*.

Lula me déposa devant la porte de service de mon immeuble peu après neuf heures, et, comme d'habitude, il n'y avait pas un chat. On guetta des phares de voiture, des bruits de pas ou de moteur, mais non, rien.

— Je vais attendre que tu sois entrée dans l'immeuble, me dit Lula.

— Ça va aller.

— C'est sûr, mais quand même.

Je montai à pied, en espérant que cette ascension m'aiderait à me débarrasser des effets indésirables du poulet et des frites. Quand j'ai peur, c'est toujours à pile ou face entre l'ascenseur et l'escalier. J'ai l'impression que je domine mieux la situation dans l'escalier, mais c'est isolé et je sais qu'aucun son ne franchit les portes coupe-feu lorsqu'elles sont fermées. Je fus soulagée d'atteindre mon étage sans être tombée sur Ramirez.

Je pénétrai dans mon appartement et criai bonsoir à Rex. Je laissai tomber les sacs de mes achats sur le comptoir de ma cuisine, me déchaussai en m'aidant de mes pieds et me glissai hors de mes collants. Je passai rapidement toutes les pièces en revue et ne trouvai aucun grand méchant loup là non plus. Ouf. Je regagnai la cuisine pour écouter mes messages téléphoniques et je poussai un cri strident quand des coups furent frappés à ma porte. Je plissai un œil contre mon judas, une main plaquée contre mon cœur...

Ranger.

— C'est bien la première fois que tu frappes, dis-je en lui ouvrant.

— Je frappe toujours. C'est toi qui ne réponds jamais.

Il me tendit ma veste de tailleur.

— Notre petit cheikh a trouvé que tu n'étais pas drôle.

— Raye « chauffeur » de la liste.

Ranger me dévisagea un moment.

— Tu veux que je le descende ?

— Ça va pas, non ?

Mais l'idée était alléchante.

Il baissa le regard sur mes chaussures et mes collants par terre.

— J'interromps quelque chose ?

— Non. Je viens de rentrer. Lula et moi avons fait du shopping.

— Loisir thérapeutique ?

— Mouais, mais j'avais aussi besoin d'une nouvelle robe.

Je la lui montrai.

— Lula m'a plus ou moins forcé la main pour que je l'achète. Qu'est-ce que tu en penses ?

Son regard s'assombrit et sa bouche se figea en un fin sourire. J'eus très chaud aux joues tout d'un coup. La robe me glissa entre les doigts et tomba par terre.

— O.K., dis-je en soufflant pour repousser une mèche de cheveux de mon front. Je crois savoir ce que tu en penses.

— Si tu le savais, tu ne resterais pas là. Si tu le savais, tu te serais déjà barricadée dans ta chambre et tu aurais ton revolver dans la main.

Gloups.

Ranger remarqua le mot posé sur le comptoir.

— Quelqu'un d'autre partage mon opinion sur ta robe ?

— Ce mot était coincé sur le pare-brise de la Firebird de Lula. On l'a trouvé en sortant du centre commercial.

— Tu sais qui l'a écrit ?

— J'ai deux ou trois idées sur la question.

— Tu me les fais partager ?

— C'est peut-être un type qui m'a repérée dans le centre commercial.

— Ou ?
— Ou Ramirez.
— Tu as des raisons de penser que ça pourrait être lui ?
— Rien que de toucher ce papier, j'en ai la chair de poule.

6

— Il paraît que Ramirez aurait rencontré Dieu, dit Ranger, nonchalamment appuyé contre le comptoir de ma cuisine, bras croisés sur ses pectoraux.

— Chouette alors, il n'a peut-être pas envie de me violer ni de me mutiler. Peut-être veut-il juste sauver mon âme.

— Dans un cas comme dans l'autre, sors armée.

Après le départ de Ranger, j'écoutai mon seul et unique message.

« Stéphanie ? C'est moi. (Ma mère.) Tu n'oublies pas que tu as promis à ta grand-mère de l'accompagner au salon funéraire demain soir. Viens avant pour dîner avec nous, je compte faire un beau gigot d'agneau. »

Le gigot, ça me tentait, mais j'aurais préféré qu'elle me parle de Fred, qu'elle me dise : tu sais quoi ? il vient de se passer une chose très drôle... Fred est revenu.

On frappa à ma porte.

Encore !

Et ce fut Bobosse que je vis par le judas.

— Je sais que vous me regardez, dit-il. Et je sais que vous envisagez d'aller chercher votre revolver, votre bombe lacrymo et votre instrument de torture électronique, alors allez-y tout de suite parce que j'en ai marre de rester planté là.

J'entrouvris la porte sans ôter la chaîne de sécurité.

— Arrêtez votre cirque, me dit Bobosse.

— Qu'est-ce que vous voulez ?

— Comment se fait-il que vous laissiez entrer Rambo et pas moi ?

— On travaille ensemble.

— Nous aussi. Je viens de faire une planque pour vous.

— Il s'est passé quelque chose ?

— Faites-moi entrer et je vous raconterai tout.

— Je n'ai pas envie de le savoir à ce point-là.

— Mais si. Vous mourez de curiosité.

Il avait raison. Je mourais de curiosité. Je libérai la chaîne de sécurité et ouvris la porte.

— Alors, que s'est-il passé ? demandai-je.

— Rien. Le gazon a poussé de trois millimètres.

Il prit une bière dans mon frigo.

— Vous saviez que votre tante aimait bien picoler. Vous feriez mieux de l'emmener faire un tour chez les Alcooliques Anonymes ou autre.

Il remarqua la robe sur le comptoir.

— Hou là, caramba ! Elle est à vous, cette robe ?

— Je l'ai achetée pour aller à un mariage.

— Besoin d'un cavalier ? Je ne suis pas si mal que ça après une bonne douche.

— J'ai déjà un cavalier. Un type avec qui je sors plus ou moins...

— Ah ouais ? Qui ça ?

— Il s'appelle Morelli. Joe Morelli.

— Oh, mince, je le connais ! Je n'arrive pas à croire que vous sortiez avec lui. C'est un loser, ce mec. Vous me pardonnerez de dire ça, mais il baise tout ce qui passe. Vous ne devriez pas frayer avec lui. Vous méritez mieux.

— Comment se fait-il que vous connaissiez Morelli ?

— On est en relation pour le boulot, vu qu'il est flic et que je suis bookmaker.

— Alors, comment se fait-il qu'il n'ait jamais entendu parler de vous ?

Bobosse renversa la tête en arrière et se marra. C'était la première fois que je l'entendais rire, et il ne s'en sortait pas mal.

— Il me connaît peut-être sous un de mes autres noms, dit-il. Ou peut-être a-t-il préféré ne pas vous le dire parce qu'il craignait que je lui casse sa baraque.

— C'est quoi vos autres noms ?

— Ce sont des identités secrètes. Si je vous les dis, elles ne le seront plus, secrètes.

— Dehors, dis-je, bras tendu vers la porte.

Morelli me téléphona à neuf heures le lendemain matin.

— Je voulais juste te rappeler que le mariage a lieu demain, me dit-il. Je passe te chercher à quatre heures. Et n'oublie pas que tu dois passer pour faire une déposition sur les coups de feu dans Sloane Street.

— Ouais, ouais.

— Tu as une piste pour Fred ?

— Non. Rien qui vaille la peine d'être mentionné. Une chance que je ne fasse pas ça pour gagner ma vie.

— Une chance, répéta Morelli, et je crus percevoir un sourire dans sa voix.

Je raccrochai et appelai mon copain Larry à la RGC.

— Devinez quoi, Larry. J'ai retrouvé l'avis de débit du chèque. Il était sur le bureau de mon oncle. Paiement pour un trimestre de ramassage des ordures.

— Parfait. Apportez-le-moi, et je créditerai le compte.

— Vous êtes ouvert jusqu'à quelle heure ?

— Cinq heures de l'après-midi.

— Je passe avant la fermeture.

J'entassai mes affaires dans mon fourre-tout, fermai ma porte à clé et descendis à pied. Je sortis de mon immeuble et traversai le parking jusqu'à ma voiture. J'avais ma clé en main, sur le point d'ouvrir ma portière, quand je sentis une présence derrière moi. Je me retournai et me retrouvai nez à nez avec Benito Ramirez.

— Salut, Stéphanie, dit-il. Sympa de te revoir. T'as manqué au champion pendant son absence. Il a souvent pensé à toi.

Le champion. Plus connu sous le nom de Benito Ramirez, trop cinglé pour parler de lui à la première personne.

— Qu'est-ce que vous voulez ?

Il me gratifia de son sourire de barje.

— Tu sais très bien ce qu'il veut, le champion.

— Et si vous me le disiez vous-même ?

— Il veut être ton ami. Il veut t'aider à rencontrer Jésus.

— Si vous persistez à me suivre, je vous fais interdire ce périmètre.

Son sourire restait accroché à ses lèvres, mais son regard était froid et dur. Des iris d'acier flottant dans du vide.

— Personne ne peut restreindre les déplacements d'un homme de Dieu, Stéphanie.

— Éloignez-vous de ma voiture.

— Tu vas où ? Pourquoi tu vas pas avec le champion ? Le champion va t'emmener faire une balade.

Il m'effleura la joue du bout des doigts.

— Il va te mener à Jésus.

Je plongeai la main dans mon sac et en tirai mon revolver.

— Laissez-moi tranquille.

Ramirez rit tout bas et recula d'un pas.

— Quand ce sera le moment pour toi de voir Dieu, tu ne pourras pas y échapper.

J'ouvris la portière, me glissai au volant, mis le contact et m'éloignai tandis que Ramirez restait planté dans le parking. Je m'arrêtai à un feu rouge deux pâtés de maisons plus loin dans Hamilton Avenue et je pris conscience que j'avais des larmes sur les joues. *Fait chier!* Je les essuyai d'un revers de main en pestant contre moi-même.

— Tu n'as pas peur de Benito Ramirez! me criai-je.

C'était une affirmation stupide et gratuite, évidemment. Ramirez était un monstre. Quiconque ayant un grain de jugeote aurait peur de lui. Et moi, non seulement j'ai peur, mais j'en pleurais de trouille!

À mon arrivée à l'agence, j'étais redevenue présentable. Mes mains ne tremblaient plus, mon nez ne coulait plus. J'avais toujours la nausée, mais je pensais pouvoir éviter de vomir. Avoir peur, on dit que c'est une faiblesse, et c'est une qualité dont je me passe volontiers. Surtout depuis que j'ai choisi de travailler dans une forme de justice. Dur d'être efficace quand on pleure de peur. Ma seule fierté, c'était que je n'avais pas montré ma peur à Ramirez.

Connie, à coups de pinceau, vermillonnait l'ongle de son pouce.

— Tu appelles les hôpitaux et la morgue au sujet de Fred?

Je posai l'avis de débit sur l'écran de la photocopieuse, rabaissai le couvercle et pressai le bouton.

— Tous les matins, lui répondis-je.

— C'est quoi ta prochaine étape? me demanda Lula.

— J'ai demandé une photo de Fred à Mabel. Je pensais la montrer au centre commercial, et peut-être faire du porte-à-porte dans les rues derrière.

Difficile de croire qu'il n'y avait pas quelqu'un qui avait vu Fred sortir du parking.

— Ça m'a pas l'air très marrant, tout ça, commenta Lula.

Je mis la copie de l'avis de débit dans mon fourre-tout. Puis je préparai un dossier au nom de Fred Schutz, y glissai l'original et le classai dans un tiroir. Ç'aurait été plus simple de le ranger dans mon bureau... seulement, je n'avais pas de bureau.

— Et Randy Briggs? demanda Lula. On va pas lui rendre visite aujourd'hui?

À part en mettant le feu à son immeuble, je ne voyais pas comment le forcer à sortir de son appartement.

Vinnie passa la tête hors de son bureau.

— Qui a parlé de Briggs?

— Pas moi, dit Lula. J'ai rien dit, moi.

— T'es sur une affaire qui pourrit, me lança Vinnie. Comment se fait-il que tu ne m'aies pas encore ramené ce type?

— J'y travaille.

— Ouais, et c'est pas sa faute, intervint Lula, c'est un roublard, le mec.

— Je te donne jusqu'à lundi matin huit heures, me dit Vinnie. Si Briggs n'a pas radiné ses fesses en taule lundi matin, je confie cette affaire à quelqu'un d'autre.

— Vinnie, tu connais un bookmaker nommé Bobosse?

— Non. Et je connais tous les *bookies* de la côte Est, tu peux me croire.

Il rentra la tête dans son bureau et claqua la porte.

— Gaz lacrymo, suggéra Lula. C'est le seul moyen de l'avoir. On lui colle une bombe de gaz lacrymo à travers sa fenêtre, à ce connard, et on attend qu'il sorte asphyxié en dégueulant ses tripes. Je sais où on peut se trouver ça, en plus. Je parie que Ranger pourrait nous en fournir.

— Non ! dis-je. Pas de lacrymo.

— Alors, qu'est-ce que tu comptes faire ? Laisser Vinnie le refiler à Joyce Barnhardt ?

Joyce Barnhardt ! Aaargh ! Je préférerais encore mordre la poussière plutôt que laisser Joyce Barnhardt arrêter Randy Briggs à ma place ! Joyce Barnhardt est une mutante et mon ennemie mortelle. Vinnie l'a engagée comme chasseuse de primes à mi-temps il y a deux ou trois mois en échange de services que je n'ose même pas imaginer. Elle avait essayé de me doubler sur une affaire à l'époque, et je n'avais aucunement l'intention que cela se reproduise.

Joyce était une ex-camarade de classe, et d'un bout à l'autre de notre scolarité, elle avait menti, mouchardé et s'était montrée plus que cool avec les petits copains des copines. Sans parler du fait que, moins d'un an après mon mariage, j'avais surpris Joyce jouant à chat perché sur la table de ma salle à manger en compagnie de mon époux tout en sueur et halètements.

— Je vais faire entendre raison à Briggs, dis-je.

— Hou là, fit Lula. Ça va être bon, je veux pas rater ça.

— Non. J'y vais seule. Je peux régler ça moi-même.

— Ouais, c'est sûr, je sais. Sauf que ce serait plus marrant si j'étais là.

— Non ! Non, non et non.

— Hou là, on peut dire que t'es à prendre avec des pincettes en ce moment. T'étais mieux quand on s'occupait de toi, si tu vois ce que je veux dire. Je pige pas pourquoi t'as largué Morelli, de toute façon. D'habitude, j'aime pas les flics, mais ce type a un de ces beaux petits culs.

Je voyais ce qu'elle voulait dire côté pincettes. Je me sentais hypertendue. Je mis mon sac à l'épaule.

— Je t'appelle si j'ai besoin de renfort.

— Han ! fit Lula.

Le calme régnait dans la résidence du Trèfle à Quatre Feuilles. Personne au parking. Personne dans le hall d'entrée miteux. Je montai à pied et frappai à la porte de chez Briggs. Pas de réponse. Je me déplaçai hors de vue et l'appelai de mon portable.

— Allô ? fit Briggs.

— C'est Stéphanie. *Ne raccrochez pas !* Il faut que je vous parle.

— Je n'ai rien à vous dire. Et je suis occupé. J'ai du travail.

— Écoutez, je sais que cette convocation au tribunal tombe mal pour vous. Et je sais qu'elle est injuste parce que vous avez été accusé injustement. Mais vous devez vous y présenter.

— Non.

— Je vous en prie, faites-le pour moi.

— Pourquoi je ferais ça ?

— Je suis sympa, comme nana. J'essaie de

bien faire mon travail, c'est tout. Et j'ai besoin de cet argent pour payer une paire de chaussures que je viens de m'acheter. Et il y a pire. Si ce n'est pas moi qui vous arrête, Vinnie va confier votre affaire à Joyce Barnhardt. Et je hais Joyce Barnhardt. Je la HAIS !

— Pourquoi ?

— Parce que je l'ai surprise en train de se faire sauter par mon mari, qui est maintenant mon ex-mari, sur la table de ma salle à manger. Vous vous rendez compte ? Sur la table de ma salle à manger !

— Mazette ! Et elle aussi, c'est une chasseuse de primes ?

— Oh, elle était démonstratrice au rayon produits de beauté chez Macy, mais maintenant elle bosse pour Vinnie.

— C'est chiant, ça.

— Oh oui. Alors, qu'en dites-vous ? Vous voulez bien que je vous arrête ? Ce ne sera pas si pénible que ça. Je vous jure.

— Vous déconnez ? Je ne vais pas me laisser arrêter par une loser comme vous. J'aurais l'air de quoi ?

Clic. Il avait raccroché.

Une loser ? Pardon ? Moi, une loser ? OK, on arrête les frais. Miss Gentillesse, c'est terminé. Les pourparlers, c'est terminé. Je vais l'épingler, ce minable.

— *Ouvrez cette porte !* criai-je. *Ouvrez cette porte, bordel !*

Une locataire passa la tête dans le couloir.

— Si vous n'arrêtez pas ce raffut, j'appelle la

police. On ne tolère pas ce genre de comportement ici.

Je me retournai vers elle.

— Hou là ! fit-elle, et elle referma sa porte.

Je flanquai quelques coups de pied bien sentis dans la porte de Briggs, puis la martelai à coups de poing.

— Alors, vous sortez ?

— Loser ! dit-il à travers la porte. Vous êtes une loser doublée d'une idiote, et vous ne pouvez pas me forcer à faire quelque chose que je n'ai pas envie de faire.

J'extirpai mon revolver de mon fourre-tout et tirai dans la serrure. La balle rebondit sur le métal et se ficha dans le chambranle. *Zut !* Briggs avait raison. J'étais nulle, archinulle. Une loser. Je n'étais même pas capable de faire sauter une serrure d'un coup de revolver.

Je redescendis en courant jusqu'à ma Buick et pris le démonte-pneu dans le coffre. Je remontai au pas de charge et me précipitai sur la porte en essayant de la forcer avec le démonte-pneu. Je réussis à faire quelques entailles dans le bois, mais guère plus. Défoncer la porte au démonte-pneu allait me prendre une éternité. La sueur perlait à mon front et maculait le devant de mon T-shirt. Un petit groupe de curieux s'était attroupé à l'autre bout du couloir.

— Il faut que vous glissiez le démonte-pneu entre la porte et le chambranle, me conseilla un vieux monsieur. Faut réussir à le coincer.

— Mais tais-toi donc, Harry, dit une femme. Tu vois bien que c'est une folle. Ne l'encourage pas.

— J'essayais juste de rendre service, protesta Harry.

Je suivis son avis et finis par enfoncer l'extrémité du démonte-pneu entre la porte et le chambranle, et je poussai dessus de tout mon poids. Un bout de bois partit en éclats et un morceau de métal céda.

— Vous voyez ? fit Harry. Qu'est-ce que je vous disais ?

Je creusai encore un peu plus le chambranle autour de la serrure. J'essayai de ressortir le démonte-pneu quand Briggs entrouvrit la porte et me dévisagea.

— Vous êtes dingue ou quoi ? On n'a pas le droit de démolir la porte d'autrui.

— Ah non ?

Je donnai un grand coup de démonte-pneu dans la chaîne de sécurité qui sauta de ses fixations et la porte s'ouvrit toute grande.

— N'approchez pas ! brailla Briggs. Je suis armé.

— Vous me prenez pour qui ? C'est une fourchette.

— Oui, mais une fourchette à viande. Et très pointue. Je pourrais vous énucléer avec cette fourchette.

— Il faudra vous lever de bonne heure.

— Je vous emmerde, dit Briggs. Vous me pourrissez la vie.

J'entendis des sirènes de police au loin. Super. Exactement ce qu'il me fallait... la police. On pourrait peut-être appeler les pompiers aussi. Et la fourrière. Et pourquoi pas quelques journalistes ?

— Vous n'allez pas m'arrêter, me dit Briggs. Je ne suis pas prêt.

Il bondit sur moi, fourchette en avant. J'esquivai, mais il me fit un trou dans mon Levi's.

— Hé ! m'écriai-je. Il était quasiment neuf, ce jean !

Il repassa à l'attaque.

— Je vous emmerde ! Je vous emmerde !

Cette fois, je réussis à lui arracher la fourchette des mains. Il se cogna contre une table basse qui se renversa. Une lampe tomba par terre et se brisa.

— Ma lampe ! piailla-t-il. Vous avez vu ce que vous avez fait à ma lampe.

Il rentra la tête dans les épaules en mode taureau. J'esquivai et il s'écrasa contre la bibliothèque. Une pluie de livres et de bibelots s'abattit sur le parquet ciré.

— Arrêtez ça, lui dis-je. Vous mettez votre appartement sens dessus dessous. Calmez-vous.

— C'est vous que je vais calmer, grogna-t-il en bondissant en avant, me plaquant au niveau des genoux.

On s'écroula tous les deux par terre. J'avais un avantage sur lui de trente-cinq kilos au bas mot, mais il était déchaîné et il m'était impossible de l'immobiliser. On fit des roulés-boulés, scotchés l'un à l'autre, pestant, hors d'haleine. Il m'échappa des mains et détala vers la porte. Je le poursuivis à quatre pattes et le rattrapai par un pied au sommet de l'escalier. Il poussa un cri et tomba en avant, et on roula lui et moi sur nous-mêmes, dévalant les marches jusqu'au palier où on se retrouva une fois encore dans les bras l'un de l'autre. Et que je te griffe. Et que je te tire les cheveux. Et que je t'intimide en faisant les gros yeux. Je le tenais par le pan de sa chemise quand, soudain, on perdit l'équilibre, et nous voilà repartis à faire des roulades jusqu'au bas de la seconde volée de marches.

Je finis par m'immobiliser dans le hall d'entrée, sur le dos, à bout de souffle. Briggs était écrasé sous moi, étourdi, inerte. Je clignai des yeux pour m'éclaircir les idées, et deux policiers devinrent nets dans mon champ de vision. Ils me regardaient, hilares.

L'un d'eux était Carl Costanza. On était allés à la même école et on était restés amis... même si on s'était plus ou moins perdus de vue.

— On m'avait bien dit que tu préférais être dessus, me dit-il, mais tu ne crois pas que, là, tu pousses le bouchon un peu loin ?

Briggs s'était mis à gigoter sous moi.

— Poussez-vous. Je peux plus respirer !

— Il ne mérite pas de respirer, dis-je. Il a déchiré mon Levi's.

— Ouais, fit Carl en me décollant de Briggs. C'est une infraction majeure.

Je reconnus son collègue. Eddie quelque chose. Tout le monde l'appelait Bouledogue.

— Mince, dit-il en ayant toutes les peines du monde à se retenir de rire. Qu'est-ce que vous avez fait à ce pauvre petit gars ? On dirait bien que vous lui avez fait une tête au carré.

Briggs, qui s'était relevé, flageolait sur ses ergots. Sa chemise lui sortait du pantalon, et il avait perdu une chaussure. Son œil gauche commençait à bleuir et à enfler. Il saignait du nez.

— Je n'ai rien fait! criai-je. Je tentais de l'arrêter pour le mettre en garde à vue, et il a pété les plombs!

— C'est exact, dit Harry de l'autre bout du couloir. J'ai tout vu. Cette demi-portion s'est mise dans cet état toute seule. Et cette demoiselle a eu toutes les peines du monde à mettre la main sur lui. Sauf, bien sûr, quand ils nous ont fait leur numéro de lutteurs.

Carl avisa la menotte attachée au poignet de Briggs.

— À toi, ça? me demanda-t-il.

J'acquiesçai.

— On est censé les passer aux deux poignets.

— Très drôle.

— Tu as la paperasse?

— En haut. Dans mon sac.

On remonta à l'étage tandis que Bouledogue baby-sittait Briggs.

— Putain de merde, dit Costanza en voyant la porte de l'appartement de Briggs. C'est toi qui as fait ça?

— Il refusait de m'ouvrir.

— Hé, Bouledogue! cria Costanza. Enferme le nabot dans la caisse et viens ici. Faut que tu voies ça.

Je lui remis les documents de la caution.

— Il vaudrait peut-être mieux que tu n'ébruites pas tout ça...

— Putain de merde, dit Bouledogue en voyant la porte.

153

— C'est Stéph qui a fait ça, lui annonça fièrement Costanza.

Bouledogue me flanqua une bourrade dans l'épaule.

— Eh bien, ce n'est pas pour rien qu'on t'appelle la chasseuse de primes infernale.

— Tout me paraît réglo, me dit Costanza. Félicitations. Tu as arrêté un Munchkin.

Bouledogue examina le chambranle.

— Hé, mais y a une balle là-dedans !

Costanza tourna la tête vers moi.

— Heu... je n'avais pas la clé, alors...

Il se boucha les oreilles.

— Je ne veux rien entendre, dit-il.

J'entrai sur la pointe des pieds dans l'appartement de Briggs, dénichai un jeu de clés dans la cuisine et trouvai celle qui fermait sa porte. Puis je ramassai sa chaussure qui traînait dans le couloir, la rendis à Briggs avec ses clés, et dit à Costanza que je les suivrais jusqu'au poste.

Quand j'arrivai à ma Buick, Bobosse m'y attendait.

— Mazette ! dit-il. Vous lui en avez fait voir de toutes les couleurs au nabot. C'est qui, le Fils du Diable ?

— C'est un informaticien qui s'est fait arrêter pour port d'arme illégal. Il n'est pas si mauvais que ça.

— Mince, je préfère ne pas voir ce que vous feriez à quelqu'un que vous n'aimez pas.

— Comment saviez-vous que j'étais là ?

Et pourquoi n'étiez-vous pas dans mon parking au moment où j'avais le plus besoin de vous ?

— Je vous ai vue sortir de l'agence. J'ai eu une panne d'oreiller ce matin, alors j'ai essayé tous vos lieux de prédilection, et j'ai eu de la chance. Quoi de neuf côté Fred ?

— Je ne l'ai pas retrouvé.

— Vous ne laissez pas tomber, au moins ?

— Non, je ne laisse pas tomber. Bon, écoutez, il faut que j'y aille. Je dois aller chercher mon reçu.

— Ne roulez pas trop vite. J'ai un problème de transmission. Au-delà de soixante à l'heure, c'est plus supportable.

Je le regardai s'éloigner vers sa voiture. J'étais à peu près sûre de savoir ce qu'il faisait, et ce n'était pas bookmaker. Mais ce que je ne savais pas, c'était pourquoi il me collait aux fesses.

Costanza et Bouledogue firent entrer Briggs par la porte de derrière et le conduisirent au policier de garde. Ce dernier se pencha par-dessus son bureau pour le voir.

— Bon sang, Stéphanie, me dit-il, rieur, qu'est-ce que tu as donc fait à ce pauvre petit bonhomme ? Qu'est-ce qui se passe ? T'as tes ragnagnas ?

Juniak, qui passait par hasard, lança à Briggs :

— Te plains pas, d'habitude, elle leur fait une pipe.

Briggs ne parut pas trouver ça drôle.

— C'est une bavure, dit-il.

J'empochai mon reçu pour Briggs, puis montai au premier pour faire ma déposition sur la fusillade de Sloane Street. Ensuite, j'appelai Vinnie pour lui annoncer que j'avais arrêté Briggs et que l'Amérique pouvait dormir sur ses deux oreilles. Enfin, je repris le volant et roulai jusqu'à la RGC, avec Bobosse à mes basques.

J'arrivai dans Water Street peu après trois heures. Des nuages s'étaient amoncelés en ce milieu d'après-midi, épais et bas sur le ciel. Ils avaient la couleur et l'aspect du saindoux. Je les sentais peser sur le toit de la Buick, ralentissant ma progression, ankylosant mes neurones. Je conduisais en pilotage automatique, mes pensées passant d'oncle Fred à Joe Morelli, à Charlie Chan. La vie souriait à Charlie Chan. Il touchait sa bille, lui.

À deux pâtés de maisons de la RGC, je sortis de ma stupeur, prenant conscience qu'il se passait quelque chose d'anormal dans la rue. Il y avait des policiers devant la RGC. Beaucoup de policiers. Je vis aussi la voiture du médecin légiste, et ça, c'était mauvais signe. Je me garai à la première occasion et finis le chemin à pied, Bobosse sur mes talons en Lassie chien fidèle. Je cherchai un visage connu dans la foule. Pas de chance. Sur le côté, j'aperçus un petit groupe d'employés en uniforme de la RGC.

— Que se passe-t-il ? demandai-je à l'un d'eux.

— Quelqu'un a été tué.

— Vous savez qui ?

— Lipinski.

Je fus sans doute incapable de dissimuler le choc que je ressentais, car l'homme me demanda :

— Vous le connaissiez ?

Je secouai la tête.

— Non. J'étais juste venue faire le point sur le compte de ma tante. Comment est-ce arrivé ?

— Suicide, dit un autre. C'est moi qui l'ai trouvé. Je suis revenu tôt avec la benne, et je suis rentré pour avoir mon chèque de salaire. Et là, j'ai vu qu'il s'était fait sauter la cervelle. Il a dû se tirer une balle dans la bouche. Bon Dieu, y avait du sang et de la cervelle sur tous les murs. J'aurais jamais cru qu'il en avait tant que ça, de cervelle.

— On est sûr que c'est un suicide ?

— Il a laissé un mot, je l'ai lu. Il a avoué que c'est lui qui a tué Martha Deeter. Ils se sont engueulés au sujet d'un compte, et il l'a butée. Et puis il a fait toute une mise en scène pour qu'on croie qu'elle s'était fait agresser. Il a écrit qu'il ne pouvait plus continuer à vivre avec ça sur la conscience, alors qu'il préférait faire le grand saut.

Aïe, aïe, aïe.

— Moi, je dis que tout ça, ça sent mauvais, dit Bobosse. Ça sent très mauvais.

Je m'attardai encore un moment. Le photographe de la police partit. Puis, ce fut le tour de presque tous les policiers. Les employés de la RGC quittèrent les lieux un à un. Alors, je fis comme tout le monde, suivie de Bobosse. Il n'avait plus rien dit après son commentaire pète-sec sur les sales relents de cette mort. Il était demeuré grave.

— Deux employés de la RGC sont morts, lui dis-je. Pourquoi ?

Nos regards se croisèrent. Il secoua la tête et s'éloigna.

Je me douchai vite fait, me séchai les cheveux et optai pour une jupe courte en jean et un T-shirt cerise. Je jetai un coup d'œil à ma coiffure... je décidai qu'elle avait besoin d'une remise en forme et lui fis le coup du Babyliss. Après quoi, comme ça n'allait toujours pas, je soulignai mes yeux d'un coup de crayon et ajoutai une autre couche de mascara à mes cils. Stéphanie Plum, docteur ès diversions. Si la coiffure ne va pas, raccourcir la jupe et rajouter du rimmel.

Avant de partir, je pris le temps de feuilleter les Pages Jaunes et trouvai une autre société de ramassage des ordures pour Mabel.

Dans le hall, je tombai sur Bobosse, adossé au mur, l'air toujours aussi grave. Ou, peut-être, juste fatigué.

— Vous êtes mignonne, me dit-il. Très mignonne, mais beaucoup trop maquillée.

Ma grand-mère était sur le seuil à mon arrivée.

— Tu es au courant pour le type des ordures ? Il s'est tiré une balle dans la tête. Lavern Stankowski m'a téléphoné, son fils Joey est brancardier aux urgences, et il lui a dit qu'il n'avait jamais vu ça. Des morceaux de cerveau jusqu'au plafond ! Il paraît que toute la partie arrière de la tête était collée en plein milieu d'un mur !

Mamie Mazur roula des épaules.

— Lavern m'a dit que le mort serait exposé chez Stiva. Tu imagines le travail que Stiva va devoir faire sur celui-là. Il va lui falloir au moins un kilo de mastic pour boucher tous les trous. Tu te souviens de Rita Grunt ?

Rita Grunt était morte à quatre-vingt-douze ans. Comme elle avait perdu beaucoup de poids dans les dernières années de sa vie, sa famille avait demandé à Stiva de lui donner une apparence plus robuste pour sa dernière apparition en public. Je suppose que Stiva a fait tout ce qu'il a pu avec ce qu'il avait, mais Rita était allée en terre en ressemblant à Shrek.

— Si jamais on devait me tuer, je préférerais que ce ne soit pas en me tirant une balle dans la tête, dit Mamie Mazur.

Mon père était au salon, dans son fauteuil. Du coin de l'œil, je le vis lorgner ma grand-mère par-dessus son journal.

— Je préférerais qu'on m'empoisonne, poursuivit-elle. Au moins, ça ne salirait pas mes cheveux.

— Hmmmm, fit mon père, songeur.

Ma mère surgit de la cuisine, fleurant le gigot d'agneau et le chou, le visage encore rougi par la chaleur du four.

— Des nouvelles de Fred ?

— Aucune, lui répondis-je.

— Si vous voulez mon avis, il se passe des choses bizarres chez ces ramasseurs d'ordures, dit ma grand-mère. Quelqu'un en a tué, et je vous parie que c'est le même qui a tué Fred aussi.

— Larry Lipinski a laissé un mot pour expliquer son suicide, lui rappelai-je.

— Ça peut très bien être un faux, dit Mamie Mazur. Un faux pour lancer tout le monde sur une fausse piste.

— Je croyais que Fred avait été enlevé par des extraterrestres ? lança mon père de derrière son journal.

— Ce qui expliquerait bien des choses, dit ma grand-mère. D'ailleurs, rien ne nous dit que ce ne sont pas eux qui ont tué les deux des ordures.

Ma mère fusilla mon père du regard et repartit vers la cuisine.

— À table tout le monde avant que le gigot ne refroidisse, lança ma mère à la cantonade. Et je ne veux plus entendre parler de Martiens et de tueries.

— C'est le retour d'âge, me chuchota ma grand-mère. Elle a les nerfs en pelote depuis quelque temps.

— Je t'ai entendue ! cria ma mère. Et je n'ai pas les nerfs en pelote !

— Je n'arrête pas de lui dire qu'elle ferait mieux de prendre des hormones, continua ma grand-mère. Moi aussi, je pense faire ça. Mary Jo Klick, elle en prend depuis peu de temps, et elle m'a dit que certaines parties de son anatomie qui étaient toutes ratatinées, eh bien, au bout d'une semaine d'hormones, elles étaient de nouveau fraîches comme des roses.

Ma grand-mère baissa les yeux sur elle.

— Moi aussi, j'ai des parties, j'aimerais bien qu'elles redeviennent fraîches comme des roses.

Nous passâmes à table, chacun à sa place. Nous disions les grâces pour Noël et pour Pâques. Comme ce n'était ni l'un ni l'autre, mon père se servit en remplissant son assiette et attaqua illico, tête baissée, concentré sur sa tâche.

— Qu'est-ce qui est arrivé à oncle Fred, selon toi ? lui demandai-je, attirant son attention entre deux bouchées de gigot et de patates.

Il releva la tête, surpris. Personne ne lui demandait jamais son avis.

— La mafia, dit-il. Quand quelqu'un disparaît sans laisser de traces, on peut être sûr que c'est la mafia. C'est sa façon de faire.

— Pourquoi la mafia voudrait-elle éliminer oncle Fred ?

— J'en sais rien, dit mon père. Tout ce que je sais, c'est que ça fait très mafia.

— Dépêchons-nous, dit ma grand-mère. Je ne veux pas arriver en retard à la présentation du corps. Je veux avoir une place devant, et ça devrait être plein, vu que le défunt a été assassiné. Vous connaissez la curiosité malsaine des gens...

Il y eut un moment de silence durant lequel personne n'osa faire de commentaire.

— Oui, bon, finit par dire ma grand-mère. Je suppose que certains pourraient dire ça de moi aussi.

Une fois le repas terminé, je disposai une part de gigot, de pommes de terre et de légumes sur une assiette en aluminium.

— Qu'est-ce que tu fais ? s'enquit ma grand-mère.

J'ajoutai des couverts en plastique.

— C'est pour un chien errant dans la rue.
— Il découpe sa viande ?
— Chut !

7

Le salon funéraire de Stiva est situé dans une bâtisse toute blanche d'Hamilton Avenue. Un incendie en avait ravagé le sous-sol, et les locaux avaient dû être reconstruits et remeublés en grande partie. Nouvelle moquette verte multiusage dans la véranda. Nouveau papier peint à médaillon sur tous les murs. Moquette spécial passage intensif bleu-vert dans l'entrée et les salons d'exposition.

Je garai la Bombe Bleue au parking et aidai ma grand-mère à tenir en équilibre sur les chaussures en cuir noir qu'elle mettait toujours pour les veillées funèbres du soir.

Constantin Stiva, au beau milieu du hall, réglait la circulation. Mme Balog, salon de repos trois. Stanley Krienski, salon de repos deux. Et Martha Deeter, qui, manifestement, était la vedette du jour, salon de repos un.

Quelque temps auparavant, j'avais eu une prise de bec avec Spiro, le fils de Constantin. Le point d'orgue en avait été l'incendie susmentionné et la disparition non élucidée du fiston. Heureusement pour moi, Constantin était la quintessence de l'entrepreneur de pompes funèbres : il ne se départait jamais de son self-control, de son sourire compatissant, de sa voix aussi sucrée que de la glace à la vanille. Pas une fois il ne se permit de faire la moindre allusion à ce malheureux incident. Après tout, j'étais une cliente potentielle, et, vu mon activité professionnelle, ce serait peut-être plus tôt que je ne l'imaginais. Sans parler de Mamie Mazur.

— À qui venez-vous dire un dernier adieu, ce soir ? nous demanda-t-il. Ah oui, Mme Deeter. Elle se repose dans le salon un.

Elle se repose ? Brrrrr.

— Allez, on se bouge, me dit ma grand-mère en me tirant par le bras. Il y a déjà un monde fou, je crois bien.

Je scannai les visages. Quelques personnes comme Myra Smilinski et Harriet Farver. Quelques personnes qui devaient travailler à la RGC sans doute venues s'assurer que leur collègue était réellement morte. Un groupe tout de noir vêtu, agglutiné près du cercueil — la proche famille. Je ne vis aucun représentant de la « Société Anonyme ». J'étais quasi certaine que mon père avait tort, que ce n'était pas la mafia qui s'était « occupée » d'oncle Fred et des employés de la RGC... cela dit, on pouvait toujours garder cette possibilité en tête. À part ça, pas d'extraterrestre en vue.

— Non, mais regarde ça ! dit ma grand-mère. Le cercueil est fermé. Celle-là, c'est la meilleure ! Je me mets sur mon trente et un pour venir présenter mes condoléances, et il n'y a rien à voir.

Comme Martha Deeter avait été tuée par balle, on l'avait autopsiée. On l'avait trépanée pour peser son cerveau. Une fois rafistolée, elle devait ressembler au monstre de Frankenstein. Personnellement, j'étais plutôt soulagée qu'ils aient mis le couvercle.

— Je vais jeter un coup d'œil aux fleurs, m'annonça ma grand-mère. Histoire de voir qui passe la brosse à reluire à la compagnie des ordures.

Je scannai une nouvelle fois la foule et repérai Terry Gilman. *Sa-luuuuuuut!* Mon père avait peut-être vu juste. Le bruit courait que Terry Gilman travaillait pour son oncle Vito Grizolli. Vito est un bon père de famille dont la chaîne de pressing ne blanchit pas seulement du linge sale.

D'après Connie, qui les connaissait de loin, Terry avait commencé par faire la collecte des vêtements mais avait rapidement grimpé les échelons au sein de la PME familiale.

— Terry Gilman, dis-je en guise de constat et en tendant la main.

Terry est très mince, très blonde et elle était sortie avec Morelli pendant toutes les années de lycée. Aucun de ces trois points ne la rendait sympathique à mes yeux. Elle portait un tailleur en soie gris très cher et les talons hauts qui allaient avec. Ses mains étaient manucurées à mourir, et elle portait son revolver dans un holster très discret dissimulé par la coupe de sa veste. Seuls ceux qui étaient déjà sortis dans un tel équipage pouvaient le remarquer.

— Stéphanie Plum, dit Terry, ça fait plaisir de te revoir. Tu étais une amie de Martha ?

— Non. J'accompagne ma grand-mère. Elle aime bien comparer les cercueils. Et toi ? Tu étais une amie de Martha ?

— On était associées.

Ses paroles restèrent un moment en suspension dans les airs.

— J'ai appris que tu travaillais avec ton oncle.

— Suivi des clients.

Autre silence.

Je changeai de position, pour la forme.

— C'est curieux que Martha et Larry aient été tués tous les deux, de la même façon, à un jour d'intervalle.

— C'est tragique.

Je me penchai vers elle et baissai d'un ton.

— C'est pas ton boulot, hein ? Je veux dire, c'est pas toi qui...

— Qui les as descendus ? Non. Navrée de te décevoir, mais ce n'est pas moi. Tu veux savoir autre chose ?

— Heu... oui. Il se trouve que mon oncle Fred a disparu.

— Lui non plus, je ne l'ai pas descendu, dit Terry.

— Je m'en doutais. Mais ça ne coûte rien de se renseigner.

Terry jeta un coup d'œil à sa montre.

— Je vais présenter mes condoléances, et puis je file. J'ai deux autres veillées funèbres ce soir. Une chez Moser, et une à l'autre bout de la ville.

— Apparemment, les affaires marchent, chez Vito, dis-moi.

Terry haussa les épaules.

— On meurt tous un jour ou l'autre.

Hum, hum.

Son regard se fixa sur un point derrière moi, et son intérêt se dissipa.

— Tiens, tiens, fit-elle. Regarde donc qui arrive.

Je me retournai pour mettre un visage sur la sensualité qui teintait la voix de Terry, et ne fus pas surprise du tout de voir celui de Morelli.

Il passa un bras possessif autour de mes épaules et adressa un sourire à Terry.

— Comment va?

— Je ne me plains pas, lui répondit-t-elle.

— Tu connaissais Martha? demanda Morelli en coulant un regard vers le cercueil à l'autre bout de la salle.

— Bien sûr, répondit Terry. Ça fait un bail.

Le sourire de Morelli s'accentua un brin.

— Bon, je vais essayer de retrouver ma grand-mère, dis-je.

Morelli resserra son étreinte.

— Pas encore, me dit-il. Il faut que je te parle.

Il fit un signe de tête à Terry.

— Tu veux bien nous excuser?

— Je partais de toute façon.

Elle envoya un baiser pulpeux à Joe et fila en quête des Deeter.

Joe m'entraîna hors du vestibule.

— Vous étiez très liés, vous deux, lui fis-je remarquer en m'efforçant de ne pas faire la tête et de ne pas grincer des dents.

— On a pas mal de points communs. Les mœurs, ça nous connaît tous les deux.

— Hum.

— Tu sais que t'es mignonne, toi, quand tu es jalouse.

— Moi, jalouse ? Tu veux rire. Je ne suis pas jalouse.

— Menteuse.

Là, je faisais carrément la tête tout en ayant une envie folle qu'il m'embrasse.

— Tu voulais me parler de quoi, au juste ? lui demandai-je.

— Ah, oui. C'est quoi cette histoire qui s'est passée aujourd'hui ? Tu as vraiment fait une tête au carré à ce pauvre petit Briggs ?

— Mais non ! Il est tombé dans l'escalier.

— Oh, c'est pas vrai.

— Mais si !

— *Baby,* c'est ce que je dis toujours et ce n'est jamais vrai.

— J'ai des témoins.

Morelli faisait de gros efforts pour rester sérieux, mais je voyais un sourire frémir aux commissures de ses lèvres.

— Costanza m'a dit que tu avais essayé de faire sauter la serrure à coups de revolver, et comme ça ne marchait pas, que tu avais pris une hache pour fracasser la porte.

— Faux, archifaux... c'était un démonte-pneu.

— Bon Dieu ! C'est ta crise menstruelle ?

Je fis la moue.

Il prit une mèche de mes cheveux entre ses

doigts et la coinça derrière mon oreille... il fit glisser un doigt contre ma joue...

— Je verrai ça demain, dit-il.

— Oh ?

— Une célibataire, ça fait tache à un mariage.

J'eus la vision du démonte-pneu. Quel bonheur ce serait de lui en flanquer un coup sur la cafetière !

— C'est pour ça que tu m'as invitée ?

Sourire morellien.

Aaargh ! Il méritait vraiment que je le gifle... puis que je l'embrasse... que je laisse courir mes mains de ses pectoraux à ses abdominaux... puis à son si beau...

Ma grand-mère se matérialisa à côté de moi.

— Comme ça me fait plaisir de vous voir, dit-elle à Morelli. J'espère que je dois en conclure que vous vous intéressez de nouveau de près à ma petite-fille. C'est d'un ennui depuis qu'on ne vous voit plus !

— Elle m'a brisé le cœur, lui dit-il.

Ma grand-mère hocha la tête.

— Elle n'y connaît rien, soupira-t-elle.

Morelli avait l'air ravi.

— Bon, on peut partir, me dit ma grand-mère. Il n'y a rien à voir ici. Le couvercle est cloué. De toute façon, il y a un film avec Charlie Chan ce soir à neuf heures, et je ne veux surtout pas le rater. Hiiii-yaaaaaa ! cria-t-elle en prenant une pose plus ou moins kungfu. Pourquoi ne pas venir le regarder avec nous ? suggéra-t-elle à Morelli. Je vous signale qu'on a fait une tarte pour le dessert, et qu'il nous en reste.

— Tentant, dit Morelli, mais on va devoir reporter ça. Je travaille ce soir. Je dois relayer un collègue en planque.

Bobosse n'était pas en vue quand nous sortîmes du salon funéraire. Alors, peut-être que le meilleur moyen de se débarrasser de lui était de le nourrir. Je déposai ma grand-mère et continuai jusque chez moi. Je fis le tour du parking deux fois avant de me garer, regardant entre les voitures pour m'assurer que Ramirez ne m'attendait pas.

Rex, quant à lui, tournait dans sa roue. Quand j'allumai la lumière, il se figea, et me regarda en frétillant des moustaches.

— À table ! lui criai-je en brandissant le sac en papier kraft qui m'accompagnait toujours quand je revenais d'un dîner chez mes parents. Au menu : restes d'agneau, purée, légumes, un bocal de betteraves au vinaigre, deux bananes, un sachet de tranches de jambon, une miche de pain et de la tarte aux pommes !

Je brisai un morceau de tarte, en laissai tomber les miettes dans la coupelle de Rex qui, d'enthousiasme, faillit se casser la gueule de sa roue.

Moi aussi, j'aurais bien aimé manger un peu de tarte, mais, pensant à ma petite robe noire, j'optai pour une banane. Mais comme après j'avais toujours faim, je me fis un demi-sandwich au jambon. Ensuite, je picorai le gigot d'agneau. Là, je jetai l'éponge et mangeai la tarte. *Demain matin, dès le réveil, je sortirai faire un jogging. Oui. Peut-être. Faut voir. Oh, non. NON ! Jamais de la vie ! Bon, j'ai trouvé :*

je vais appeler Ranger pour lui demander s'il veut courir avec moi. Comme ça, il sera là demain aux aurores, ce qui m'obligera à sortir du lit et à faire des exercices avec lui.

— 'lô ? fit Ranger en décrochant.

Il avait la voix pâteuse, et je me rendis compte qu'il était tard et que je l'avais peut-être réveillé.

— C'est Stéph. Excuse-moi de t'appeler aussi tard.

Il inspira lentement.

— Pas de problème. La dernière fois que tu m'as téléphoné tard dans la soirée, tu étais nue et menottée à la tringle de ton rideau de douche. J'espère que tu ne vas pas me décevoir.

Cet incident s'était produit lors de ma première enquête. Nous venions de commencer à travailler ensemble, et je le connaissais à peine. Il avait réussi à entrer dans mon appartement par effraction et à me libérer d'une main de maître. Je craignais qu'il n'agisse autrement aujourd'hui. La vision de Ranger surgissant alors que je suis nue me donna une bouffée de chaleur.

— Navrée, lui dis-je, mais un coup de fil comme ça, on n'en a qu'un dans sa vie. Si je t'appelle, c'est pour faire de l'exercice. J'en ai, hum, besoin.

— Tout de suite ?

— Mais non ! Demain matin. J'ai envie d'aller courir, je cherche un partenaire.

— C'est pas un partenaire qu'il te faut, c'est un maton. Tu as horreur de courir. Tu as peur de ne pas pouvoir entrer dans ta robe noire, c'est ça ? Qu'est-ce que tu viens de manger ? Un gâteau ? Une barre de chocolat ?

— De tout. J'ai mangé de tout.

— Il faut que tu bosses ton self-control, *baby*.

Ça, c'est sûr.

— Bon, ça te dit de courir avec moi ou pas ?

— Seulement si tu veux sérieusement retrouver la forme.

— Mais oui, je le veux.

— Tu ne sais vraiment pas mentir. Mais vu que je n'ai pas envie de bosser avec un thon, je passerai te prendre à six heures.

— Je ne suis pas un thon ! glapis-je.

Mais il avait déjà raccroché.

Aaargh !

J'avais mis le réveil à sonner pour six heures, mais j'émergeai à cinq heures, et à cinq heures un quart j'étais habillée. Je n'avais plus trop la pêche pour courir. Et je me fichais pas mal de faire attendre Ranger, mais ma crainte avait été de ne pas réussir à me lever et que je sois encore au lit, nue, au moment où il ferait irruption dans mon appartement pour me réveiller... et que je l'attire sous les draps.

Et après, qu'est-ce que je dirais à Joe ? Nous avions plus ou moins passé un accord, tous les deux. Sauf que ni lui ni moi n'en connaissions exactement les termes. En fait, maintenant que j'y pensais, peut-être n'avions-nous passé aucun accord. Disons que nous étions plutôt dans la phase de négociation de notre accord tacite.

De toute façon, je n'avais absolument pas l'intention de faire quoi que ce soit avec Ranger parce que sortir avec lui, ce serait comme faire du saut à l'élastique sans élastique. J'étais atteinte de nymphomanie passagère, d'accord, mais je n'en étais pas plus bête que d'habitude pour autant.

Je petit-déjeunai d'un sandwich au jambon et des restes de tarte. Je fis deux ou trois étirements. Je m'épilai les sourcils. Je troquai mon short contre un pantalon de survêt. Et à six heures, j'étais dans le hall d'entrée, guettant Ranger.

— Oh la la, fit-il, c'est vraiment du sérieux ton envie de jogging, alors. Je ne m'attendais pas à te trouver debout à cette heure-ci. La dernière fois qu'on a couru ensemble, j'ai dû te tirer du lit de force.

J'étais en survêtement, je me gelais les fesses et je me demandais ce que fichait le soleil. Ranger portait un T-shirt dont il avait coupé les manches, et il n'avait pas du tout l'air d'avoir froid. Il fit quelques échauffements des mollets, du cou et se mit à sautiller sur place.

— Prête ? demanda-t-il.

Environ un kilomètre plus loin, je m'arrêtai, pliée en deux, cherchant l'air. Mon haut était trempé de sueur, et mes cheveux plaqués contre mon crâne.

— 'tends une minute, dis-je. J'ai envie de vomir. Oh la la, j'ai vraiment pas la forme, moi.

Oui, je sais, je n'aurais pas dû manger du jambon et de la tarte !

— Mais non tu ne vas pas vomir, me dit Ranger. Continue.

— J'peux pus.

— Allez, encore cinq cents mètres.

Je me traînais derrière lui.

— Oh la la, j'ai vraiment pas la forme, moi, redis-je.

Je suppose qu'un jogging tous les trois mois, ce n'est pas assez pour avoir une condition physique optimale.

— Encore deux minutes, dit Ranger. Tu peux le faire !

— Je crois vraiment que je vais vomir.

— Non, tu ne vas PAS vomir. Encore une minute.

La sueur me dégoulinait sur le menton et dans les yeux, brouillant ma vision. Je l'aurais bien essuyée, mais je n'avais plus la force de lever le bras aussi haut.

— Ça y est, on est arrivés ?

— Oui, me répondit Ranger. Deux kilomètres. Tu vois, je savais que c'était dans tes cordes.

J'étais incapable de parler, mais je pus faire oui de la tête.

Ranger joggait sur place.

— Tu veux continuer ? me demanda-t-il. T'es prête ?

Je me penchai en avant et dégobillai.

— C'est pas ça qui va te sauver, dit-il.

Je lui brandis mon majeur.

— Putain, fit Ranger en regardant mon vomi. C'est quoi, ce truc rose ?

— Sanwich au jambon.

— Tu es autodestructrice à ce point-là ?
— Le jambon, je trouve ça bon.
Il s'éloigna de quelques mètres au petit trot.
— Allez, on se fait encore un petit kilomètre ?
— Je viens de vomir !
— Ouais, et alors ?
— Et alors, je ne cours plus !
— Faut souffrir pour être mince, *baby*.
— Je n'aime pas souffrir. Je rentre chez moi. En marchant.
Il fila.
— Je te rattrape au retour ! cria-t-il.
Vois le bon côté de la chose, me dis-je. Au moins, je n'ai plus à craindre que mon petit déj me reste sur les cuisses. Et vomir, c'est si sexy qu'il y a de fortes chances que Ranger n'ait plus de poussée de libido à mon égard avant longtemps.

Je me trouvais à un pâté de maisons d'Hamilton Avenue, dans un quartier de petits pavillons. Le trafic reprenait sur l'avenue, un peu plus loin, mais là où j'étais, c'était dans les cuisines que l'activité reprenait. Les lumières étaient allumées, le café passait dans les filtres, les bols de céréales étaient disposés sur les tables. On était samedi, mais Trenton ne faisait pas la grasse matinée pour autant. Il fallait accompagner les enfants au football, porter les vêtements au pressing, la voiture au lavage, sans compter le marché... légumes et œufs frais, pâtisseries, saucisses.

Un soleil pâlichon se détachait sur le ciel maussade, et je sentais la fraîcheur de l'air contre mon survêtement mouillé de sueur. J'étais à trois rues de chez moi. Je faisais des projets pour ma journée. Enquêter dans la zone autour du centre commercial en montrant la photo de Fred ; rentrer à temps pour me glisser dans ma petite robe noire ; ne pas oublier de guetter la présence de Bobosse...

J'entendis Ranger venir derrière moi. Je me blindai pour résister à la tentation de le faire sprinter jusqu'à mon lit.

— Salut, Stéph.

J'eus les jambes coupées. Ce n'était pas Ranger. C'était Ramirez. Il était en survêtement et baskets. Pas une goutte de sueur. Pas du tout essoufflé. Il me souriait, sautillant autour de moi sur la pointe des pieds, tantôt boxant à vide tantôt joggant.

— Qu'est-ce que vous voulez ? demandai-je.

— Le champion veut être ton ami. Le champion peut te faire découvrir des tas de choses. Le champion peut t'emmener là où tu n'es jamais allée.

J'étais tiraillée entre l'envie que Ranger arrive et celle qu'il ne tombe pas sur Ramirez. Je craignais que sa solution à mon problème de harcèlement ne soit la mort. Il y avait une forte probabilité que Ranger tue sur une base régulière. Seulement les vrais méchants, bien entendu, alors je pouvais difficilement le critiquer. Tout de même, je ne voulais pas qu'il tue quelqu'un pour mes beaux yeux. Pas même si ce quelqu'un était Ramirez. Cela dit, si Ramirez mourait dans son sommeil ou se faisait écraser par une voiture, ça ne m'empêcherait pas de dormir.

— Je ne vais et je n'irai jamais nulle part avec vous, lui dis-je. Et si vous persistez à me harceler, je prendrai les dispositions nécessaires pour que cela cesse.

— C'est ton destin d'être avec le champion. Tu ne pourras pas y échapper. Ta copine Lula, elle est sortie avec le champion. Demande-lui, Stéphanie, elle te dira comme elle a aimé ça. Demande à Lula ce que ça fait de sortir avec le champion.

J'eus la vision de Lula nue et en sang sur mon escalier de secours. Une bonne chose que j'aie déjà vomi et que j'aie l'estomac vide, sinon je n'aurais pas pu me retenir.

Je m'éloignai à grands pas. On ne débat pas avec un fou. Il trottina derrière moi pendant quelques mètres, puis il ricana, me cria bye, et partit en joggant vers Hamilton Avenue.

Quand Ranger me rejoignit, j'étais dans le parking de mon immeuble. Sa peau était luisante de sueur. Il respirait fort. Il avait couru à fond, et ça semblait lui avoir plu.

— Ça va? Tu es toute pâle. Je pensais que tu aurais récupéré.

— Je crains que tu n'aies raison pour le jambon, lui dis-je.

— Tu veux remettre ça demain?

— Je ne crois pas avoir l'étoffe nécessaire pour entretenir ma forme.

— Tu cherches toujours un job?

Je fis craquer mes articulations — dans ma

tête. J'avais besoin de fric, mais les boulots de Ranger ne me réussissaient guère.

— C'est quoi, cette fois ?

Ranger ouvrit la portière de sa voiture et prit une grande enveloppe jaune.

— J'ai un DDC à très haute caution qui vadrouille dans Trenton. J'ai mis quelqu'un en planque devant chez sa petite amie, et quelqu'un d'autre devant chez lui. Sa mère habite dans le Bourg. Je ne crois pas que ça vaille le coup de surveiller la maison de sa mère vingt-quatre heures sur vingt-quatre, mais tu connais pas mal de gens au Bourg, et je pensais que tu pourrais peut-être dénicher un informateur.

Il me tendit l'enveloppe.

— Le type s'appelle Alphonse Ruzick.

Je connais les Ruzick. Ils habitent de l'autre côté du Bourg, à deux portes de la boulangerie de Carmine, juste en face de l'église catholique. Sandy Polan est leur voisine. C'est aussi une ex-copine de classe. Elle a épousé Robert Scarfo, et même si elle s'appelle Sandy Scarfo à présent, pour moi elle restera toujours Sandy Polan. Elle a trois gosses, et son petit dernier ressemble beaucoup plus à son voisin d'à côté qu'à Robert Scarfo. Je zieutai à l'intérieur de l'enveloppe. Photo d'Alphonse Ruzick ; autorisation d'arrestation ; accord de caution ; feuillet d'infos générales.

— OK, dis-je. Je vais voir si je trouve un délateur potentiel.

Je poussai la porte vitrée de mon hall d'entrée et pirouettai, l'air de rien, pour m'assurer que Ranger ne s'attardait pas pour moi... non. Bon.

J'enfilai l'escalier et ne me sentis en sécurité qu'une fois arrivée sur mon palier. Une odeur de bacon grillé flottait depuis la porte de Mme Karwatt. La télévision hurlait chez M. Wolesky. Une matinée ordinaire. La routine, quoi. Sauf que j'avais vomi et que j'étais morte de trouille à cause d'un psychopathe.

J'ouvris ma porte et trouvai Bobosse affalé sur mon canapé, en train de lire le journal.

— Il faut que vous arrêtiez d'entrer chez moi par effraction. Ça ne se fait pas.

— Je craignais de me faire remarquer en restant assis dans le hall. Un type qui traîne sur votre palier, ça la fiche mal. Que penseraient les gens ?

— Alors, allez traîner dans votre voiture, dans le parking.

— J'avais froid.

On frappa à ma porte. J'allai ouvrir. C'était mon voisin d'en face, M. Wolesky.

— C'est encore vous qui m'avez pris mon journal ?

Je l'arrachai des mains de Bobosse et le rendis à son propriétaire.

— Dehors, dis-je à Bobosse. À la prochaine.

— Vous faites quoi aujourd'hui ? Juste pour savoir.

— Je vais à l'agence, puis j'irai placarder des affiches au centre commercial.

— À l'agence, hein ? Je vais peut-être faire l'impasse sur l'agence. Mais je vous autorise à dire à Lula que je la ferai payer pour m'avoir fait perdre votre trace l'autre jour.

Vous devriez plutôt vous estimer heureux qu'elle n'ait pas utilisé son boîtier électrique.

Il ne décarrait pas du canapé, mains dans les poches.

— Vous voulez me toucher un mot à propos des photos couleurs qui sont sur votre table ?

Zut. Je ne les avais pas rangées.

— Il n'y a rien à en dire.

— D'un cadavre découpé dans un sac-poubelle ?

— Il vous intéresse ?

— Je ne sais pas qui c'est, si c'est ce que vous insinuez, dit-il en s'approchant de la table. Vingt-quatre photos. Toute une pellicule. Deux sur lesquelles le sac est ficelé. Je me pose des questions. Et elles sont récentes, en plus.

— Qu'est-ce qui vous fait dire ça ?

— Les journaux qui sont dans le sac avec le cadavre. Je les ai regardés avec votre loupe. Vous voyez celui-là, là, en couleurs ? Je suis quasi certain que c'est un supplément publicitaire de K-Mart pour le Méga Monstre. Je le sais parce que mon gosse m'a forcé à aller lui en chercher un dès qu'il a vu la pub.

— Vous avez un enfant ?

— Ça vous étonne ? Il vit avec sa mère.

— Quand est parue cette pub pour la première fois ?

— J'ai appelé pour vérifier. Et la réponse est : jeudi dernier.

La veille de la disparition de Fred.

— Où avez-vous trouvé ces photos ? demanda Bobosse.

— Sur le bureau de Fred.

Hochement de tête bobossien.

— Fred s'est mêlé d'une très sale affaire.

Après le départ de Bobosse, je fermai à clé, tournai le verrou et mis la chaîne de sécurité. Je pris une douche et me décidai pour un Levi's et un polo col cheminée noir. Je coinçai le polo dans la ceinture de mon jean et accessoirisai le tout d'une ceinture. Je jetai la photo de Fred dans mon fourre-tout, et me voilà partie mener l'enquête en pseudo-détective privé.

Premier arrêt : l'agence pour y prendre mon obole bien méritée pour l'arrestation de Briggs.

Quand j'entrai, Lula leva les yeux de la paperasse qu'elle classait.

— Enfin ! On n'attendait que toi, beauté. On a su que t'avais cassé la gueule à l'autre là... à Briggs. Bon, il l'a cherché, d'accord, mais quand même, quand t'as décidé de casser la gueule à quelqu'un, tu pourrais au moins me proposer de venir. Tu sais à quel point ça me démangeait de lui rentrer dans le lard à ce teckel.

— Ouais, renchérit Connie, tu exagères de monopoliser toute l'action.

— Je n'ai rien fait du tout. Il est tombé dans l'escalier.

Vinnie ouvrit la porte de son bureau et sortit la tête.

— Nom de Dieu, fit-il. Combien de fois vais-je devoir te dire de ne pas cogner au visage ? Faut les frapper dans le corps, là où ça se voit pas. Des coups de pied dans les couilles ! Des crochets dans les reins !

— IL EST TOMBÉ DANS L'ESCALIER, JE VOUS DIS !

— Ouais, mais tu l'as quand même un peu poussé, hein ?

— NON !

— Là, t'es bonne, là, me dit Vinnie. T'es bonne quand tu mens. Tu t'en tiens à cette version. Ça me plaît, ça.

Il recula dans son bureau et en claqua la porte.

Je tendis le reçu du commissariat à Connie qui, en retour, me tendit un chèque.

— Bon, je pars en quête d'un témoin, dis-je.

Lula avait déjà son sac dans les mains.

— Je viens avec toi. Juste au cas où ton Bobosse aurait pas compris qu'il fallait plus te suivre. Je m'occuperai de ses fesses moi, s'il continue à te coller au cul.

Je souris. Ça promettait d'être intéressant.

On s'arrêta au magasin de photocopies de la Route 33. Je fis agrandir la photo de Fred et la fis reproduire sur un appel à témoins.

On repartit vers le Grand Union, et quand je débarquai dans le parking du centre commercial avec la Firebird, je fus déçue de ne pas voir Bobosse à l'affût. Je me garai près de l'entrée, et nous voilà parties Lula et moi, affichettes sous le bras.

— Minute, fit Lula. Y a une promo sur le Coca. Vraiment pas cher. Oh, et y a de la viande qui m'a pas l'air dégueu au rayon traiteur. Il est quelle heure ? C'est l'heure du déjeuner ? Ça t'ennuie si j'achète un peu de bouffe ?

— Je ne voudrais surtout pas te retarder...

J'agrafai une affiche sur le panneau des petites annonces à l'entrée du magasin. Puis je pris l'original de la photo et fis passer un quiz aux vendeurs tandis que Lula dévalisait le rayon viennoiseries.

— Vous avez vu cet homme ? demandais-je.

La réponse était « non », ou parfois, « ouais, c'est Fred Schutz. Quel ravagé ! ».

Personne ne se souvenait de l'avoir vu le jour de sa disparition. Et personne ne l'avait vu depuis. Et tout le monde se fichait pas mal qu'il ait disparu.

— Alors, ça avance ? me demanda Lula au passage, poussant un caddie vers la voiture.

— Bof. Aucun preneur.

— Je vais poser ces sacs, et, après, j'irai faire un tour au petit magasin de vidéos, au bout.

— Éclate-toi.

Je mis la photo de Fred sous le nez de quelques autres personnes, et à midi je fis une pause-déjeuner. Je raclai le fond de mes poches et de mon sac et réunis assez d'argent pour acheter un petit sachet de carottes naines nutritives à souhait, déjà lavées et prêtes à consommer. Pour la même somme, je pouvais aussi m'acheter un Mars géant. Ouah, quel choix cornélien !

Lula revint de la boutique de vidéos au moment où je léchais les dernières traînées de chocolat sur le bout de mes doigts.

— Regarde ça, dit-elle. Ils avaient *Boogie Nights* en solde. Le film, je m'en tape, mais j'aime bien regarder la fin une fois de temps en temps.

— Je vais faire du porte-à-porte avec la photo de Fred. Tu veux me donner un coup de main ?

— Sûr, file-moi une de tes affiches, et je vais te faire un porte-à-porte d'enfer !

On se partagea le quartier en se donnant jusqu'à deux heures. Je finis plus tôt, avec un zéro pointé. Une femme m'avait affirmé avoir vu Fred en compagnie d'Harrison Ford, mais allez savoir pourquoi, j'en doutai. Et une autre m'avait dit avoir eu la vision de lui flottant sur son écran télé. À ça non plus, je n'accordai aucun crédit.

Comme j'avais du temps à perdre, je retournai au Grand Union pour m'acheter une paire de collants pour le mariage. En entrant dans le hall, je remarquai une dame âgée qui examinait la photo de Fred agrafée sur le tableau.

J'achetai les collants et, comme je ressortais, je vis qu'elle était toujours là, plantée devant l'affiche.

— Vous l'avez vu ? lui demandai-je.

— C'est vous, Stéphanie Plum ?

— Oui.

— Je me disais aussi que je vous avais reconnue. Je me souviens de votre photo quand vous avez mis le feu au salon funéraire.

— Vous connaissez Fred ?

— Bien sûr. On est dans le même club du troisième âge. Fred et Mabel. Je ne savais pas qu'il avait disparu.

— Quand l'avez-vous vu pour la dernière fois ?

— C'est ce dont j'essayais de me souvenir. J'étais assise devant le Grand Union, ici, j'attendais que mon neveu vienne me chercher étant donné que je ne conduis plus, et j'ai vu Fred sortir du pressing.

— Ça devait être vendredi.

— C'est ce que je pense aussi. Oui, vendredi.

— Qu'a-t-il fait après être sorti du pressing ?

— Il est allé porter ses vêtements à sa voiture, et j'ai eu l'impression qu'il les posait soigneusement sur la banquette arrière, mais de là où je me trouvais, c'est difficile d'être sûre.

— Que s'est-il passé ensuite ?

— Une voiture s'est arrêtée à hauteur de la sienne, un homme en est sorti et ils ont parlé un moment. Après, Fred est monté dans la voiture de cet homme, et ils sont partis. Je suis sûre que c'est la dernière fois que j'ai vu Fred. J'ai un doute pour le jour, c'est tout. Mais mon neveu saurait vous dire.

Bon sang de bonsoir.

— Vous connaissez l'homme qui parlait avec Fred ?

— Non. Je ne l'avais jamais vu. Mais Fred semblait le connaître. Ils paraissaient être amis.

— Il ressemblait à quoi ?

— Seigneur, je n'en sais rien. À un homme. Un homme ordinaire.

— Un Blanc ?

— Oui. Et pas plus grand que Fred. Il portait un costume.

— Ses cheveux, quelle couleur ? Longs ou courts ?

— Je ne faisais pas attention à lui au point de me souvenir de tout ça. Je passais le temps en attendant Carl, c'est tout. Je crois qu'il avait les cheveux coupés court... bruns. Oh, je ne sais plus très bien, mais s'il avait eu quelque chose de spécial, ça m'aurait frappée.

— Vous le reconnaîtriez si vous le revoyiez ? Ne serait-ce qu'en photo ?

— Je ne peux pas l'affirmer. Il était assez loin, vous savez, et je n'ai pas vraiment vu son visage.

— Et sa voiture ? Vous vous souvenez de sa couleur ?

Elle réfléchit, le regard dans le vide tandis qu'elle essayait de reconstituer une image mentale de la voiture.

— Je n'y ai pas trop fait attention... Je suis navrée, mais je ne me souviens pas de la voiture. Sauf que ce n'était pas un pick-up, ni rien. Juste... une voiture.

— Est-ce qu'ils vous ont donné l'impression de se disputer ?

— Non. Ils bavardaient, c'est tout. Puis l'homme a fait le tour de sa voiture, s'est remis au volant et Fred s'est assis à côté de lui. Et pfft, ils sont partis.

Je lui échangeai ma carte contre son nom, son adresse et son numéro de téléphone. Elle me dit que ça ne la gênait pas du tout que je l'appelle si j'avais d'autres questions à lui poser. Et elle ajouta qu'elle ouvrirait l'œil et que, si jamais elle voyait Fred, elle m'appellerait immédiatement.

J'étais tellement sonnée que je faillis ne pas voir Lula pourtant à dix centimètres de moi.

— Han! fis-je, lui rentrant dedans.
— Atterrissage Stéphanie réussi, dit-elle.
— Alors? lui demandai-je.
— Alors, zéro. Y a que des ringards par ici. Personne sait rien.
— Pour moi non plus, le porte-à-porte n'a pas marché. Mais je suis tombée sur une femme qui a vu Fred monter dans une voiture avec un autre homme.
— Sans déc?
— Je te jure. C'est une vieille dame, une certaine Irène Tully.
— Alors, c'est qui, le type? Et où est onc'Fred?

Si je savais!

Mon regain d'optimisme se dégonfla comme une baudruche en prenant conscience que je n'étais pas plus avancée. J'avais une nouvelle pièce du puzzle, mais je ne savais toujours pas si Fred était sous les verrous à Fort Lauderdale ou à la décharge de Camden sous des tonnes de déchets.

Nous nous dirigions vers la Firebird de Lula. Je marchais, perdue dans mes pensées. Je regardai la voiture et je trouvai qu'elle avait quelque chose de bizarre. Mais quoi?

Je compris au moment où Lula se mit à hurler à pleins poumons :

— Mon bébé! Mon bébé, mon bébéééééééé...

La Firebird était posée sur des parpaings. Quelqu'un avait volé les quatre roues.

— C'est exactement comme Fred, dit Lula. On est où, là ? Dans le Triangle des Bermudes ?

On s'approcha de la voiture et on regarda par la vitre. Les courses de Lula étaient entassées sur le siège passager, et deux des roues étaient sur la banquette arrière. Lula ouvrit le coffre et trouva les deux autres.

— C'est quoi, ce binz ? glapit-elle.

Une vieille Dodge marronnasse qui roulait au pas dans notre direction s'arrêta à notre hauteur. Bobosse.

O.K., qui connaît-on qui soit capable d'ouvrir une porte sans avoir de clé ? Qui avait un compte à régler avec Lula ? Et qui était revenu sur les lieux de son crime ?

— Pas mal, dis-je à Bobosse. Un sens de l'humour un brin sadique... mais pas mal.

Mon commentaire le fit sourire, et il lorgna la voiture.

— Alors, les filles, vous avez un problème ?

— Y a quelqu'un qui a retiré les roues de ma Firebird, dit Lula qui avait l'air d'avoir compris, elle aussi. Je suppose que vous avez pas la moindre idée de qui ça pourrait être ?

— Des vandales ?

— Et mon cul, c'est un vandale ?

— Il faut que j'y aille, dit Bobosse en riant jusqu'aux oreilles. *Adios !*

Lula sortit un petit calibre de son sac en bandoulière et visa Bobosse.

— Espèce de sac à merde à gueule de raie de mes deux !

Le sourire de Bobosse se figea instantanément, et il fila du parking sans demander son reste.

— Une chance que j'aie une bonne assurance, fit remarquer Lula.

Une heure plus tard, j'étais de retour dans ma Buick. J'étais juste niveau timing, mais je voulais absolument parler à Mabel.

Je faillis passer devant chez elle parce que le break Pontiac 87 n'était plus garé là. À sa place se trouvait une Nissan Sentra gris métallisé dernier modèle.

— Où est le break ? demandai-je à Mabel quand elle vint m'ouvrir.

— Le garage me l'a repris. Je n'ai jamais aimé conduire ce vieux paquebot.

Elle regarda sa nouvelle voiture et sourit d'un air radieux.

— Qu'est-ce que tu en penses, Stéphanie ? Elle n'est pas sensas ?

— Moui. Sensas. J'ai rencontré quelqu'un aujourd'hui qui a peut-être vu Fred.

— Oh la la, ne me dis pas que tu l'as retrouvé.

Je clignai des yeux, une fois, deux fois, car elle ne me donnait pas du tout l'impression de penser que ce serait une bonne nouvelle.

— Non, dis-je.

Elle porta une main à son cœur.

— Ouf ! Je ne voudrais pas te paraître indifférente, mais tu sais, je viens d'acheter cette voiture, et Fred, la voiture, il ne comprendrait pas.

OK, maintenant on sait que Fred a une dent contre les Nissan Sentra.

— Bref, dis-je, cette femme m'a raconté qu'elle l'avait vu le jour de sa disparition parler avec un type en costume. Tu as une idée de qui ça pourrait être ?

— Non. Et toi ?

Bon. Autre question.

— Il est très important que je sache tout ce que Fred a fait la veille de sa disparition.

— Comme les autres jours. Le matin, il n'a rien fait. Il a bricolé dans la maison. Puis, on a déjeuné, et il est allé faire les courses.

— Au Grand Union ?

— Oui. Et il ne s'est absenté qu'une heure. On n'avait pas besoin de grand-chose. Ensuite, il a travaillé au jardin, il a ratissé les feuilles mortes. Voilà. C'est tout ce qu'il a fait.

— Et le soir, il est sorti ?

— Non... attends, si, il est allé jeter les feuilles. Quand on a trop de sacs de feuilles mortes, on doit payer un supplément à la société de ramassage, alors quand c'est le cas, Fred attend qu'il fasse nuit et, d'un coup de voiture, il en porte un ou deux chez Giovichinni. Il dit que Giovichinni peut bien lui rendre ce petit service, étant donné qu'il lui fait toujours payer plus de viande qu'il ne lui en achète.

— Quand est-ce que Fred est parti vendredi matin ?

— Tôt. Vers huit heures. Quand il est rentré, il râlait parce qu'il avait dû attendre l'ouverture de la RGC.

— Et à quelle heure est-il rentré ?

— Je ne sais plus trop. Vers onze heures, je dirais. Il était là pour le déjeuner.

— Ça fait long, juste pour aller à la RGC se plaindre au sujet d'une facture.

Mabel parut songeuse.

— Je n'y avais pas pensé, mais maintenant que tu me le dis, tu dois avoir raison.

Il n'était pas allé chez Winnie puisqu'il y était dans l'après-midi.

Puisque j'étais dans le coin, j'en profitai pour passer chez les Ruzick. La boulangerie était en angle, et les autres maisons de la rue étaient jumelées. Celle des Ruzick était jaune des murs au perron, et leur jardin de devant formait un renfoncement d'un mètre. Mme Ruzick avait pour habitude de laver ses vitres et de balayer son seuil. Il n'y avait pas de voiture devant chez eux. Derrière, un jardin long et étroit donnait sur une ruelle en sens unique. Les maisons jumelées étaient séparées par des doubles allées au bout desquelles se dressaient des parkings pour une voiture.

Je jouai avec l'idée d'aller voir Mme Ruzick, mais y renonçai. Elle avait la réputation de ne pas mâcher ses mots, et avait toujours été surprotectrice envers ses deux misérables fistons. Au lieu de ça, j'allai dire un petit bonjour à Sandy Polan.

— Ouah, Stéphanie ! s'écria Sandy en ouvrant la porte. Ça fait un bail ! Qu'est-ce qui se passe ?

— J'ai besoin d'un mouchard.

— Laisse-moi deviner. Tu recherches Alphonse Ruzick.

— Tu l'as vu ?

— Non, mais ça ne va pas tarder. Il vient

manger chez sa mère tous les samedis. C'est un gros nul, ce type.

— Ça t'ennuierait d'ouvrir l'œil pour moi ? Je m'en chargerais bien moi-même, mais je vais à un mariage cet après-midi.

— Oh, mon Dieu ! À celui de Julie Morelli ? C'est vrai pour toi et Joe ?

— Quoi, Joe et moi ?

— On m'a dit que tu vivais avec lui.

— Il y a eu le feu à mon appartement, et je lui ai sous-loué une chambre pendant une très courte période.

Une moue de déception plissa le visage de Sandy.

— Tu veux dire que tu ne te l'es pas fait ?

— Heu... si, je suppose qu'on peut le dire comme ça.

— Oh, bon Dieu, je le savaaaaaais ! Il est comment ? C'est un bon coup ? Il est... bien... mon... té ? Il n'en a pas une petite, au moins ? Oh, non, ne me dis pas qu'il en a une petite !

Je jetai un coup d'œil à ma montre.

— Han, déjà ! Il faut que j'y aille...

— Oh, tu dois me le dire sinon je meurs ! J'avais craqué sur lui au lycée. On craquait toutes sur lui. Dis-le-moi, je te jure que je ne répéterai à personne.

— O.K., la sienne n'est pas petite.

Sandy attendait, pendue à mes lèvres.

— C'est tout, dis-je.

— Il t'a attachée ? Il m'a toujours paru être le genre de mec qui doit aimer ligoter les femmes.

— Non ! Il ne m'a pas attachée !

Je lui donnai ma carte.

— Bon, si tu vois Alphonse, tu m'appelles. Essaie d'abord sur mon portable, et si tu n'arrives pas à me joindre, tu essaies mon alphapage.

8

J'étais archi en retard quand j'entrai en trombe dans mon immeuble par la porte de service. Je traversai le hall au pas de course vers la rangée de boîtes aux lettres, ouvris la mienne, pris mon courrier : facture de téléphone, liasse de prospectus, une enveloppe émanant de RangeMan Entreprises. Ma curiosité fut plus forte que mon vœu de ponctualité. Je déchirai l'enveloppe sans attendre. RangeMan Entreprises, c'est Ricardo Carlo Manoso. Alias Ranger. Alias RangeMan SA.

C'était un chèque de salaire émis par le comptable de Ranger en paiement des deux boulots où je m'étais plantée. J'eus une bouffée de culpabilité, mais la repoussai aussitôt. Je n'avais pas le temps de me sentir coupable.

Je gravis l'escalier quatre à quatre, bondis sous ma douche et en ressortis en un temps record. Je me fis la totale — cheveux : boucles souplissimes ; ongles : vernis incolore nacré ; cils : couche supplémentaire de rimmel. Je mis l'ersatz de robe noire en place sur mon corps, regardai le résultat dans le miroir et me dis que ça en jetait un max.

Je transférai quelques menues affaires dans une petite pochette perlée, accrochai une paire de longues boucles fantaisie à mes oreilles et glissai ma bague cocktail en faux diams à mon annulaire.

Mon appartement donne sur le parking, et la fenêtre de ma chambre sur l'escalier de secours à l'ancienne. Le trip *West Side Story*. La plupart des immeubles modernes ont des balcons et des loyers à vingt-cinq dollars de plus, alors mon vieil escalier de secours me convient très bien.

Le seul problème avec ces escaliers de secours, c'est que n'importe qui peut les monter et les descendre. Depuis que Ramirez avait été remis en liberté, je vérifiais la fenêtre de ma chambre quinze fois par jour pour m'assurer qu'elle n'avait pas été forcée. Et quand je sortais de chez moi, non seulement la fenêtre était bien fermée, mais les doubles rideaux grands ouverts pour, à mon retour, pouvoir voir immédiatement si on avait cassé mon carreau.

J'allai à la cuisine dire au revoir à Rex. Je lui donnai un haricot vert pris dans mon butin de restes et lui dis de ne pas s'inquiéter si je rentrais plus tard que d'habitude. Il me considéra un instant, puis il prit le haricot et l'emporta dans sa boîte de conserve.

— Pas la peine de me regarder comme ça ! lui criai-je. Je n'ai pas l'intention de coucher avec lui !

Je baissai les yeux sur ma cryptorobe noire archimoulante dont le décolleté plongeait presque jusqu'à l'ourlet du bas. Je voulais faire croire ça à qui ? Morelli me sortirait de cette robe en deux temps, trois mouvements. On aurait de la chance si on y arrivait, au mariage ! Était-ce cela que je voulais ? Oh, et puis zut ! Je n'en savais rien de ce que je voulais.

Je courus jusqu'à ma chambre, ôtant mes chaussures dans la foulée, puis je me tortillai hors de ma robe. J'essayai un tailleur cuivre, une robe en tricot rouge, une robe de cocktail abricot, et un tailleur en soie gris souris. Je farfouillai dans ma penderie un moment encore et finis par dénicher une robe imprimée en rayonne au-dessus du genou. Crème, petits motifs roses, tissu souple et agréable à porter. Bien moins sexy que la noire, mais quand même glamour avec une touche romantique. Exit collants, boucles d'oreilles et robe noire. Je chaussai des escarpins et vidai le contenu de ma pochette noire dans un petit sac cuivre.

Je venais de finir de boutonner le dernier bouton de la robe quand on sonna à ma porte. J'y courus en prenant une petite laine au passage et ouvris. Personne.

— En bas, dit une voix.

Je baissai la tête.

C'était Randy Briggs.

— Pourquoi n'êtes-vous pas en prison ?

— J'ai payé une caution. Une seconde. Et grâce à vous, je n'ai plus d'endroit où habiter.

— Vous voulez bien répéter ?

— Vous avez fracassé ma porte, et pendant que j'étais au poste, des cambrioleurs sont venus et ont tout saccagé. Ils m'ont tout volé et ils ont mis le feu à mon canapé. Alors, en attendant qu'on ait remis mon appartement en état, je n'ai nulle part où habiter. Or, quand votre cousin m'a fait signer mon accord de caution, il m'a dit que je devais avoir une adresse. Donc, me voilà.

— C'est Vinnie qui vous a dit de venir ici ?

— Ouais. Si c'est pas géant, hein ? Vous voulez bien m'aider à porter mes affaires ?

Je passai la tête dans le couloir et vis deux grosses valises calées contre le mur.

— PAS QUESTION que vous habitiez ici, lui dis-je. Vous devez être fou pour avoir pensé une seule seconde que je vous laisserais habiter chez moi !

— Écoutez, poupée, cette idée ne me plaît pas plus qu'à vous. Et croyez-moi, je partirai le plus tôt possible.

Il passa devant moi en faisant rouler une de ses valises.

— Où est ma chambre ?

— Vous n'avez PAS de chambre. C'est un deux-pièces, il n'y a qu'une chambre ici. Et cette chambre, c'est la MIENNE !

— Bon sang, fit-il, elle remonte à quand votre dernière partie de jambes en l'air ? Vous avez besoin de vous détendre un peu.

Il avait déjà empoigné sa seconde valise.

— Stop ! criai-je, lui bloquant le passage. Vous n'allez PAS habiter ici. Je ne vais même pas vous faire visiter !

— C'est pourtant ce qui est stipulé dans mon accord de caution. Appelez votre cousin à tête de rat et demandez-lui. Vous voulez enfreindre les clauses de mon accord de caution ? Vous avez envie d'être de nouveau à mes trousses ?

Je rongeai mon frein.

— Ce n'est que pour deux ou trois jours. Ils doivent m'installer une nouvelle moquette et une nouvelle porte. Et en attendant, il faut que je bosse. D'ailleurs, entre parenthèses, c'est encore grâce à vous que j'ai pris du retard sur mon planning.

— Je n'ai pas le temps d'en discuter maintenant. Je sors ce soir et il est hors de question que je vous laisse seul dans mon appart.

Il rentra la tête dans les épaules et me passa sous le nez.

— Ne vous en faites pas, je n'ai pas l'intention de voler votre argenterie. Je veux juste un endroit où pouvoir travailler.

Il posa une de ses valises à plat, fit glisser la fermeture éclair, sortit un ordinateur portable et le posa sur ma table basse.

Mais c'est pas vrai !

J'appelai Vinnie à son domicile.

— C'est quoi ce plan avec Briggs ? lui demandai-je.

— Il devait avoir une adresse, alors j'ai pensé que s'il restait chez toi, tu pourrais l'avoir à l'œil.

— Tu es tombé sur la tête ?

— Ce n'est que pour deux ou trois jours, jusqu'à ce qu'on lui ait changé sa porte — ce pour quoi, entre nous soit dit, j'ai eu beaucoup d'embêtements, tu l'as carrément détruite, cette porte.

— Je ne baby-sitte pas les DDC.

— Il est inoffensif. Ce n'est qu'un petit gars. Et en plus, il menace de me poursuivre pour atteinte à sa liberté individuelle. Et s'il le fait, tu ne vas pas en sortir avec les honneurs. Tu l'as passé à tabac !

— Absolument pas !

— Bon, écoute, il faut que j'y aille. Tu n'as qu'à user de ton charme.

Vinnie raccrocha.

Briggs, assis sur mon canapé, mettait son ordinateur en marche. Il était mignon quand même avec ses petites gambettes tendues devant lui. On aurait dit un gros bébé Cadum à tête à claques. Il avait un pansement en travers du nez et un coquard énorme. Je ne pensais pas qu'il pourrait gagner un procès... mais autant ne pas prendre le risque.

— Tout ça arrive à un mauvais moment pour moi, lui dis-je. J'ai un rendez-vous ce soir.

— Ouais, et j'imagine que c'est le grand événement de votre vie. Et de vous à moi, elle est nulle, votre robe.

— J'aime bien cette robe. Elle est romantique.

— Les hommes n'aiment pas ce qui est romantique, ma bonne dame. Les hommes aiment ce qui est sexy. Court et moulant. Un truc qu'on peut peloter facilement. Attention, je ne vous dis pas que je suis comme ça... je vous parle des hommes en général.

J'entendis les portes de l'ascenseur s'ouvrir à l'étage. Morelli arrivait. Je pris mon petit pull, mon sac et courus à la porte.

— Ne touchez à *rien* ! En rentrant, je vais

passer mon appart au peigne fin, et vous avez intérêt à ce que je le trouve dans l'état dans lequel je le laisse en partant.

— Je me couche de bonne heure, alors ne faites pas de bruit si vous revenez tard. Vu la robe que vous avez sur le dos, je n'ai pas d'inquiétude : ce n'est pas ce soir que vous découcherez.

Je retrouvai Morelli dans le couloir.

— Hum, fit-il en me voyant. Pas mal, mais pas comme je t'avais imaginée.

Je ne pouvais lui retourner le compliment. Il était EXACTEMENT comme je l'avais imaginé. À croquer. Costume en tweed anthracite coupe californienne. Chemise outremer. Mocassins noirs *made in Italy*.

— Tu t'attendais à quoi ? demandai-je.

— Plus de talons, moins de jupe, plus de seins.

Aaargh, ce Briiiiiiggs !

— Je voulais mettre autre chose, mais j'aurais dû prendre ma pochette noire qui n'est pas assez grande pour contenir mon téléphone portable et mon alphapage.

— On va à un mariage, me rappela Morelli. Tu n'as pas besoin de tout cet attirail.

— Tu as bien un alphapage clipé à ta ceinture.

— C'est à cause de l'affaire sur laquelle je suis. On touche au but, et je ne veux pas rater le final. Je bosse avec deux types des Finances qui me donnent l'air d'être un boy-scout.

— Argent sale ?

— Tu n'imagines pas.

— J'ai eu un tuyau aujourd'hui sur oncle Fred. J'ai trouvé une femme qui l'a vu parler avec un type en costume. Et ils sont montés tous les deux dans la voiture du type en question et sont partis.

— Tu devrais appeler Amie Mott pour lui dire ce que tu sais. Tu ne voudrais pas faire de la rétention d'informations sur ce qui est peut-être un kidnapping ou un meurtre.

Le petit parking de l'église de l'Ascension était déjà plein à craquer. Morelli se gara un peu plus loin dans la rue et soupira.

— Je ne sais pas pourquoi j'ai accepté de venir, dit-il. J'aurais dû prétexter que j'étais en service.

— C'est rigolo, les mariages.

— Ça craint, les mariages.

— Pourquoi tu n'aimes pas les mariages ?

— Je vais devoir parler à ma famille.

— O.K., je te l'accorde. Mais à part ça ?

— Ça fait un an que je n'ai pas mis les pieds dans une église. Le prêtre va me condamner à l'enfer !

— Tu y trouveras peut-être Fred. Je ne crois pas qu'il fréquente l'église lui non plus.

— Et en plus, je dois porter le costume et la cravate. Je me fais l'effet d'être mon oncle Manny.

Son oncle Manny est prestataire de services dans l'immobilier. Il facilite l'achèvement d'un projet en assurant qu'aucun incendie inexpliqué ne survienne en cours de construction.

— Tu ne ressembles pas du tout à ton oncle Manny. Tu es très sexy.

Je tâtai le tissu de son pantalon à hauteur de sa cuisse.

— Très joli costume...

Son regard s'adoucit.

— Tu trouves ? dit-il d'une voix sourde. Et si on séchait le mariage ? On pourrait toujours aller au banquet.

— Le banquet ne commence que dans une heure. Que veux-tu qu'on fasse entre-temps ?

Il glissa son bras dans mon dos et me fit des gouzis-gouzis.

— Non ! dis-je en y mettant un maximum de conviction.

— On pourrait le faire dans le pick-up. On ne l'a encore jamais fait dans le pick-up.

Morelli roulait en Toyota. Très confortable, mais rien à voir avec un lit queen-size. Et puis je serais complètement décoiffée. Sans oublier Bobosse qui, peut-être, nous regardait...

— Je ne crois pas, dis-je.

Il effleura mon oreille de ses lèvres et me murmura certaines choses qu'il avait envie de me faire. Une chaleur m'envahit. Je devrais peut-être reconsidérer la question. J'aimerais bien qu'il me fasse tout ça. J'aimerais beaucoup...

Une voiture d'un kilomètre de long se gara juste derrière nous.

— Merde, fit Morelli. Oncle Dominique et tante Rosa.

— J'ignorais que tu avais un oncle Dominique.

— Il vit dans l'État de New York. Il est dans la vente au détail, me dit-il en ouvrant sa portière. Ne l'interroge pas trop sur son boulot.

Sa tante descendit de voiture et s'avança vers nous en trottinant.

— Joey ! s'écria-t-elle. Laisse-moi te regarder. Ça fait si longtemps ! Dominique, c'est le petit Joey !

Dominique nous rejoignit d'un pas tranquille et salua Joey.

— Ça fait un bail, dit-il.

Joe me présenta.

— On m'avait dit que tu avais une petite amie, lui dit sa tante en me regardant avec un grand sourire. Il est temps que tu fondes une famille, que tu donnes d'autres petits-enfants à ta maman.

— On y pensera, dit Joe.

— Tu ne vas pas en rajeunissant, tu sais. Bientôt, il sera trop tard.

— Il n'est jamais trop tard pour un Morelli, dit Joe.

Dominique renversa la tête en arrière comme s'il allait donner un coup de boule à Joe.

— Bien envoyé, lui dit-il.

Et il partit d'un grand rire.

Au Bourg, il n'y a pas beaucoup d'endroits assez grands pour accueillir un mariage italien. Celui de Julie Morelli avait lieu dans l'arrière-salle de chez Angio. La pièce, qui pouvait contenir deux cents personnes, était archicomble quand Joe et moi fîmes notre entrée.

— Et le *tien,* de mariage, demanda à Joe sa tante Loretta, c'est pour quand ?

Elle lui sourit, puis fit mine de le regarder d'un air sévère et lui agita son index sous le nez.

— Quand est-ce que tu vas te décider à faire de cette pauvre petite une femme honnête ? Myra, viens par ici ! Joe est venu avec sa petite amie !

— Quelle robe ravissante, me dit Myra en examinant mes roses. C'est si agréable de voir une jeune femme pudique de nos jours.

Génial. Moi qui ai toujours rêvé de passer pour une jeune femme pudique.

— J'ai besoin d'un verre, soufflai-je à Joe. Une boisson avec du cyanure.

Mes yeux tombèrent sur Terry Gilman à l'autre bout de la pièce, et elle, elle n'était pas pudique pour deux cents ! Elle portait une robe courte, collante et toute pailletée d'or. Devinette : où cachait-elle son revolver ? Elle se retourna et, regardant directement Joe, elle lui envoya un baiser par air-express.

Joe le reçut avec un sourire indifférent et un signe de tête. S'il avait fait plus, je l'aurais poignardé d'un coup de couteau à beurre.

— Qu'est-ce qu'elle fiche ici ? lui demandai-je.

— Qui ça ?

— Terry.

— C'est une cousine du marié.

Un silence glacial s'abattit soudain sur l'assistance puis, petit à petit, les conversations reprirent, d'abord tout bas et s'amplifiant jusqu'à reprendre leur cours normal.

— Qu'est-ce qui s'est passé ? demandai-je à Joe.

— Mamie Bella vient d'arriver. C'était le souffle de la terreur qui s'est répandu dans la salle.

Je braquai mon regard sur l'entrée de la pièce et, effectivement, c'était elle... Bella, la grand-mère de Joe. C'est une femme menue aux cheveux blancs et au regard d'aigle. Elle était vêtue de noir de pied en cap et donnait l'impression de débarquer de Sicile où elle devait garder des chèvres et s'ingénier à pourrir la vie de ses filles. Certains disent de Bella qu'elle a de réels pouvoirs... d'autres pensent qu'elle est réellement barje. Quoi qu'il en soit, même les sceptiques n'osent encourir ses fureurs.

Bella parcourut l'assistance du regard et me repéra.

— Toi ! dit-elle en pointant vers moi un doigt osseux. Toi, viens ici.

— Oh, merde ! murmurai-je à Joe. Qu'est-ce que je fais ?

— Surtout, tu ne lui laisses pas sentir que tu as peur, et tout se passera bien, me dit Joe en me guidant à travers la foule, sa main dans le creux de mes reins.

— Je m'en souviens de celle-là, décréta Bella à Joe en parlant de moi. C'est celle avec qui tu couches en ce moment.

— Eh bien, il se trouve que..., commençai-je à dire.

Joe m'interrompit en me déposant un bisou dans le creux de mon cou.

— J'essaie, dit-il.

— Je vois... je vois des bébés, se lança Bella. Toi, tu me donneras d'autres arrière-petits-enfants. Je vois ces choses-là. J'ai le mauvais œil.

Elle me tapota le ventre.

— Tu es mûre, ce soir. Ce soir, ce serait bien.

Je regardai Joe du coin de l'œil.

— Ne t'inquiète pas, me dit-il. J'ai tout prévu. De toute façon, le mauvais œil, ça n'existe pas.

— Ha! s'écria Bella. J'ai jeté un sort à Ray Barkolowski, et toutes ses dents lui sont tombées.

Joe regarda tendrement sa grand-mère et se fendit d'un franc sourire.

— Ray Barkolowski avait une maladie parodontale.

Bella secoua la tête.

— Les jeunes, dit-elle. Ils ne croient plus à rien.

Elle me tira par le bras.

— Toi, tu viens. Je vais te présenter à la famille.

— À partir de maintenant, tu es en solo, me lança Joe. J'ai besoin d'un verre. Un grand.

— Lui, c'est Louis, un cousin de Joe, me dit Mamie Bella. Il trompe sa femme à tire-larigot.

Louis ressemblait à un gros pain de mie de trente-cinq ans tout frais tout mou tout rond. Il se goinfrait d'amuse-gueules. Il se trouvait à côté d'une petite femme au teint olivâtre et, à la façon dont elle le regardait, j'en conclus qu'ils étaient mariés.

— Mamie Bella, bafouilla-t-il, les joues rouges, la bouche pleine de feuilleté au crabe. Je n'aurais jamais cru que...

— Tais-toi, lui intima-t-elle. Je sais tout ça. On ne peut pas me mentir. J'ai mis le mauvais œil sur toi.

Louis déglutit et avala son crabe de travers. Il toussa, se racla la gorge. Son visage devint encore plus rouge, vira au violet. Il battit des bras.

— Il s'étouffe ! dis-je.

Mamie Bella claqua des doigts comme la méchante sorcière de l'Ouest du *Magicien d'Oz*.

Je tapai dans le dos de Louis, entre ses omoplates, et il postillonna une gerbe de miettes de crabe.

— Si tu la trompes encore une fois, lui dit Mamie Bella en se penchant vers lui, je te tue.

Elle s'éloigna vers un groupe de femmes.

— S'il y a une chose qu'il faut que tu saches sur les hommes de cette famille, me dit-elle, c'est qu'il ne faut rien leur passer.

Joe me donna un coup de coude dans le dos et me tendit un verre.

— Comment va ? me demanda-t-il.

— Très bien. Ta grand-mère a jeté un sort à ton cousin Louis.

Je bus une gorgée de la boisson qu'il m'avait apportée.

— Champagne ? m'enquis-je.

— Veuve Cyanure.

À huit heures, les serveuses débarrassaient les

tables, l'orchestre jouait et toutes les Italiennes, sur la piste, dansaient entre elles. Les gamins couraient entre les tables en hurlant à pleins poumons. Les invités du mariage étaient au bar. Et les Morelli mâles, tout au fond, parlaient entre hommes en fumant le cigare.

Morelli, qui avait coupé au cigare rituel, était vautré sur sa chaise et examinait les boutons de ma robe.

— On pourrait partir maintenant, dit-il. Personne ne le remarquerait.

— Sauf Mamie Bella. Elle ne nous quitte pas des yeux. Je suppose qu'elle s'apprête à nous jeter un sort à nous aussi.

— Je suis son petit-fils préféré. Je n'ai rien à craindre de ses pouvoirs.

— Ah bon? Ta grand-mère ne te fait pas peur?

— Tu es la seule femme qui me fasse peur. On danse?

— Tu sais danser?

— Quand je ne peux pas faire autrement.

Nous étions assis l'un à côté de l'autre. Nos genoux se touchaient. Il se pencha vers moi, prit ma main, m'embrassa la paume... une chaleur se répandit dans tout mon squelette, mes os commencèrent à se liquéfier dangereusement...

Je fus distraite par le claquement de talons hauts de plus en plus proches, et par un éclair doré entrant dans mon champ de vision.

— Je vous dérange?

C'était Terry Gilman, tout en brillant à lèvres rouge carnivore et en dents plus blanc que blanc.

— Salut, Terry, dit Joe. Qu'est-ce qui se passe ?

— Frankie Russo pique une crise dans les toilettes pour hommes parce que sa femme a picoré un morceau de pomme de terre en salade sur la fourchette d'Hector Santiago.

— Et tu voudrais que j'aille lui parler ?

— Soit ça, soit tu le descends. Tu es le seul représentant de la loi ici. Il fout un souk d'enfer là-dedans.

Autre baiser morellien sur ma main.

Il s'éloigna en compagnie de Terry Gilman, et, soudain, j'éprouvai un doute affreux : et s'ils n'allaient pas aux toilettes pour hommes ? Ne sois pas bête, me dis-je. Joe n'est plus comme ça.

Cinq minutes plus tard, il n'était toujours pas revenu et j'avais toutes les peines du monde à contrôler ma tension artérielle. Je fus distraite par une sonnerie au loin, puis je sursautai en me rendant compte qu'elle n'était pas loin du tout — c'était celle de mon téléphone portable, étouffée, dans mon sac à main.

C'était Sandy.

— Il est iciiiii ! cria-t-elle. Je sortais le chien, j'ai regardé par la fenêtre des Ruzick, il est là, il regarde la télé. Je suis sûre que c'est lui parce que la lumière était allumée et Mme Ruzick ne baisse jamais ses stores.

Je la remerciai et appelai Ranger. Pas là. Je laissai un message sur son répondeur, puis j'essayai sur son téléphone de voiture et sur son portable. Aucun succès à aucun de ses numéros. J'appelai son alphapage et lui laissai mon numéro de portable. Je tambourinai sur le plateau de la table pendant cinq minutes en attendant qu'il me rappelle... et que Joe revienne. Pas d'appel, pas de Joe. *Bon !* De petites volutes de fumée devaient s'élever de mon crâne.

Les Ruzick habitaient à trois rues de là. J'avais envie d'y aller pour prendre la situation en main, mais, d'un autre côté, je répugnais à laisser Joe en plan. Mais ce que tu es bête, Stéphanie, me dis-je. Où est le problème ? Il te suffit d'aller le rejoindre. Il est dans les toilettes pour hommes. Sauf qu'il n'était PAS dans les toilettes pour hommes. Il n'y avait PERSONNE dans les toilettes pour hommes. Je demandai à droite et à gauche si on avait vu Joe... Non. On n'avait PAS vu Joe. Et toujours pas de coup de fil de Ranger !

Maintenant, c'étaient de mes oreilles que la fumée devait sortir. Si ça continuait à ce rythme, j'allais finir par siffler comme une bouilloire ! Là, ce serait vraiment gênant.

O.K., je vais lui laisser un mot, décidai-je. J'avais un stylo, mais pas de papier, aussi écrivis-je sur une serviette : « JE REVIENS DE SUITE. DOIS SURVEILLER UN DDC POUR RANGER. « Je calai la serviette contre le verre de Joe et je partis.

Je marchai à toute berzingue jusqu'à la rue des Ruzick et pilai devant chez eux. Effectivement, Alphonse était bien là, plus grand que nature, en train de regarder la télé. Je le voyais sans l'ombre d'un doute à travers le carreau du salon, transparent comme le cristal. Personne n'avait jamais accusé Alphonse d'avoir l'intelligence comme complice. On pourrait en dire autant à mon service, vu que j'avais pensé à prendre mon sac mais que j'avais oublié mon pull et mon portable chez Angio. Et maintenant que je restais immobile, j'étais gelée. Pas de problème, me dis-je. Retourne chercher tes affaires chez Angio, et reviens.

Ça, c'était un bon plan, sauf que, soudain, Alphonse se leva, se gratta la panse, rajusta son pantalon et quitta la pièce. Zut ! *Qu'est-ce que je fais maintenant ?*

J'étais en face de la maison des Ruzick, accroupie entre deux voitures. J'avais une vue plongeante sur leur salon et la porte d'entrée, mais tout le reste était pour moi *terra incognita*. J'en étais encore à cogiter sur cette situation nouvelle quand j'entendis la porte de derrière s'ouvrir et se refermer. Merde. Il partait. Il s'était sans doute garé dans la ruelle derrière la maison.

Je traversai la rue en courant sur la pointe des pieds et me plaquai contre le mur latéral de la maison plongé dans l'ombre. Et effectivement, je vis la silhouette massive d'Alphonse Ruzick s'éloigner vers la ruelle. Il portait un sac de voyage. Il était accusé de vol à main armée. Il avait quarante-six ans et pesait cent quinze kilos, dont la plus grande partie se trouvait au niveau du ventre. Il avait une grosse tête et, à l'intérieur, un petit pois. Et il partait. *Aaargh, ce Ranger !* Que fichait-il donc ?

Alphonse était au milieu du jardin quand je criai. Je n'avais pas mon arme, je n'avais pas mes menottes, je n'avais rien. Que ma voix.

Alors, je criai. Sur le coup, ce fut la seule idée qui me vint.

— Arrêtez ! Agent de cautionnement judiciaire ! Couchez-vous par teeeeeeerrrrre !

Alphonse ne daigna même pas se retourner. Il piqua un sprint, coupant à travers les arrière-cours au lieu de gagner la ruelle. Il courait le plus vite qu'il pouvait, handicapé par son corps graisseux et imbibé de bière, serrant son sac sous son bras droit. Des chiens aboyèrent, des ampoules extérieures s'allumèrent sur les vérandas, et des portes de derrière s'ouvrirent tout le long de la rue.

— Appelez la police ! criai-je tout en poursuivant Alphonse, ma jupe me remontant jusque sous les bras. Au feu ! Au feu ! Au viol ! Au secours !

On atteignit le bout de la rue... je l'avais à portée de bras... quand, soudain, il fit volte-face et me flanqua un grand coup de sac qui, sous le choc, s'éventra, et moi, je m'étalai de tout mon long, recouverte d'ordures. Alphonse ne partait pas du tout. Il sortait la poubelle de sa maman.

Je me relevai tant bien que mal et me lançai de nouveau à ses trousses. Il repartait en courant chez sa mère. Il n'avait plus qu'une demi-maison d'avance sur moi quand il sortit un jeu de clés de sa poche, visa une Ford Explorer garée au bord du trottoir, et j'entendis le déclic du système de déverrouillage des portières.

— Arrêtez-vous ! criai-je. Je vous arrête ! Arrêtez-vous ou je tire !

C'était complètement idiot de dire ça puisque je n'avais pas de revolver. Et même si j'en avais eu un, je ne lui aurais sûrement pas tiré dessus. Alphonse lança un regard par-dessus son épaule pour vérifier où j'en étais, et cela suffit à déséquilibrer le rapport entre sa vitesse et son poids. Du coup, il se mit à trébucher et moi, sans le vouloir, je percutai de plein fouet son corps gélatineux.

On tomba tous les deux sur le trottoir et je m'accrochai de toutes mes forces à lui pour ne pas le lâcher. Alphonse essayait de se relever, et moi je faisais de mon mieux pour le plaquer au sol. J'entendais des sirènes au loin, des gens crier en venant vers nous. Et je me disais : Stéphanie, maintiens-le par terre au moins jusqu'à l'arrivée de renforts. Il avait réussi à se mettre à genoux, je le retenais par le pan de sa chemise, il me flanquait des coups comme si j'étais un insecte indésirable.

— 'pèce de pouffiasse, dit-il en se relevant cette fois. T'as même pas de flingue.

Les insultes, je connais. Mais celle-ci n'est pas une de mes préférées. Je m'accrochai à ses poignets et lui fis un croche-patte. Il parut rester en suspension dans les airs pendant une fraction de seconde, puis il se crasha par terre avec un gros BOUUUM qui fit trembler le sol avec, à vue de nez, une magnitude de 6,7 sur l'échelle de Richter.

— Je vais la tuer, celle-là, dit-il, suant, haletant, roulant sur moi en enroulant ses mains autour de mon cou. Je vais te tuer, putain de merde !

Je gigotai sous lui et je plantai mes dents dans son épaule.

— Aïïïeeuuuuuu ! cria-t-il. Saaaalope ! Tu te prends pour un putain de vampire ?

On fit des roulés-boulés pendant des heures et des heures — ce fut du moins mon impression —, lui essayant de me faire la peau, et moi m'accrochant à son dos comme une tique à celui d'un chien, indifférente à tout ce qui m'entourait, indifférente à l'état de ma robe, craignant qu'il ne me batte à mort si jamais il avait le dessus. Je n'en pouvais plus et je commençais à me dire que je n'allais pas tarder à jeter l'éponge, quand je reçus une gerbe d'eau froide sur la tête.

On se sépara instantanément, roulant sur le dos en crachant.

— Qui s'passe ? bafouillai-je. Qu'est-ce qui s'passe ?

Je clignai des yeux et vis alors qu'il y avait foule autour de nous. Morelli, Ranger, deux ou trois policiers en uniforme, des gens du quartier. Plus Mme Ruzick, un seau à la main.

— Ça marche à tous les coups, dit-elle. Sauf que, d'habitude, c'est des chats que j'arrose. Y en a trop, des chats, dans le quartier.

Ranger me regardait, hilare.

— Bon coup droit, Tyson, me dit-il.

Je me relevai et fis un état des lieux. Pas d'os cassé. Pas de blessure par balle. Pas de plaie au couteau. Manucure foutue. Cheveux et robe trempés. Apparemment, des restes de soupe de légumes accrochés à moi.

Morelli et Ranger mataient ma poitrine en souriant devant ma robe mouillée plaquée contre mon corps.

— Oui, j'ai des seins, et alors ? criai-je, à bout. Faut vous en remettre, les gars !

Morelli me tendit sa veste.

— Et la soupe de légumes, c'est aussi naturel chez toi ?

— Il m'a frappé avec son sac-poubelle !

Morelli et Ranger échangèrent de nouveau un sourire.

— Pas de commentaires ! leur dis-je. Et si vous tenez à la vie, je vous conseille d'arrêter de vous marrer.

— Bon, fit Ranger en se bidonnant de plus belle. Je me tire. J'emmène Brutus en balade.

— Le spectacle est fini, dit Morelli aux badauds.

Sandy Polan était parmi eux. Elle mata Morelli au bon endroit d'un air appréciateur, et fila.

— Ça voulait dire quoi ? me demanda Joe.

J'écartai les bras en signe d'ignorance.

— Va savoir.

Une fois dans son pick-up, je troquai sa veste contre mon pull.

— Simple curiosité malsaine de ma part, dis-je. Ça faisait combien de temps que tu me regardais me battre contre Ruzick ?

— Pas longtemps. Une ou deux minutes.

— Et Ranger ?

— Pareil.

— Vous auriez pu intervenir, m'aider, non ?

— On essayait, mais impossible de vous attraper, vu la façon dont vous tourniez sur vous-mêmes. De toute façon, tu semblais t'en sortir très bien.

— Comment as-tu su où j'étais?

— J'ai parlé à Ranger. Il a appelé sur ton portable.

Je contemplai ma robe. Sans doute bonne à jeter. Une chance que je n'aie pas mis le petit modèle noir.

— Où étais-tu passé? Je suis allée dans les toilettes pour hommes, il n'y avait personne.

— Frankie avait besoin de prendre l'air.

Morelli s'arrêta à un feu rouge et me lança un coup d'œil.

— Qu'est-ce qui t'a pris de foncer sur Alphonse comme ça? Tu n'étais pas armée.

Foncer sur Alphonse, ce n'était pas ça qui m'inquiétait. O.K., ça n'avait pas été l'idée du siècle. Mais ça n'avait pas été aussi bête que de marcher dans les rues, seule et sans arme, alors que Ramirez pouvait surgir d'un moment à l'autre.

Morelli gara le pick-up au parking et m'accompagna jusqu'à mon appartement. Là, il me plaqua contre la porte et m'embrassa légèrement sur la bouche.

— Je peux entrer?

— J'ai du marc de café plein les cheveux...

Et Randy Briggs sur mon canapé.

— Ouais, dit Morelli. Ça te donne un parfum de miel.

— Je ne sais pas trop si je suis d'humeur romantique ce soir.

— On n'est pas obligés d'être romantiques. On pourrait se contenter d'un plan cul chaud-chaud-chaud.

Je levai les yeux au ciel.

Morelli m'embrassa encore. Pour me souhaiter bonne nuit, cette fois.
— Tu m'appelles quand tu es partante.
— Partante pour quoi ?
Comme si je ne le savais pas.
— Pour tout ce que tu voudras.
J'entrai chez moi et passai sur la pointe des pieds devant Briggs endormi.

Dimanche matin, je m'éveillai au son de la pluie qui martelait régulièrement mon escalier de secours, éclaboussant ma fenêtre. Je tirai les rideaux et songeai *beurk*. Le monde était une grisaille, et, au-delà du parking, il était tout bonnement inexistant. Je regardai mon lit. Très tentant. Je pourrais m'y lover et y rester jusqu'à ce que la pluie cesse, ou jusqu'à la fin du monde, ou jusqu'à ce que quelqu'un ait la bonne idée de venir me réveiller avec un sachet de beignets.

Malheureusement, si je me recouchais, il se pourrait que je regarde le plafond et fasse le bilan de ma vie. Et ma vie, ça n'allait pas fort en ce moment. Le projet qui me prenait le plus de temps et le plus d'énergie n'allait pas me rapporter un kopeck. Aucune importance, de toute façon, j'étais bien décidée à ramener Fred mort ou vif. Les coups sur lesquels me mettait Ranger ne marchaient jamais. Et mon boulot de chasseuse de primes, c'était feue la poule aux œufs d'or. Si je commençais à penser à ma vie, je risquais d'en arriver à la conclusion qu'il fallait que je me trouve un vrai travail. Un job qui imposait de porter des collants tous les jours et d'être dynamique.

Pire : je risquais de penser à Morelli, et de me dire que j'avais été conne de ne pas lui avoir proposé de passer la nuit avec moi... Ou pire encore : je risquais de penser à Ranger, et ça, je ne voulais pas y penser !

Et alors, je me souvins pourquoi je n'avais pas invité Morelli à entrer. Briggs. Je fermai les yeux. Et priai pour que tout cela ne soit qu'un cauchemar.

Bang, bang, bang !

Des coups frappés à ma porte.

— Hé ! cria Briggs. Vous n'avez pas de café ? Comment voulez-vous que je travaille si je ne bois pas mon café ? Vous savez l'heure qu'il est, Belle au Bois Dormant ? Vous pioncez toute la journée ou quoi ? Pas étonnant qu'y ait rien à bouffer dans ce trou à rats !

Je me levai, m'habillai et déboulai au salon.

— Écoutez-moi bien, Rase-Mottes... vous vous prenez pour qui, d'abord ?

— Pour le type qui va vous coller un procès au cul. Voilà pour qui je me prends.

— Donnez-moi encore un peu de temps, et je vais finir par vous haïr.

— Zut, juste au moment où je pensais que vous étiez devenue mon ange gardien.

Je lui décochai mon meilleur regard « crève, charogne », me zippai dans mon anorak et pris mon fourre-tout.

— Vous l'aimez comment, votre café ?

— Noir. Et allongé.

Je courus sous la pluie jusqu'à la Buick et

roulai jusque chez Giovichinni. Son magasin, à la façade en brique, était pris en sandwich entre d'autres commerces. De chaque côté, les boutiques étaient en rez-de-chaussée ; la sienne avait un étage, mais qui ne servait que de bureau et de lieu de stockage. Je roulai jusqu'au bout de la rue et tournai pour prendre la ruelle de derrière. Chez Giovichinni verso : mur en brique comme devant, porte s'ouvrant sur un petit jardin au bout duquel se trouvait un parking en terre battue pour les pick-up des livreurs. Deux portes plus loin : une agence immobilière au mur en crépi beige, et dont la porte de derrière ouvrait sur un petit parking en asphalte.

Donc, ce vieux grippe-sou de Fred vient jeter son sac de feuilles mortes derrière chez Giovichinni au plus noir de la nuit. Il se gare là, et coupe ses phares. Ben oui, il ne veut pas se faire remarquer... Il décharge sa cargaison de feuilles, et soudain, il entend une voiture. Que faire ? Se cacher. Alors, il se cache... et il voit quelqu'un arriver et déposer un sac-poubelle derrière l'agence immobilière.

Et après, mystère et boule de gomme. Il allait falloir que je creuse la partie « après ».

Ma prochaine étape, ce fut le 7-Eleven, puis retour au bercail avec un grand café pour moi et un maxi allongé pour Briggs, ainsi qu'une boîte de beignets au chocolat... parce que, quitte à devoir supporter Briggs, j'avais besoin de beignets au chocolat.

J'ôtai mon anorak et m'installai à la table de ma salle à manger avec mon café, mes beignets et un bloc sténo, en faisant de mon mieux pour ignorer qu'un homme tapait à son ordinateur sur ma table basse. Je fis la liste de tout ce que je savais sur la disparition de Fred. Aucun doute maintenant que les photos y étaient pour beaucoup. Quand je fus à court d'idées à noter, je m'enfermai dans ma chambre et regardai des dessins animés à la télé. Ça m'occupa jusqu'à l'heure du déjeuner. Je n'avais pas envie de manger des restes d'agneau... je finis la boîte de beignets.

— Sacré nom d'une pipe, dit Briggs, vous mangez toujours autant ? Alimentation équilibrée, ça ne vous dit rien ? Pas étonnant que vous soyez obligée de porter des robes « romantiques ».

Je me repliai dans ma chambre, et, quitte à me replier, je fis la sieste. La sonnerie du téléphone me réveilla en sursaut.

— Je voulais juste être sûre que tu allais passer pour m'accompagner à la présentation de Lipinski ce soir, me dit ma grand-mère.

La « présentation » de Lipinski ? *Brrrr.* Une randonnée sous la pluie pour aller regarder un mort n'occupait pas une place privilégiée dans la liste de mes occupations préférées.

— Et si tu y allais avec Harriet Schnable ? suggérai-je.

— La voiture d'Harriet est en panne sèche.

— Effie Reeder ?

— Elle est morte.

— Oh ! Je ne savais pas.

— Presque toutes mes copines sont mortes, dit ma grand-mère. Quelles lâcheuses !

— Bon, d'accord, je t'accompagne.

— Bien. Oh, ta mère me dit de te dire de venir dîner.

Je traversai le salon comme une flèche, mais avant que j'aie atteint la porte, Briggs avait bondi sur ses pieds.

— Hé, vous allez où comme ça ?
— Je sors.
— Vous sortez où ?
— Chez mes parents.
— Je parie que vous allez dîner chez eux. Alors là, c'est le pompon ! Vous allez me laisser ici sans rien à manger pendant que vous allez vous bâfrer chez vos parents ! J'y crois pas !
— Il y a de l'agneau froid dans le frigo.
— Je l'ai mangé à midi. Attendez, je viens avec vous.
— Non ! Vous ne venez PAS avec moi !
— Quoi, vous avez honte de moi, c'est ça ?
— OUI !

— C'est qui, ce petit bout de chou ? s'enquit Mamie Mazur quand j'entrai en compagnie de Briggs.
— C'est un... ami. Randy.
— Ça, c'est quelque chose, dit-elle. Je n'avais jamais vu un nain d'aussi près.
— Une personne de petite taille, rectifia Briggs. Et moi, je n'avais jamais vu une momie d'aussi près.

Je lui flanquai une petite taloche sur la caboche.

— Restez tranquille, vous, lui dis-je.

— Qu'est-ce qui vous est arrivé au visage ? lui demanda ma grand-mère.

— Votre petite-fille m'a cassé la figure.

— Sans blague ? Elle a fait du beau travail.

Mon père était devant la télé. Il se retourna dans son fauteuil pour nous regarder.

— Oh, nom d'un chien, il ne manquait plus que ça !

— Je te présente Randy, lui dis-je.

— Il est un peu petit, quand même, celui-là.

— Il n'est pas mon petit ami.

Mon père reporta son attention sur l'écran télé.

— Encore heureux !

Sur la table, cinq couverts étaient mis.

— Qui est la cinquième personne ? m'enquis-je.

— Mabel, me répondit ma mère. Ta grand-mère l'a invitée.

— J'ai pensé que ce serait l'occasion de la cuisiner. De voir si elle nous cache quelque chose.

— Personne ne *cuisinera* personne, dit ma mère à ma grand-mère. Tu as invité Mabel à dîner, et c'est ce que nous allons tous faire bien gentiment : dîner.

— Bien sûr, lui dit ma grand-mère. Mais on peut toujours lui poser quelques questions.

Une portière de voiture claqua devant la maison et tout le monde migra dans l'entrée.

— Qu'est-ce que c'est que cette voiture que Mabel conduit ? s'étonna ma grand-mère. Ce n'est pas le break.

— Elle vient de se l'acheter, lui dis-je. Elle trouvait que la vieille était trop grande.

— Elle a bien raison, commenta ma mère. Il est temps qu'elle prenne ce genre de décisions.

— Ouais, dit ma grand-mère. Et qu'elle prie pour que Fred soit mort.

— Qui sont Mabel et Fred ? demanda Briggs.

Je le lui dis en condensé.

— Cool, dit Briggs. Elle commence à me plaire, votre famille.

— J'ai apporté un gâteau au café, dit Mabel en tendant une boîte à ma mère et en refermant la porte de l'autre main. Et aux pruneaux. Je sais que Frank aime les pruneaux.

Elle tendit le cou vers le salon.

— Bonsoir, Frank ! cria-t-elle.

— Mabel, fit mon père.

— Belle voiture, dit ma grand-mère. Mais tu n'as pas peur que Fred pique une crise quand il reviendra ?

— Il n'aurait pas dû partir, pour commencer, dit Mabel. Et puis qui me dit qu'il va revenir ? J'ai acheté une nouvelle chambre à coucher, aussi. On me la livre demain. Nouveau matelas, et tout et tout.

— Si ça se trouve, c'est toi qui as liquidé Fred, dit ma grand-mère. Pour l'argent !

Ma mère posa avec fracas sur la table un bol de petits pois à la crème.

— Ma-man ! dit-elle.

— C'est une hypothèse comme une autre, dit ma grand-mère à Mabel.

Nous prîmes place, et ma mère apporta un

whisky-Coca à Mabel, une bière à mon père et un coussin pour Briggs.

— C'est celui de mes petits-enfants, dit-elle.

Briggs se tourna vers moi.

— Ceux de ma sœur, précisai-je. Valérie. Les enfants de Valérie.

— Ha, fit-il. Alors, dans la course aux petits-enfants aussi, vous êtes une loser.

— Moi, j'ai un hamster.

Mon père, d'un coup de fourchette, se servit un morceau de poulet, puis il prit le plat de purée.

Mabel éclusa la moitié de son whisky-Coca.

— Qu'est-ce que tu comptes te payer d'autre ? lui demanda ma grand-mère.

— Des vacances, sans doute. J'irai peut-être à Hawaii. Ou alors en croisière. J'ai toujours rêvé de faire une croisière. Oh, pas tout de suite tout de suite, bien sûr. À moins que Stéphanie ne trouve l'homme, ce qui accélérerait peut-être un peu les choses.

— Quel homme ? s'enquit ma grand-mère.

Je la briefai sur l'inconnu du centre commercial.

— Ah, là, on avance ! dit Mamie Mazur. J'aime mieux ça. Il ne nous reste plus qu'à retrouver cet homme. Tu as des suspects ?

— Non.

— Pas un ?

— Je vais vous dire qui je soupçonne, intervint Mabel. Je soupçonne ceux de la société de ramassage des ordures. Ils n'ont jamais aimé Fred.

Ma grand-mère agita sa cuisse de poulet au bout de sa fourchette.

— C'est exactement ce que je disais l'autre jour ! Il se passe des trucs bizarres chez ces gens des ordures. On va au salon funéraire ce soir pour essayer d'en savoir plus.

Elle réfléchit tout en mâchant du poulet.

— Le mort, tu l'avais rencontré la fois où tu étais allée à leurs bureaux ? me demanda-t-elle. Il ressemblait à quoi ? Est-ce qu'il ressemblait à l'homme qui a enlevé Fred ?

— Je suppose qu'il pourrait correspondre au signalement.

— Quelle guigne que le cercueil soit fermé ! S'il n'y avait pas eu le couvercle, on aurait pu emmener la femme du centre commercial et voir si elle reconnaissait Lipinski.

— Hé, fit mon père, pourquoi ne sortez-vous pas Lipinski de ses quatre planches pour une séance d'identification au commissariat ?

Ma grand-mère le regarda.

— Vous croyez que ça peut se faire ? C'est sûr qu'il doit être assez raide pour tenir debout.

Ma mère inspira d'un air entendu.

— Je ne suis pas sûre qu'on reste raide, fit remarquer Mabel. Je crois qu'on se relâche très vite, après.

— La sauce ? dit mon père. Quelqu'un pourrait me passer la sauce ?

Le visage de ma grand-mère s'éclaira.

— Il y aura beaucoup de membres de la famille Lipinski ce soir, dit-elle. L'un d'eux pourrait peut-être nous donner une photo ! On pourrait la montrer à la dame du centre commercial.

Je trouvai cette idée un tantinet macabre, étant donné la présence de Mabel à notre table, mais celle-ci n'avait pas bronché.

— Qu'en penses-tu, Stéphanie ? me demanda-t-elle. Hawaii ou une croisière ?

— Bon sang, me dit Briggs, vous ne vous en sortez pas mal, tout compte fait, étant donné votre hérédité.

9

— Ouah, regarde ça ! s'écria ma grand-mère en scrutant le parking. Il y a du monde ce soir chez Stiva. C'est parce qu'il affiche complet. Il a quelqu'un dans tous ses salons. Jean Moon me disait que sa cousine Dorothée est morte hier et qu'ils n'ont pas pu la présenter chez Stiva. Ils ont dû se rabattre sur Moser.

— Pourquoi ? Moser est moins bien ? demanda Briggs.

— Il n'y connaît que couic en maquillage, lui expliqua ma grand-mère. Il met trop de rouge. Moi, ce que j'aime, c'est qu'un mort fasse naturel.

— Ouais, moi c'est pareil, dit Briggs. Y a rien de pire qu'un cadavre qui fait toc.

La pluie s'était muée en bruine, mais ce n'était toujours pas un soir idéal pour sortir. Je déposai ma grand-mère et Briggs à la porte du salon funéraire et je partis en quête d'une place. Je pus me garer cinq cents mètres plus loin, et le temps de revenir jusque chez Stiva, mes bouclettes s'étaient changées en frisottis, et mon pull en coton avait rallongé de cinq centimètres.

Larry Lipinski était présenté au salon un, comme il convenait à un assassin suicidaire. Famille et amis formaient un petit groupe près du cercueil. Le reste de la pièce était occupé par les mêmes que j'avais vus à la veillée de Martha Deeter. Il y avait les pleureuses professionnelles, comme Mamie Mazur et Sue Ann Schmatz, et les employés de la société de ramassage des ordures.

Ma grand-mère fonça sur moi, Briggs trottinant à ses basques.

— J'ai déjà présenté mes condoléances, m'informa-t-elle. Et je tiens à te dire qu'ils sont d'une arrogance ceux-là ! C'est une honte que des gens comme ça accaparent les salons au détriment de gens comme Dorothée Moon.

— Je suppose que je dois en conclure qu'ils ont refusé de te donner une photo ?

— Que dalle. Voilà ce qu'ils m'ont donné : que dalle !

— Et sans y mettre les formes, ajouta Briggs, hilare. Dommage que vous ayez manqué ça.

— De toute façon, je ne crois pas que c'était lui, dis-je.

— Je n'en suis pas aussi sûre que toi, fit ma grand-mère. Ces gens me donnent l'impression d'avoir quelque chose à cacher. Je les trouve un peu nerveux.

Si j'étais parente avec quelqu'un ayant avoué un meurtre, je suppose que je ne me sentirais pas à l'aise dans mes baskets non plus.

— Ne t'en fais pas, me dit ma grand-mère. Je m'attendais à ça, plus ou moins, et j'ai un plan.

— Oui, moi aussi, dis-je. Et le plan est : on laisse tomber.

Ma grand-mère roula des épaules tout en scrutant la foule.

— Emma Getz m'a dit que le défunt du salon quatre était très bien apprêté, dit-elle. Je vais jeter un coup d'œil.

— Moi aussi, dit Briggs. Je ne veux rien rater.

Comme juger de l'état du quatre ne me branchait pas des masses, je me portai volontaire pour les attendre dans le hall. Au bout de deux ou trois minutes, en ayant assez de faire le pied de grue, je mis le cap sur le buffet et pris quelques biscuits. Puis, en ayant assez des biscuits, je mis le cap sur les toilettes pour juger de l'état de mes cheveux. Grosse erreur. Mieux valait ne pas regarder mes cheveux. Retour à la case biscuits. J'en empochai un pour Rex.

J'en étais à compter les carreaux du plafond en me demandant quoi faire ensuite quand l'alarme se déclencha. Comme, il y avait peu, le salon avait failli être détruit par les flammes, tout le monde évacua les lieux sans perdre une seconde. Un flot de personnes se déversa des salons dans le hall, courant vers la sortie. Pas de Mamie Mazur en vue. Je fendis la foule à contre-courant en direction du salon quatre. La pièce était déserte à mon arrivée, à l'exception de Mme Sloane, sereine dans ses douze mille dollars d'acajou et de laiton. Je repartis vers le hall au pas de course et je m'apprêtais à regarder si ma grand-mère ne s'y trouvait pas, quand je remarquai que la porte du salon un était fermée.

Toutes les autres portes étaient ouvertes, sauf celle de Lipinski.

Des sirènes gémissaient dans le lointain, et cette porte close éveillait en moi un mauvais pressentiment. Stiva, à l'autre bout du hall, criait à ses assistants d'aller voir dans les salles du fond. Il se retourna, me vit, blêmit.

— Je n'ai rien fait! dis-je. Je le jure!

Il emboîta le pas à son assistant et dès qu'il eut quitté la pièce, je courus vers la porte du salon un. La poignée tourna mais le battant résista. Je poussai de toutes mes forces. Il céda, et Briggs tomba à la renverse.

— Merde, fit-il. Mais fermez donc cette porte, empotée!

— Qu'est-ce que vous fabriquez?

— Je fais le guet pour votre grand-mère. Qu'est-ce que vous croyez?

À l'autre bout de la pièce, Mamie Mazur avait soulevé le couvercle du cercueil de Larry Lipinski. Elle était montée sur une chaise pliante et, un pied sur l'assise, l'autre sur le rebord du cercueil, prenait des photos avec un appareil jetable.

— Mamie!

— Hou là, dit-elle, il n'est pas terrible, ce garçon.

— Des-cends!

— Autant que je termine cette pellicule. J'ai horreur qu'il en reste.

Je courus vers elle entre les chaises pliantes.

— Tu ne peux pas faire ça!

— Maintenant que je suis sur cette chaise, si. Avant, je ne l'avais que de profil. Et ça n'aurait servi à rien, vu qu'il lui manque la moitié de la tête.

— Arrête de prendre des photos et descends de là tout de suite !

— Une dernière ! dit ma grand-mère avant de descendre de la chaise et de remettre son appareil dans son sac. Il devrait y en avoir de sublimes.

— Referme le couvercle ! Referme le couvercle !

BOUUUUUUM !

— Je ne m'étais pas rendu compte qu'il était si lourd, dit ma grand-mère.

Je remis la chaise en place contre le mur, examinai le cercueil pour m'assurer que tout était O.K., puis je pris ma grand-mère par la main.

— Partons.

La porte s'ouvrit toute grande avant qu'on ne l'atteigne, et Stiva nous regarda, étonné.

— Qu'est-ce que vous fichez là ? Je croyais que vous partiez.

— Je ne trouvais plus ma grand-mère. Et hum...

— Elle est venue me porter secours, me coupa ma grand-mère. Je priais quand, tout d'un coup, j'ai entendu l'alarme et j'ai vu tout le monde se ruer dehors. Quelqu'un m'a bousculée, je suis tombée par terre, et impossible de me relever. Le nain était là avec moi, mais il en aurait fallu deux comme lui pour y arriver. Si ma petite-fille n'était pas venue, j'aurais brûlé comme du petit bois.

— Personne de petite taille ! la reprit Randy

Briggs. Combien de fois vais-je devoir vous le dire ? Je ne suis pas un nain.

— Ben, en tout cas, vous y ressemblez fort, lui dit ma grand-mère.

Elle plissa les narines.

— Ça sent la fumée ?

— Non, dit Stiva. Apparemment, c'est une fausse alerte. Rien de cassé ?

— Je ne crois pas, répondit ma grand-mère. Et c'est vraiment une chance, parce que j'ai les os fragiles, à mon âge.

Elle me regarda du coin de l'œil.

— Une fausse alerte ? dit-elle. Qui l'eût cru ?

Qui l'eût cru. Han ! Je me frappai mentalement la tête contre un mur.

En sortant, nous vîmes deux camions de pompiers dans la rue. Les gens étaient encore là, frissonnant sous la bruine, restés sur place par curiosité et parce que leurs manteaux étaient à l'intérieur. Une voiture de police tourna à l'angle de la rue.

— Ce n'est pas toi qui as déclenché l'alarme, hein ? demandai-je à Mamie Mazur.

— Qui ? Moi ?

Ma mère nous attendait à la porte.

— J'ai entendu les sirènes, dit-elle. Vous allez bien ?

— Bien sûr qu'on va bien, répondit ma grand-mère. Tu ne le vois pas ?

— Mme Ciak a eu sa fille au téléphone qui lui a dit qu'il y avait le feu chez Stiva.

— Mais non, dit ma grand-mère. C'était une de ces fausses alertes, tu sais...

Moue maternelle.

Ma grand-mère secoua son manteau trempé par la pluie et le rangea dans la penderie.

— Normalement, ça m'ennuierait que les pompiers se soient dérangés pour rien, mais j'ai vu que c'était Bucky Moyer qui conduisait un des camions, et vous savez que Bucky adore conduire ces gros engins.

Exact. En fait, on l'avait soupçonné plus d'une fois d'avoir lui-même déclenché des alarmes pour le plaisir de sortir la grande échelle.

— Il faut que j'y aille, annonçai-je. J'ai une dure journée demain.

— Attends ! dit ma mère. Je te donne du poulet.

Coup de fil de ma grand-mère à huit heures.

— J'ai rendez-vous au salon de beauté ce matin, dit-elle. Je me disais que tu pourrais peut-être me déposer en voiture, on en profiterait pour déposer la tu-sais-quoi en route.

— La pellicule ?

— Hum, hum.

— À quelle heure, ton rendez-vous ?

— Neuf heures.

On passa d'abord chez le photographe.

— Demande le truc en une heure, me dit ma grand-mère.

— Mais ça coûte une fortune !

— J'ai un bon de réduction. On nous en donne à nous, les vieux, sous prétexte qu'on n'a plus beaucoup de temps devant nous. Si on attend trop longtemps on peut mourir avant d'avoir eu le temps de venir chercher nos photos !

Après avoir déposé ma grand-mère chez le coiffeur, je poussai jusqu'à l'agence. Lula, vautrée sur le canapé en skaï, buvait un café en lisant son horoscope. Connie, assise à son bureau, mangeait un beignet. Pas de Vinnie à l'horizon.

Lula posa sa revue dès qu'elle me vit franchir la porte.

— Je veux tout savoir ! s'écria-t-elle. Tout ! Dans les moindres détails !

— Il n'y a pas grand-chose à raconter, lui dis-je. Je me suis dégonflée, je n'ai pas mis la robe noire.

— Quoi ? Tu peux me répéter ça ?

— C'est un peu compliqué à expliquer.

— Donc, tu es en train de me dire que t'as « rien » fait ce week-end ?

— Hum, hum.

— Hé, frangine, c'est nul de chez nul, ça !

À qui le dis-tu.

— Tu aurais un DDC ? demandai-je à Connie.

— Rien de nouveau samedi. Et aujourd'hui, c'est encore trop tôt.

— Où est Vinnie ?

— Au poste. Il fait un contrat de caution pour un voleur à l'étalage.

Je ressortis de l'agence et m'immobilisai sur le trottoir, regardant la Buick.

— Je te déteste, lui dis-je.

J'entendis un petit rire dans mon dos, et me retournai pour me retrouver face à Ranger.

— Ça t'arrive souvent de parler à ta bagnole ? Je crois que t'as besoin de te faire des amis, *baby*.

— J'en ai, des amis. Ce qu'il me faut, c'est une nouvelle voiture.

Il me regarda dans les yeux pendant quelques secondes, et je préférai ne pas faire de pronostics sur ce à quoi il pensait. Il me jaugeait de ses yeux bruns et d'un air un brin amusé.

— Tu serais prête à faire quoi pour avoir une nouvelle voiture ? demanda-t-il.

— Tu penses à quoi ?

Encore son petit rire...

— Ça devra être forcément moralement correct ? demanda-t-il.

— Tu penses à quel genre de voiture ?

— Endurante. Sexy.

J'eus le pressentiment que ces qualificatifs devaient aussi s'appliquer à la description du poste.

Une fine pluie s'était mise à tomber. Ranger souleva ma capuche et en recouvrit mes cheveux. Du bout du doigt, il traça une ligne sur ma tempe. Nos regards se croisèrent et, l'espace d'un instant terrifiant, je crus qu'il allait m'embrasser. Cet instant passa, et Ranger recula.

— Fais-moi savoir quand tu seras décidée, me dit-il.

— Décidée à quoi ?
Il me sourit.
— Pour la voiture.
— D'accodac !

Han ! Je grimpai dans la Buick et démarrai pleins gaz dans la brume. Je m'arrêtai à un feu rouge et me cognai la tête contre le volant en attendant qu'il passe au vert. *Ce que je suis conne, ce que je suis conne, ce que je suis conne, ce que je suis kkkkoooone ! Pourquoi est-ce que j'ai dit d'accodac ? Je n'aurais pas pu trouver quelque chose de plus intelligent à dire ?* Je me cognai une dernière fois la tête contre le volant, et le feu changea.

Quand j'arrivai au salon de coiffure, Mamie Mazur se faisait scotcher les cheveux à la laque. Ils étaient gris métallisé, et elle les portait courts et bouclés en rouleaux qui défilaient en rangs serrés sur la peau rosâtre de son crâne.

— C'est bientôt fini, dit-elle. Tu as eu les photos ?

— Pas encore.

Elle paya son shampooing et sa mise en plis, s'emmitoufla dans son manteau et noua avec soin une capuche plastifiée sur sa tête.

— Quelle veillée, hier ! dit-elle en avançant à petits pas sur le trottoir. Que d'émotions ! Tu n'étais pas là, toi, au moment où Margaret Burger a piqué une crise à cause du type dans le salon trois. Tu te souviens que le mari de Margaret, Sol, est mort d'une crise cardiaque l'année dernière ? Eh bien, Margaret a toujours dit que c'était un problème avec leur abonnement au câble qui lui avait donné de l'hypertension. Et figure-toi que, selon elle, le type à l'origine de tout ça... c'était le mort du salon trois, John Curly ! Elle m'a dit qu'elle était venue pour lui cracher à la figure !

— Margaret Burger est venue chez Stiva pour cracher sur un mort ?

Margaret Burger est une douce mère-grand aux cheveux blancs.

— En tout cas, c'est ce qu'elle m'a dit. Je ne l'ai pas vue le faire. J'ai dû arriver après la bataille. Ou peut-être que, une fois qu'elle a été en face de ce John Curly, elle a changé d'idée. Il était encore pire à voir que Lipinski.

— Il est mort de quoi ?

— Il s'est fait écraser. Le chauffard a pris la fuite. Et vu la tête qu'il a, c'est un camion qui a dû lui passer dessus. Ah non, franchement, je te jure, ces entreprises, c'est quelque chose ! Margaret m'a dit que Sol n'était pas d'accord avec une de leurs factures, exactement comme Fred, et que ce m'as-tu-vu, ce John Curly, ne voulait rien entendre.

Je me garai devant Photo Services et allai chercher les photos de ma grand-mère.

— Pas mal, dit-elle en feuilletant le paquet.

Je risquai un coup d'œil. *Brrr...*

— Tu trouves que c'est si évident que ça qu'il est mort ? demanda ma grand-mère.

— Il est dans un cercueil.

— Quand même, je les trouve vraiment bien. Je pense qu'on devrait les montrer à la femme du centre commercial pour voir si elle le reconnaît.

— Mamie, ça ne se fait pas d'aller sonner

chez une dame pour lui montrer les photos d'un mort.

Ma grand-mère farfouilla dans son gros sac en cuir noir.

— La seule autre chose que j'aie, c'est la brochure nécro de chez Stiva. Mais la photo est plus floue, je trouve.

Je la lui pris des mains et regardai. C'était une photo de Lipinski en compagnie de son épouse, et en dessous, le psaume 23. Lipinski avait le bras passé autour de la taille d'une jeune femme mince aux cheveux bruns coupés court. C'était une photo prise sur le vif, en extérieur un jour d'été. Ils se souriaient.

— C'est drôle qu'ils aient mis cette photo-là, dit ma grand-mère. J'ai entendu des gens dire que la femme de Lipinski l'avait quitté la semaine dernière. Elle est partie, et elle n'est pas revenue ! Et on ne l'a pas vue à la veillée non plus. Personne n'a pu lui mettre la main dessus pour lui annoncer la mauvaise nouvelle. C'est comme si elle avait disparu de la surface de la terre. Exactement comme Fred. Sauf que, d'après ce que j'ai entendu, elle serait partie volontairement. Elle a fait ses valises et a annoncé qu'elle voulait divorcer. C'est pas une honte, ça ?

Bon, je sais qu'il y a de par le monde des milliards de petites brunes aux cheveux courts. Mais il n'empêche que je ne pus m'empêcher de faire le rapprochement avec les cheveux bruns coupés court de la femme décapitée. Larry Lipinski était le deuxième employé de la RGC à connaître une mort violente en l'espace d'une semaine. Et même si le rapprochement pouvait sembler... tiré par les cheveux, Fred avait été en contact avec lui. Et la femme de Lipinski avait disparu. Femme qui, grosso modo, pouvait correspondre au cadavre du sac-poubelle.

— Bon d'accord, dis-je, allons montrer ces photos à Irène Tully.

Oh, et puis advienne que pourra. Si elle devient folle démente, je ferai passer cette journée par pertes et profits. Je pêchai son adresse dans mon fourre-tout. Appartement 117, Brookside Gardens, une résidence située à cinq cents mètres du centre commercial.

— Irène Tully, dit Mamie Mazur. Ce nom me dit quelque chose, mais je n'arrive pas à la re-situer.

— Elle m'a dit qu'elle avait connu Frank au club du troisième âge.

— Alors, c'est là que j'ai dû entendre son nom. Il y a des tas de gens dans ces clubs du troisième âge, et je ne vais pas à toutes les réunions. Les vieux, j'en ai vite ras le bol. Quand j'ai vraiment envie de voir de la peau qui bloblote, je me regarde dans la glace.

Je m'engageai dans la résidence de Brookside Gardens et entrepris de lire les numéros. Il y avait six immeubles disposés autour d'un vaste parking. Un étage. Façade en brique. Style néo-colonial — autrement dit : crépi blanc et volets aux fenêtres. Chaque appartement avait une entrée privative donnant sur l'extérieur.

— C'est là, dit ma grand-mère en défaisant sa ceinture de sécurité. Celui avec les décorations d'Halloween sur la porte.

On remonta la courte allée et on sonna à la porte.

Irène vint nous ouvrir.

— Oui ?

— Nous aimerions vous poser quelques questions au sujet de la disparition de Fred, lui dit ma grand-mère. Et nous voudrions vous montrer une photo.

— Oh, fit Irène. Une photo de Fred ?

— En fait, dis-je, on n'est pas absolument certaines que Fred ait été kidnappé. Ce que ma grand-mère veut dire, c'est...

— Regardez ça, me coupa Mamie Mazur en tendant une des photos à Irène. Évidemment, il ne portait peut-être pas le même costume.

Irène regarda la photo intensément.

— Pourquoi est-il dans un cercueil ?

— Il n'est plus vraiment très en vie, lui dit ma grand-mère.

Irène fit non de la tête.

— Ce n'était pas cet homme.

— Peut-être que vous pensez ça parce qu'il a les yeux fermés, il a l'air moins louche, insista Mamie Mazur. Et son nez est un peu en purée. À mon avis, il a dû tomber la tête la première après s'être fait sauter la cervelle.

Irène scruta la photo.

— Non. Je suis certaine que ce n'était pas lui.

— Crotte, dit ma grand-mère. J'étais sûre que c'était notre homme.

— Je m'excuse, dit Irène.

— Bah, au moins, on a quand même de bonnes photos, dit ma grand-mère tandis que nous nous en retournions à la voiture. C'est sûr qu'elles auraient été mieux si j'avais eu le temps de lui rouvrir les yeux...

Je raccompagnai ma grand-mère et tapai un déjeuner à ma mère. Je me demandais où était passé Bobosse. Je ne l'avais pas revu depuis samedi. Je commençais à être inquiète. Ah, celle-là, c'était la meilleure ! Moi me faisant du mauvais sang pour Bobosse. Stéphanie Plum, profession mère poule.

Je partis de chez mes parents et pris Chambers Street pour rejoindre Hamilton Avenue où Bobosse me prit en filature. Je le repérai dans mon rétro, m'arrêtai au bord du trottoir et descendis de voiture pour aller lui parler.

— Où étiez-vous passé ? Vous aviez pris votre dimanche de repos ?

— J'avais du boulot à rattraper. Les bookmakers, il faut bien qu'ils travaillent de temps en temps, vous savez.

— Ouais, sauf que vous n'êtes pas bookmaker.

— On ne va pas recommencer ?

— Comment m'avez-vous retrouvée à l'instant ?

— Je me baladais, et j'ai eu de la veine. Et vous, ça a marché ?

— C'est pas vos oignons !

Un sourire creusa ses pattes-d'oie.

— Je faisais allusion à Fred.

— Oh ! Un pas en avant, deux pas en arrière. J'ai l'impression d'avoir des pistes, mais elles ne mènent nulle part.

— Comme quoi ?

— Je suis tombée sur une femme qui l'a vu monter en voiture avec un homme le jour de sa disparition. L'ennui, c'est qu'elle ne peut décrire ni la voiture ni l'homme. Et puis, il s'est passé un truc bizarre à la veillée funèbre, et j'ai comme l'impression que ça peut être lié, mais je ne vois aucune raison logique à ça.

— Quel truc bizarre ?

— Une femme aurait eu le même genre de problème que Fred avec la RGC. Mais, elle, c'était avec son fournisseur d'accès au câble.

Bobosse parut intéressé.

— Quel genre de problème ?

— Je ne sais pas vraiment. C'est ma grand-mère qui m'en a parlé. Elle m'a juste dit que c'était comme pour Fred.

— Je pense qu'on devrait aller parler à cette femme.

— « On » ? On égale je.

— Je croyais qu'on faisait équipe. Vous m'avez apporté à manger, de l'agneau...

— J'ai eu pitié de vous, assis, tout seul, dans votre voiture.

Il m'agita son index sous le nez.

— Je ne vous crois pas. Je pense plutôt que vous commencez à bien m'aimer.

Comme un chien errant, peut-être. Et encore. Mais il n'avait pas tort sur un point : il fallait aller parler à Margaret Burger. Quel mal pourrait-il en sortir ? Comme je n'avais pas la moindre idée d'où elle habitait, je retournai chez mes parents et le demandai à ma grand-mère.

— Je peux te montrer, me dit-elle.

— C'est pas la peine, tu m'expliques, ça suffira.

— Et je passe à côté de l'action ? Pas question !

Bon, au point où j'en étais. J'avais déjà Bobosse sur les talons. Et si je demandais à Mme Ciak, à Mary Lou et à ma sœur Valérie d'être de la partie ? Je pris une profonde inspiration. Un bol d'ironie, ça me fait toujours un bien fou.

— Monte dans la voiture, dis-je à Mamie Mazur.

Je pris par Chambers Street, Liberty Street et tournai dans Rusling Street.

— C'est une de ces maisons, dit ma grand-mère. Je la reconnaîtrai en la voyant. J'y suis venue une fois, pour une soirée Tupperware.

Elle lança un regard par-dessus son épaule.

— J'ai l'impression qu'on nous suit. Je te parie que c'est un de ceux des ordures.

— C'est Bobosse. Je travaille plus ou moins avec lui.

— Sans blague ? Je ne savais pas que c'était devenu une grosse enquête. On est carrément toute une équipe sur ce coup !

Je me garai devant la maison indiquée par ma grand-mère, et nous descendîmes tous de voiture pour nous réunir sur le trottoir. Il ne pleuvait plus, et la température avait monté au point d'être agréable.

— Ma petite-fille me disait que vous travailliez ensemble, dit Mamie Mazur à Bobosse tout en le jaugeant de la tête aux pieds. Vous aussi, vous êtes chasseur de primes ?

— Non, m'dame. Je suis bookmaker.

— Bookmaker! Alors, ça! J'ai toujours rêvé de rencontrer un bookmaker.

Je frappai chez Margaret Burger, et ma grand-mère prit les devants sans me laisser le temps de me présenter.

— J'espère qu'on ne te dérange pas, dit-elle, mais nous menons une enquête très importante. Stéphanie, moi et M. Bobosse.

Ce dernier me donna un coup de coude.

— « Monsieur » Bobosse, fit-il.

— Mais pas du tout, nous dit Margaret. Je suppose que c'est au sujet de ce pauvre Fred.

— Pas moyen de le retrouver, dit ma grand-mère. Et ma petite-fille trouve que le problème que vous avez eu avec votre fournisseur du câble est très similaire. Sauf, bien sûr, qu'il a fait faire une crise cardiaque à Sol au lieu de le faire disparaître.

— C'étaient des gens affreux, dit Margaret. On a toujours réglé nos factures en temps et en heure. Jamais un impayé. Et là-dessus, on a eu des problèmes parce qu'ils ont commencé à nous dire qu'ils n'avaient jamais entendu parler de nous.

— Exactement comme Fred, commenta ma grand-mère. C'est pas vrai, Stéphanie?

— Heu... oui, ça paraît...

— Et alors? me coupa Bobosse. Est-ce que votre mari a fait une réclamation?

— Il y est allé en personne et a fait un scandale... et un arrêt du cœur.

— Quelle honte! dit ma grand-mère. Sol avait à peine plus de soixante-quinze ans.

— Vous avez les avis de débit de vos règlements avant que vous n'ayez ce problème ? demanda Bobosse à Margaret.

— Je vais vérifier dans mes papiers, dit Margaret. Je les conserve pendant deux ou trois ans, mais je ne crois pas avoir gardé ceux de cette société. Après la mort de Sol, cet horrible monsieur du câble, John Curly, est venu ici en faisant celui qui voulait tout arranger. Je n'y ai pas cru un seul instant. Il cherchait juste à couvrir ses erreurs dans les dossiers informatiques. Il me l'a dit carrément, mais ça faisait une belle jambe à Sol. Ils lui avaient déjà provoqué sa crise cardiaque.

Bobosse paraissait résigné à en croire ses oreilles.

— John Curly a pris vos avis de débit, c'est ça ? dit-il, connaissant déjà la réponse à sa question.

— Il m'a dit qu'il les lui fallait pour le dossier.

— Et il ne vous les a jamais rapportés ?

— Jamais. Tout ce que j'ai reçu, c'est une lettre d'eux me souhaitant la bienvenue en tant que nouvelle cliente. Je vais vous dire une chose : ils sont nuls chez ce fournisseur du câble !

— D'autres questions ? demandai-je à Bobosse.

— Non. Ce sera tout.

— Et toi, mamie ?

— Je n'en vois pas d'autres pour le moment.

— Bon ! dis-je à Margaret. Je crois qu'on en a fini. Merci de votre accueil.

— J'espère que vous allez retrouver Fred, dit-elle. Mabel doit être dans tous ses états.

— Elle tient le choc, dit ma grand-mère. Je crois bien que Fred faisait partie de ces maris qu'on se fiche pas mal de perdre !

Margaret hocha la tête comme si elle voyait tout à fait ce que ma grand-mère voulait dire.

Je déposai Mamie Mazur et filai chez moi. Bobosse me suivit jusqu'à mon parking et se gara derrière moi.

— Et maintenant, prochaine étape ? demanda-t-il.

— Je n'en sais rien. Vous avez une idée ?

— Je crois qu'il se passe quelque chose de louche dans cette société de ramassage des ordures.

J'envisageai de lui parler de Laura Lipinski, mais m'en abstins.

— Pourquoi vouliez-vous voir les avis de débit de Margaret ? m'enquis-je.

— Pas de raison particulière. Je me disais juste que ça pouvait peut-être être intéressant.

— Han, han.

Bobosse se balançait sur ses talons, mains dans les poches.

— Et les avis de débit de la RGC, vous les avez ? me demanda-t-il.

— Pourquoi ? Eux aussi, vous vous dites juste qu'ils pourraient peut-être être intéressants ?

— Peut-être. On ne peut jamais savoir.

Son regard s'arrêta sur quelque chose dans mon dos, et son expression changea. Je crus y lire de la méfiance.

Je sentis quelqu'un bouger si près de moi qu'il me frôla le corps, puis une main tiède et protectrice se posa sur ma nuque. Je n'eus pas à me retourner pour savoir que c'était Ranger.

— Bobosse, lui dis-je en guise de présentation. Bobosse le Bookmaker.

Ranger ne fit pas un geste. Bobosse ne fit pas un geste. Et je n'en fis pas un moi non plus, maintenue en une sorte d'engourdissement par la force magnétique de Ranger.

Finalement, Bobosse recula de quelques pas. Le genre de déplacement que ferait un homme face à un grizzli.

— On reste en contact, me dit-il.

Puis il pivota sur ses talons et s'éloigna vers sa voiture.

Nous le regardâmes sortir du parking.

— Il est pas bookmaker, dit Ranger, me retenant toujours prisonnière dans sa main.

Je me dégageai et me retournai pour lui faire face, puis reculai pour mettre un peu d'espace entre nous.

— C'était quoi ce numéro d'intimidation ?

Il sourit.

— Tu crois que je l'ai intimidé ?

— Pas vraiment.

— Je ne crois pas non plus. Il a plus d'un tour dans son sac.

— Ai-je raison de penser que tu ne le sens pas ?

— Prudence professionnelle. Il était armé, et il mentait. Et c'est un flic.

Je savais déjà tout ça.

— Il me suit depuis plusieurs jours. Jusqu'à présent, il est inoffensif.

— Qu'est-ce qu'il cherche ?

— Je me le demande. Ça a rapport avec Fred. Pour l'instant, il en sait plus long que moi. Alors, je pense que ça vaut le coup de faire avec lui. C'est sans doute un fédé. Je pense qu'il a placé un mouchard sur ma voiture pour assurer sa filature. Et ça, c'est au-dessus des moyens des flics du New Jersey. Et je pense aussi qu'il doit avoir un collègue pour le relayer, mais son collègue, je ne l'ai pas encore repéré.

— Il sait que tu as compris ?

— Ouais, mais il ne veut pas en parler.

— Je peux t'aider côté filature, me dit Ranger en me tendant un trousseau de clés.

— Kezaco ?

10

— Ça, c'est la tentation, dit Ranger en s'adossant à une Porsche Boxster nuit noire.
— Tu pourrais être plus précis sur ton idée de la tentation ? La tentation de quoi ?
— La tentation d'élargir tes horizons.
La définition de Ranger de cette expression était plutôt floue pour moi, et me donnait un vague sentiment de malaise. Je le soupçonnais d'avoir des horizons un chouïa trop proches de l'enfer pour moi. Pour commencer, il y avait cette voiture et l'infime possibilité qu'elle ne soit pas complètement légalement à lui.
— Tu les tiens d'où, toutes ces voitures ? demandai-je. C'est à croire que tu as un stock inépuisable de voiture noires, neuves et chères.
— J'ai un fournisseur.
— Cette Porsche, ce n'est pas une voiture volée, hein ?
— Ça t'ennuierait ?
— Bien sûr que ça m'ennuierait !
— Alors, ce n'est pas une voiture volée.
Je hochai la tête.

— Elle est vraiment cool... Et je te remercie pour ta proposition, mais... une voiture comme ça... c'est au-dessus de mes moyens.

— Tu n'en connais pas encore le prix.

— C'est plus que cinq dollars ?

— Elle n'est pas à vendre. C'est une voiture de fonction. Elle est à toi si tu continues à travailler pour moi. Tu nuis à mon image de marque avec ta Buick. Tous ceux qui bossent pour moi roulent en noir.

— Oui, c'est sûr, je ne tiens à pas à détruire ton image de marque...

Ranger continuait de me fixer du regard.

— Cadeau ? demandai-je.

— Une autre idée ?

— Je ne vends pas mon âme, au moins ?

— Je ne suis pas dans le commerce des âmes. Cette voiture est un investissement. Ça fait partie de nos relations de travail.

— Et qu'est-ce que j'ai à voir dans ces relations de travail ?

Ranger décroisa ses bras et se décolla de la voiture.

— Les boulots vont et viennent. N'accepte pas ceux qui te mettent mal à l'aise.

— Tu ne fais pas ça juste pour t'amuser, hein ? Pour voir jusqu'où je suis prête à aller pour une voiture ?

— Disons que cette raison se situe vers le milieu de ma liste.

Il consulta sa montre.

— J'ai une réunion. Essaie-la. Réfléchis.

Sa Mercedes était garée à côté de la Porsche. Il se glissa au volant et partit sans se retourner.

Je faillis m'évanouir sur place. Je posai une main sur la Porsche pour me ressaisir, et la retirai aussi sec de peur d'y laisser mes empreintes digitales. Han !

Je courus à l'intérieur et cherchai Briggs partout. Son ordinateur portable était sur la table basse, mais son blouson n'était pas en vue. Je caressai l'idée d'entasser toutes ses affaires dans ses deux valises, de les mettre dans le couloir et de me barricader chez moi, mais je finis par la juger vaine.

Je décapsulai une bière et appelai Mary Lou.

— Au secours ! lui dis-je.

— Quel genre ?

— Il m'a donné une voiture. Et il m'a touchée. Deux fois !

Je regardai mon cou dans le miroir de l'entrée pour voir si j'avais encore la marque de ses doigts sur ma peau.

— Qui ? De qui tu parles ?

— Ranger !

— Obondieucépavré ! Il t'a donné une voiture ?

— En me disant que ça faisait partie de nos relations de travail.

— Quel genre de voiture ?

— Une Porsche neuve.

— C'est au minimum une pipe.

— Sois sérieuse !

— O.K. Franchement, je pense que c'est plus qu'une pipe. Ça pourrait aller jusqu'à... tu sais... par-derrière.

— Je la lui rends tout de suite.

— Attends, Stéphanie, c'est une Porsche !

— Et je crois aussi qu'il me drague, mais je n'en suis pas sûre.

— Qu'est-ce qui te fait penser ça ?

— Il est devenu plus... physique avec moi.

— Physique comment ?

— Il me touche.

— Obondieu, il te touche quoi ?

— Le cou.

— C'est tout ?

— Les cheveux.

— Hmmmm, fit Mary Lou. Et il te les a touchés genre... sexe ?

— Moi, ça m'a paru très... sexe.

— Et il te donne une Porsche. Une Poooooooorsche !

— Ce n'est pas vraiment un cadeau. C'est une voiture de fonction.

— Ouais, c'est ça. Quand est-ce que tu me fais faire une balade ? Tu vas au centre commercial ce soir ?

— Je ne sais pas si je peux la conduire pour des trajets personnels. En fait, je pense que je ferais mieux de ne pas la conduire avant d'avoir... assuré mes arrières.

— Tu crois vraiment que c'est une voiture de fonction ?

— À ce que je vois, tous ceux qui travaillent pour Ranger roulent dans des voitures noires et neuves.

— Des Porsche ?

— En général, c'est des 4 × 4, mais peut-être qu'une Porsche est tombée de l'arrière d'un camion hier.

Elle se mit à crier.

— Qu'est-ce qui se passe? demandai-je.

— Les enfants ont des divergences d'opinion. Je crois que je vais devoir jouer la médiatrice.

Mary Lou prenait depuis peu des cours d'autorité parentale parce qu'elle n'arrivait pas à empêcher son petit de deux ans de manger dans la gamelle du chien. Maintenant, elle disait des choses comme « les enfants ont des divergences d'opinion ». C'est un langage très policé, certes, mais quand on y réfléchit, ça revient à dire... les enfants se foutent sur la gueule.

Je raccrochai, pris dans mon fourre-tout l'avis de débit du chèque que Fred avait fait à la RGC et l'examinai. Rien d'inhabituel, à première vue. Un avis de débit tout ce qu'il y avait de plus banal.

Sonnerie du téléphone. Je remis le document dans mon fourre-tout.

— Vous êtes seule? me demanda Bobosse.

— Oui. Je suis seule.

— Il y a quelque chose entre vous et ce Ranger?

— Oui.

Sauf que je ne sais pas vraiment quoi.

— On n'a pas eu l'occasion de parler, enchaîna Bobosse. Je me demandais ce que vous comptiez faire maintenant.

— Bon, écoutez, et si vous me disiez carrément ce que vous souhaiteriez que je fasse?

— Hé, je suis censé vous suivre, vous vous rappelez?

— O.K., je vais jouer le jeu. Eh bien, je pensais retourner à la banque pour dire deux mots à un vieux copain. Qu'en dites-vous ?

— Que c'est une bonne idée.

Il n'était pas loin de cinq heures. Il y avait de fortes probabilités que Joe soit déjà chez lui en train de regarder le journal télévisé ou de se concocter un petit repas ou de se préparer pour la soirée football du lundi. Si je lui proposais de venir regarder le foot chez moi, je pourrais lui montrer cet avis de débit, lui demander ce qu'il en pensait... Oh, et je pourrais aussi lui demander de faire une recherche sur Laura Lipinski. Et si tout se passait bien, je pourrais peut-être rattraper le temps perdu samedi soir...

Je l'appelai.

— Salut ! lui dis-je. Je me disais que tu aurais peut-être envie d'être à deux pour regarder le football ce soir, à la télé...

— Tu détestes le foot.

— Pas tant que ça. J'aime bien les voir se sauter dessus. Ça peut être intéressant. Alors, ça te dit que je passe ? Hum ?

— Je suis désolé, mais je dois travailler ce soir.

— Toute la nuit ?

Il y eut un moment de silence durant lequel Morelli décrypta le message codé.

— Tu me désires à mort, finit-il par dire.

— Je t'appelais juste en amie.

— Et demain, ça te dirait de m'appeler en amie ? Je crois que je ne travaille pas demain soir.

— Eh bien, tu n'auras qu'à te commander une pizza !

Après lui avoir raccroché au nez, je ne pus m'empêcher de me tourner vers Rex d'un air piteux.

— Hé, je l'appelais juste en amie ! lui dis-je. Je ne comptais pas coucher avec lui.

Rex ne sortit pas pour autant de sa boîte de conserve, mais je voyais frémir son épine dorsale. Je crois qu'il riait sous cape.

Le téléphone sonna vers neuf heures.

— J'ai un boulot pour toi demain, me dit Ranger. Ça te branche ?

— Faut voir.

— Moralement irréprochable.

— Et légalement ?

— Ça pourrait être pire. Il me faut un appât. Un paresseux qu'il faut tenir éloigné de sa Jag.

— Tu veux la voler ou la saisir ?

— La saisir. Tout ce que tu devras faire, c'est t'asseoir dans un bar et parler au type pendant qu'on charge sa bagnole sur le plateau de la dépanneuse.

— Ça me paraît jouable.

— Je passerai te prendre à six heures. Mets quelque chose qui retiendra son attention.

— De quel bar s'agit-il ?

— Mike's, Center Street.

Une demi-heure plus tard, Briggs rentrait à la maison.

— Alors, qu'est-ce que vous faites le lundi soir ? demanda-t-il. Je parie que vous regardez le foot à la télé !

J'allai me coucher à onze heures, et deux heures plus tard, je me tournais et me retournais toujours dans mon lit, incapable de trouver le sommeil. Je pensais à la femme de Larry Lipinski qui avait disparu... je revoyais sa nuque brisée, sa tête fourrée dans le sac-poubelle... son mari qui s'était tiré une balle dans le crâne... Il avait découpé sa femme en morceaux, tué sa collègue de travail. Je n'étais pas sûre que la femme du sac était celle de Lipinski. Combien de chances y avait-il? Très peu, sans doute. Mais si ce n'était pas elle, alors qui? Plus j'y pensais, plus j'avais la conviction que c'était bien Laura Lipinski.

Je regardai l'heure à mon réveil pour la millième fois.

Il n'y avait pas que Laura Lipinski qui m'empêchait de dormir. Je subissais une attaque hormonale en règle. Aaargh, ce Morelli! Toutes ces choses qu'il m'avait chuchotées à l'oreille... Il devait être chez lui maintenant. Et si je l'appelais? Si je lui proposais de venir ici? Après tout, c'était sa faute si j'étais dans tous mes états!

Mais si j'appelais et s'il n'était pas chez lui? Il verrait mon numéro inscrit sur son téléphone. Trop gênant. Mieux valait ne pas appeler. Pense à autre chose! m'intimai-je.

J'eus une vision de Ranger. Ah non! Pas Ranger!

— Fait chier!

Je repoussai les draps à coups de pied et fonçai à la cuisine pour boire un verre de jus d'orange. Sauf que je n'avais pas de jus d'orange. Je n'ai jamais de jus de fruits puisque je ne fais jamais les courses. J'avais encore quelques restes de ma mère, mais pas de jus de fruits.

J'avais vraiment besoin d'un jus de fruits. Et d'un Mars. J'étais sûre que si je pouvais avaler un jus de fruits et un Mars, je ne penserais plus au sexe. D'ailleurs, je pouvais même me passer du jus de fruits. Mais le Maaaars !

J'enfilai vite fait bien fait un vieux survêt gris, des boots et un blouson par-dessus ma chemise de nuit en coton. J'attrapai mon fourre-tout, mes clés et, parce que je n'étais pas complètement idiote, mon revolver.

— Je ne sais pas ce que vous allez chercher comme ça, me dit Briggs du canapé, mais vous m'en rapporterez aussi.

Je me traînai hors de l'appartement, le long du couloir et dans l'ascenseur.

Arrivée au parking, je me rendis compte que le sort avait voulu que je prenne les clés de la Porsche. Bah ! Que pouvais-je faire contre ma destinée ? Pour conduire la Porsche, ainsi donc, j'étais née...

Je partis en direction du 7-Eleven, mais j'y arrivai en un rien de temps, et je trouvai que ce serait une honte de ne pas dégourdir les essieux de cette voiture. (Moi, ce n'était pas les essieux que j'avais besoin de me dégourdir !) Je pris par Hamilton Avenue, m'engageai dans le Bourg, roulai au hasard, sortis du Bourg et, oh ! voilà que je me trouvais devant chez Morelli ! Je m'arrêtai devant chez lui, laissant tourner le moteur au ralenti, pensant à lui, m'imaginant bien au chaud dans son lit tout contre lui. Oh, et puis trêve de tergiversations, me dis-je. Pourquoi ne pas sonner chez lui ? Je n'aurais qu'à lui dire que je passais par hasard dans le quartier, et que, du coup, j'en profitais pour lui dire un petit bonjour. Quel mal y aurait-il à cela? Juste en amie. Je m'entr'aperçus dans le rétro. Hou là! J'aurais vraiment dû faire quelque chose à mes cheveux. Et mes jambes n'auraient pas dit non à une séance d'épilation, maintenant que j'y songeais. Crotte!

De toute façon, ce n'était peut-être pas une si bonne idée que ça d'aller voir Morelli maintenant. Je ferais peut-être mieux de retourner chez moi, m'épiler et déterrer un de mes sous-vêtements sexy... Ou je ferais peut-être mieux d'attendre demain. Vingt-quatre heures, ce n'est pas la mer à boire. Mais je n'étais pas sûre de pouvoir tenir le coup vingt-quatre heures. Joe n'avait pas tort. Je le désirais à mort.

Ressaisis-toi, Stéph! Il ne s'agit que d'un rapport sexuel. On n'est pas aux soins intensifs! Je ne risque pas de faire une crise cardiaque... ça peut attendre vingt-quatre heures, non?

J'inspirai profondément et expirai de même. Vingt-quatre heures. Je me sentais déjà mieux. J'avais repris la situation en main. J'étais redevenue une femme raisonnable. Je passai la première et fis repartir la Porsche vers l'autre bout de la rue.

Super. Je peux tenir le coup.

Arrivée à l'angle, je vis une lueur de phares dans mon rétro.

Il n'y a pas beaucoup de gens qui se baladent dans ce quartier à cette heure de la nuit un soir de semaine. Je pris le virage, me garai, coupai mes phares et alors je vis la voiture s'arrêter devant chez Morelli. Au bout de quelques instants, il en descendit, gagna sa porte et rentra chez lui tandis que la voiture se remettait à rouler dans ma direction.

Je serrai le volant très fort pour ne pas être tentée de retourner dare-dare chez Morelli en marche arrière. Moins de vingt-quatre heures, me répétai-je, et mes jambes seront aussi douces que de la soie... et ma coiffure ressemblera à quelque chose. Mais attends une minute, Stéphanie. Morelli a une douche et un rasoir. Tout ça, c'est de la foutaise. À quoi bon attendre ?

Au moment où j'enclenchais la marche arrière, l'autre voiture débouchait de la rue... et alors je vis la tête du conducteur, et mon cœur se pétrifia. C'était Terry Gilman.

Marrant, hein ? Terry Gilman !

Il y eut comme une déflagration derrière mes orbites, et je vis rouge. Et merde. Ce que je pouvais être conne ! Je ne m'étais doutée de rien ! J'avais cru qu'il avait changé ! Qu'il était différent des autres Morelli ! Et moi, j'étais là à m'inquiéter de mes poils aux pattes pendant que Joe s'envoyait en l'air avec Terry Gilman ! Aaargh !

Je me flanquai mentalement une gifle magistrale.

Je suivis d'un regard noir la voiture qui traversait le carrefour et s'enfonçait dans la nuit. Terry ne s'était même pas rendu compte de ma présence. Elle pensait sans doute à sa fin de nuit. Elle était sans doute en route pour trucider une ou deux grand-mères.

Oh, et puis de toute façon, on s'en fout de Morelli. En tout cas, moi, je m'en fous complètement. Il n'y a qu'une chose qui compte pour moi, et c'est de trouver un Mars.

Je mis le pied au plancher et décollai du trottoir. Dégagez! Stéphanie Plum a une Porsche et est en manque de chocolat.

J'atteignis le 7-Eleven en un temps record, y entrai comme une tornade, et en ressortis avec un sac plein de friandises. Hé, Morelli, qu'est-ce que tu en dis de cet orgasme?

J'entrai dans mon parking sur les chapeaux de roues, stoppai dans un crissement de pneus, montai l'escalier quatre à quatre et ouvris ma porte d'un coup de pied.

— *Et merde!*

Rex cessa de tourner dans sa roue et me regarda.

— Tu m'as très bien entendue, lui dis-je. Merde, merde, et re-merde!

Briggs se redressa.

— Bon sang, mais qu'est-ce qui se passe? J'essaie de dormir, moi.

— Ne tirez pas trop sur la corde, vous! Pas un mot de plus!

Il me jaugea.

— Qu'est-ce que vous avez sur le dos? C'est le moyen de contraception dernier cri?

J'empoignai la cage de Rex et le sac de friandises, charriai le tout dans ma chambre et claquai la porte. Je mangeai d'abord la barre 100 000 $, puis le Kit & Kat, et enfin le Mars. J'avais un peu la nausée, mais j'enchaînai tout de même avec le Baby Ruth, le Choco Amandes et le petit pot de beurre de cacahuètes.

— Voilà, je me sens beaucoup mieux maintenant, dis-je à Rex.

Et j'éclatai en sanglots.

Quand j'eus fini de pleurer, j'expliquai à Rex que ce n'était qu'une réaction hormonale à une brusque montée d'insuline due aux sucreries que je venais d'ingurgiter... pour qu'il ne s'inquiète pas. J'allai me coucher et m'endormis comme une masse. Pleurer, c'est vraiment crevant !

Au matin, je m'éveillai avec les yeux chassieux, les paupières bouffies et un moral de limace. Je restai encore au lit un petit quart d'heure, vautrée dans mes malheurs, envisageant de me suicider, de commencer à fumer. Sauf que je n'avais pas de cigarettes et que je n'étais pas d'humeur à refaire le trajet jusqu'au 7-Eleven. Et puis je travaillais avec Ranger maintenant, alors peut-être valait-il mieux que je laisse faire la Nature.

Je me traînai hors du lit jusqu'à la salle de bains où je me vis dans le miroir.

— Ressaisis-toi, Stéph, dis-je à mon reflet. Tu as une Porsche, une casquette SEAL, et tu vas élargir tes horizons.

Après toutes les sucreries de la veille, j'avais surtout peur de m'élargir les fesses. Il fallait que je me bouge. J'étais toujours en survêt. Je me trémoussai pour enfiler un soutien-gorge sport et laçai mes baskets.

Quand je sortis de ma chambre, Briggs était déjà au travail sur son ordinateur portable.

— Regardez qui nous arrive ! fit-il. Miss Vie en Rose ! Vous avez une de ces têtes !

— Et encore, ce n'est rien. Attendez de me voir après mon jogging.

Je revins trempée de sueur et très contente de moi. Stéphanie Plum, une femme responsable. Aux chiottes, Morelli. Aux chiottes, Terry Gilman. Aux chiottes, le monde entier !

Je petit-déjeunai d'un sandwich au poulet et pris une douche. Juste pour être vache, je posai les bières sur le dessus du frigo, souhaitai une journée pourrie à Briggs et filai au volant de ma Porsche vers le Grand Union. Trajet à objectif double. Un : parler à Leona et à Allen ; deux : acheter de la vraie bouffe. Je me garai à huit cents mètres du magasin pour que personne ne se mette à côté de moi et ne fasse un pet à la portière. Je descendis de voiture et regardai la Porsche. Elle était parfaite. Vraiment faite pour s'éclater. Quand on a une bagnole comme ça, on se fiche pas mal que son petit ami se tape une pouffiasse, hein ?

Le temps que je fasse les courses et que je mette les provisions dans le coffre, la banque ouvrait ses portes. Les affaires ne marchaient pas trop en ce mardi matin. Personne aux guichets, à part deux caissiers qui comptaient des billets. Pour garder la main, sans doute. Pas de Leona en vue.

Allen Shempsky, dans le hall, sirotait un café en bavardant avec le vigile. Il me vit et me fit signe de la main.

— Alors, ça avance, ta recherche ?
— Pas terrible. Je voulais voir Leona.
— C'est son jour de congé. Je peux peut-être te renseigner ?

Je farfouillai dans mon fourre-tout, repérai l'avis de débit et le tendis à Allen.

— Ça t'évoque quelque chose ?

Il l'examina recto verso.

— Un avis de débit, me dit-il.

— Il a quelque chose de bizarre ?

Il le regarda de nouveau.

— Je ne vois pas, non. Qu'est-ce qu'il a de spécial ?

— Je n'en sais rien. Fred avait des problèmes de facturation avec la RGC. Il voulait apporter cet avis de débit à leurs bureaux le jour où il a disparu. Je suppose qu'il avait dû faire une photocopie et qu'il a laissé cet original sur son bureau.

— Je suis navré de ne pas pouvoir t'être plus utile. Si tu veux, laisse-moi ce document et je le montrerai autour de moi. Tout le monde ne remarque pas les mêmes choses.

Je laissai retomber le papier dans mon fourre-tout.

— Je préfère le garder, dis-je. J'ai le sentiment que des gens sont morts à cause de cet avis de débit.

— C'est grave alors, dit Shempsky.

Je retournai à la voiture. J'étais mal à l'aise sans savoir pourquoi. Il ne s'était rien passé d'inquiétant à la banque. Aucune voiture n'était garée près de la Porsche. Et il n'y avait personne à proximité. Je regardai autour de moi dans le parking. Pas de Bobosse en vue. Pas de Ramirez en vue. Alors pourquoi cette angoisse diffuse qui ne me quittait pas ? J'avais peut-être oublié quelque chose ? Ou quelqu'un, peut-être, me surveillait ? Je déverrouillai les portières de la voiture et me retournai vers la banque. C'était Shempsky dont j'avais senti la présence. Adossé à la façade, il fumait une cigarette. Il m'observait. Voilà maintenant que j'avais peur de Shempsky. Je poussai un soupir de soulagement. Mon imagination était en surchauffe. Il était juste sorti fumer une clope, nom d'un chien !

La seule chose qui me parut bizarre, c'était qu'Allen Shempsky ait contracté cette mauvaise habitude. Fumer, c'était presque un trouble de la personnalité pour Allen Shempsky. Shempsky était un gentil garçon qui ne ferait pas de mal à une mouche et ne se faisait jamais remarquer. Il avait toujours été comme ça. À l'école, c'était le gamin au fond de la classe à qui on ne demandait jamais rien. Petit sourire gentil, jamais de conflits, toujours propre sur lui. C'était un caméléon dont les vêtements prenaient la couleur de son environnement. Je le connaissais depuis toujours, mais je serais bien en peine de dire la couleur de ses cheveux. Gris souris, peut-être. Pourtant, il n'avait pas une tête de rongeur. C'était un homme moyennement séduisant. Nez banal. Dentition banale. Yeux banals. Taille moyenne. Carrure moyenne. Intelligence moyenne, je dirais, mais, sur ce point, je suis dans la pure conjecture.

Il avait épousé Maureen Blum un mois après qu'ils eurent tous deux décroché leur diplôme à Rider College. Ils avaient deux enfants en bas âge et habitaient dans le quartier d'Hamilton. Je n'étais jamais passée devant leur maison, mais j'étais prête à parier que, elle non plus, on ne devait pas la remarquer. Peut-être est-ce mieux comme ça. Peut-être est-ce une bonne chose de ne pas être inoubliable. Maureen Shempsky ne devait sans doute pas avoir d'inquiétude à se faire sur ses risques d'être harcelée par un Benito Ramirez.

Bobosse m'attendait dans le parking de chez moi, assis dans sa voiture, l'air grincheux.

— C'est quoi, cette Porsche ? s'enquit-il.

— Un prêt de Ranger. Et je vous conseille de ne pas y mettre de mouchard, il ne serait pas très content.

— Vous savez combien ça coûte une voiture comme ça ?

— Cher ?

— Peut-être plus que vous n'êtes prête à payer.

— J'espère que ce n'est pas le cas.

Il prit un de mes sacs de provisions et me suivit dans l'immeuble.

— Alors, vous êtes allée à la banque ?

— Ouais. J'ai parlé à Allen Shempsky, mais je n'ai rien appris de nouveau.

— Vous avez parlé de quoi ?

— Du temps. De politique. De la protection sociale des cadres du tertiaire.

Je coinçai mon sac sous le bras et ouvris ma porte.

— Dites donc, vous dans votre genre ! Vous ne faites confiance à personne, hein ?

— En tout cas, pas à vous.

— Moi non plus, je ne lui ferais pas confiance, lança Briggs du salon. Il a une tête à avoir une maladie honteuse.

— C'est qui, ça ? demanda Bobosse.
— C'est Randy.
— Vous voulez que je le fasse disparaître ?

Je coulai un regard en direction de Briggs. C'était tentant...

— Un autre jour, dis-je à Bobosse.

Il m'aida à vider mes sacs sur le comptoir de la cuisine.

— Vous avez des amis étranges, me dit-il.

Et ce n'est rien comparé à ma famille !

— Je vous prépare un déjeuner si vous me dites pour qui vous travaillez et pourquoi vous vous intéressez à Fred, lui proposai-je.

— Peux pas. Mais je pense que vous m'inviterez quand même à déjeuner.

Je préparai une soupe de tomates en conserve et des toasts au fromage. Les toasts, parce que c'était ce que j'avais envie de manger. Et la soupe, parce que j'aime bien avoir une boîte de conserve propre en réserve pour Rex.

Au milieu du repas, tandis que je regardais Bobosse, les paroles de Morelli résonnèrent à mes oreilles. *Je bosse avec certains fédés, et, à côté d'eux, j'ai l'air d'un boy-scout.* Le chœur des alléluias tinta dans ma tête, et j'eus une révélation.

— Oh, la vache ! dis-je. Vous travaillez avec Morelli.

— Moi ? Je ne travaille avec personne. Je travaille en solo.

— Tout ça, c'est des belles conneries !

Ce n'était pas la première fois que Morelli travaillait sur une de mes enquêtes et se gardait de me le dire, mais c'était la première fois qu'il me faisait surveiller. Encore un mauvais point pour lui. Un très mauvais point.

Bobosse poussa un soupir et repoussa son assiette.

— Est-ce que ça veut dire que j'ai droit à un dessert ?

Je lui donnai la barre de chocolat qui me restait.

— Je suis déprimée.
— Ah, quoi, maintenant ?
— Morelli est une ordure.

Il considéra sa barre de chocolat.

— Je viens de vous dire que je travaillais seul.

— Ouais, et vous m'avez dit aussi que vous étiez bookmaker.

Il releva la tête et me regarda.

— Vous n'êtes pas certaine que je ne le sois pas.

Sonnerie du téléphone. Je décrochai avant que le répondeur ne prenne le relais.

— Salut, ma belle, fit Morelli. Tu veux quoi comme ingrédients dans la pizza de ce soir ?

— Aucun. Il n'y a pas de pizza. Il n'y a pas de toi, il n'y a pas de moi, il n'y a pas de nous, il n'y a pas de pizza. Et ne t'avise pas de me rappeler, espèce d'ordure, de merdeux, de minable, de nullos, crève, charogne !

Et je lui raccrochai au nez.

Bobosse était mort de rire.

— Laissez-moi deviner, fit-il. C'était Morelli ?

— Quant à vous ! dis-je, les dents serrées, l'index tendu vers lui. Même topo !

267

— Il faut que j'y aille, dit Bobosse en continuant son imitation de Monsieur Me-retiens-de-rire.

— Dites-moi, vous avez toujours eu ce genre de problème avec les hommes ? demanda Briggs. Ou c'est récent ?

J'étais dans le hall. J'attendais Ranger à six heures. J'étais douchée, parfumée, coiffée, avec juste ce qu'il fallait de négligé pour faire sexy. Mike's, c'est un bar de sportifs fréquenté par des hommes d'affaires. À six heures, l'endroit serait plein de types en costume désireux de prendre les dernières nouvelles footballistiques tout en buvant un verre pour se détendre avant de rentrer à la maison, alors, moi aussi, j'avais décidé de la jouer *business-woman*. J'avais mis mon Wonderbra, qui me donnait un faux air de Wonder Woman, un chemisier en soie blanc ostensiblement déboutonné jusqu'au fermoir du soutien-gorge magique, et un tailleur en soie noir dont j'avais roulé la ceinture de la jupe pour montrer un maximum de jambes. J'avais dissimulé ce trucage sous une large ceinture léopard, et glissé mes jambes dans des bas en soie puis dans mes CBM (mes Chaussures Baisez-moi) à talons de dix-huit centimètres.

M. Morganthal sortit à pas traînants de l'ascenseur. Il me regarda et me fit un clin d'œil.

— Hé, *hot-mamma,* dit-il. Tu cherches quelqu'un pour une soirée... *hot* ?

Il a quatre-vingt-douze ans et habite au deuxième, à côté de chez Mme Delgado.

— Vous arrivez trop tard. J'ai déjà des projets.

— C'est pas plus mal. Je n'y aurais sans doute pas survécu.

Ranger arriva en Mercedes et se gara devant l'immeuble. Je déposai un bisou sur la joue de M. Morganthal et sortis à la rencontre de Ranger, avançant en roulant des hanches et en humectant mes lèvres. Je me coulai dans la Mercedes aux côtés de Ranger et croisai les jambes.

Ranger me sourit.

— Je t'avais demandé de retenir son attention... pas de déclencher une émeute. Tu devrais peut-être reboutonner un bouton ?

Je le regardai en battant des cils d'un air ingénu, faussement dragueuse... ou peut-être pas si faussement que ça, d'ailleurs.

— Tu n'aimes pas comme ça ? susurrai-je.

Tiens, prends ça, Morelli ! Tu te crois irremplaçable ?

D'un geste vif, Ranger déboutonna deux autres boutons de mon corsage, me dénudant jusqu'au nombril.

— C'est comme ça que j'aime, dit-il sans se départir de son sourire.

Oh, merde !

Je me reboutonnai vite fait.

— Petit malin, va ! dis-je.

Bon, O.K., il m'avait prise à mon propre piège, autant pour moi. Mais pas de quoi paniquer. Juste à classer dans mes archives mentales : *pas encore prête pour Ranger !*

M. Morganthal, qui sortait enfin du hall, agita l'index dans notre direction.

— Je crois que tu as ruiné ta réputation, dit Ranger en redémarrant.

— Disons plutôt que tu me permets de vivre à la hauteur de mes aspirations.

Nous traversâmes la ville de part en part et nous garâmes à une vingtaine de mètres du bar, le long du trottoir d'en face.

Ranger prit une photo coincée derrière son pare-soleil.

— Voici Ryan Perin. C'est un habitué. Il vient ici tous les jours après le travail. Il boit deux verres. Il rentre chez lui. Il ne gare jamais sa voiture à plus de trente mètres dans la rue. Il sait que le concessionnaire essaie de la lui reprendre, et ça le rend nerveux. Il sort toutes les cinq minutes pour vérifier qu'elle est toujours là. Ta mission consiste à faire en sorte qu'il garde les yeux fixés sur toi — et non sur la bagnole. Fais en sorte qu'il reste à l'intérieur.

— Pourquoi vous la lui reprenez ici ?

— Quand il est chez lui, sa voiture est dans un box fermé à clé, et les huissiers n'y ont pas accès. Quand il est au boulot, elle est dans un parking gardé par un vigile qui prend ses étrennes très au sérieux.

Tendant le pouce et l'index, Ranger mima un revolver.

— À ce propos, ajouta-t-il, Perin est armé et c'est un rapide. C'est pour ça qu'on est obligés de lui subtiliser sa voiture.

— Qu'est-ce qu'il fait dans la vie ?

— Avocat. L'argent lui est monté à la tête ces derniers temps.

Une Jaguar vert foncé nous dépassa. Il n'y

avait pas de place dans la rue, mais juste au moment où la Jaguar arrivait au bout du pâté de maisons, une voiture en libéra une et la Jag put s'y glisser.

— Ouah, fis-je. Ça, c'est de la chance.

— Non, dit Ranger. Ça, c'est Tank. On a garé des voitures tout le long de la rue pour obliger Perin à se mettre là.

Perin s'extirpa de sa voiture, brancha l'alarme et se dirigea vers Mike's.

Je regardai Ranger.

— Qu'est-ce que vous comptez faire pour l'alarme ?

— Aucun problème.

Perin disparut à l'intérieur du bar.

— O.K., fit Ranger. À toi de jouer, Mata Hari. Je te donne cinq minutes d'avance, et puis j'appelle la dépanneuse.

Il me tendit un bip.

— Si ça tourne mal, appuie sur le signal d'alarme. Sinon, je viendrai te chercher une fois qu'on aura embarqué la bagnole.

Perin était vêtu d'un costume bleu à rayures. Il avait une petite quarantaine. Cheveux blond-roux clairsemés. Carrure encore un brin athlétique. Je fis un pas à l'intérieur du bar et m'immobilisai sur le côté de la porte pour laisser à mes yeux le temps de s'habituer à l'obscurité. Il y avait surtout des hommes dans la salle, mais il y avait aussi quelques femmes. Les femmes étaient assises en groupes, les hommes étaient plutôt seuls, les yeux rivés sur l'écran de télé. Perin fut facile à repérer. Il était tout au bout du bar en acajou verni. Le barman posa un verre devant lui. Un truc clair avec glaçons.

Il y avait des tabourets libres de part et d'autre de Perin, mais je n'avais pas envie de m'asseoir à côté de lui et de le brancher. Je ne voulais pas qu'il ait l'impression d'avoir été choisi. S'il était sur ses gardes, l'approche directe risquerait de faire un peu gros. Donc, je marchai vers lui tout en fouillant dans mon sac, genre hyper-concentrée sur ce que je cherchais. Et juste au moment où j'arrivais à sa hauteur, je fis mine de trébucher. Pas au point de m'étaler par terre, mais juste assez pour le bousculer et me retenir à sa manche.

— Obondieu, pépiai-je. Excusez-moi. C'est trop gênant. Je ne regardais pas où j'allais, et...

Je baissai les yeux.

— C'est à cause de ces chaussures ! gémis-je. Je ne suis pas faite pour les talons aiguilles.

— Et vous êtes faite pour quoi ? demanda Perin.

Je lui décochai mon sourire j'ai-gagné-la-super-cagnotte-au-loto.

— Je crois que je suis faite pour marcher pieds nus.

Je me hissai sur le tabouret à côté de lui et fis signe au barman.

— Oh, j'ai vraiment besoin d'un verre. Quelle journée !

— Racontez-moi ça. Qu'est-ce que vous faites dans la vie ?

— Je suis acheteuse en lingerie fine.

Je l'étais, en tout cas, avant de devenir chasseuse de primes.

Son regard plongea dans mon décolleté.

— Sans déc ? fit-il.

Pourvu qu'ils se magnent pour charger la voiture, songeai-je. Ce type avait une longueur d'avance côté bibine, et il allait me coller comme de la glu. Je voyais ça d'ici.

— Ryan Perin, dit-il en me tendant la main.

— Stéphanie.

Il ne lâcha pas ma main.

— Stéphanie, acheteuse en lingerie fine. Voilà qui est sexy.

Beurk ! J'ai horreur d'avoir la main d'un inconnu dans la mienne. Aaargh, Ranger et ses horizons nouveaux !

— Oh, vous savez... c'est un boulot comme un autre.

— Je parie que vous avez plein de super-dessous, alors.

— Oui, bien sûr. J'ai tout. Il suffit de demander, j'ai.

Le barman me regardait, dans l'expectative.

— Je prends comme monsieur, dis-je en pointant le doigt sur son verre. Et vite, s'il vous plaît.

— Alors, parlez-moi de vos dessous, reprit Perin. Vous avez des porte-jarretelles ?

— Oh, oui ! J'en mets tout le temps — j'en ai des rouges, des noirs, des violets, des...

— Et les strings ?

— Les strings, ouais, bien sûr...

Chaque fois que j'ai envie d'avoir la sensation de me laver la raie des fesses au fil dentaire.

Sa montre se mit à biper.

— C'est quoi, ça? demandai-je.
— C'est pour me rappeler que je dois vérifier ma voiture.

Zut! Pas de panique. Pas-de-pa-ni-que.

— Qu'est-ce qu'elle a votre voiture?
— Le quartier n'est pas très sûr à cette heure-là. On m'a piqué mon autoradio la semaine dernière. Alors, de temps en temps, je vais m'assurer que tout va bien, que personne ne tourne autour.
— Elle n'a pas de système d'alarme?
— Si, si.
— Alors, vous n'avez pas à vous inquiéter.
— Vous devez avoir raison, mais...

Il lança un regard en direction de la porte.

— J'aime bien vérifier, juste pour être sûr.
— Ne me dites pas que vous êtes un de ces névrosés obsessionnels, hum? Je n'aime pas ce genre de mecs. Toujours tellement coincés! Ils ne veulent jamais rien tenter de nouveau comme, heu... les partouzes.

J'eus de nouveau droit à toute son attention. Tout juste s'il ne bavait pas.

— Vous êtes branchée partouzes, vous?
— Oh, je n'aime pas quand il y a trop d'hommes, mais j'ai deux ou trois copines...

Mon verre arriva. Je le bus d'un trait et fus pliée en deux par une quinte de toux. Quand je pus enfin m'arrêter de tousser, j'avais les yeux en feu et pleins de larmes.

— Qu'est-ce que c'est que ça? hoquetai-je.
— Saphir de Bombay.

— Je n'ai pas trop l'habitude de boire.

Perin posa une main sur ma cuisse et la glissa juste sous le bas de ma jupe.

— Revenons à nos partouzes... dit-il.

Pincez-moi, je cauchemarde! Parce que je suis foutu, là. Si Ranger n'arrive pas, et vite, je vais avoir de gros embêtements. J'avais abattu toutes mes cartes et je ne savais plus quoi faire. Je n'avais pas beaucoup d'expérience dans ce domaine. Quant à ce que je savais de l'amour à plusieurs, c'était zéro — déjà bien plus que je ne voudrais en savoir.

— Jeudi, c'est mon soir de partouze, dis-je. On fait ça tous les jeudis. Sauf si on n'arrive pas à trouver un mec... alors, dans ce cas-là, on se contente de regarder la télé.

— Je vous offre un autre verre?

À peine Perin avait-il achevé sa phrase qu'il décollait de son tabouret de bar, volait à travers la pièce et se crashait sur une table qui se renversa, et il resta inerte par terre, bras et jambes en croix, les yeux grands ouverts, la bouche béante, tel un gros poisson échoué sur le sable.

Soufflée, je me retournai... et me retrouvai nez à nez avec Benito Ramirez.

— Faut pas que tu fasses la pute comme ça, Stéphanie, me dit Ramirez de sa voix douce et de son regard de fou. Le champion, il aime pas te voir avec d'autres hommes. Les voir te peloter. Faut que tu te réserves pour le champion, Stéphanie...

Il me fit un petit sourire déjanté.

— Le champion, il va te faire des tas de choses, Stéphanie. Des choses qu'on t'a encore jamais faites. Tu as demandé à Lula comment il s'y prend, le champion ?

— Qu'est-ce que vous faites ici ? hurlai-je.

Je surveillais Perin du coin de l'œil, craignant qu'il ne se relève et ne coure vers sa voiture ; et du coin de l'autre, je surveillais Ramirez, craignant qu'il ne sorte un couteau et ne me découpe comme une dinde de Noël.

— On n'échappe pas au champion, chuchota Ramirez. Il voit tout, le champion. Il te voit quand tu sors la nuit pour aller acheter des bonbons... Qu'est-ce qui va pas, Stéphanie ? T'as dû mal dormir ? Il va arranger ça, le champion. Il sait comment s'y prendre pour faire dormir une femme.

J'avais l'estomac noué et des sueurs froides. Je ne m'étais jamais rendu compte de sa présence. Il m'avait épiée, surveillant mes faits et gestes, et moi je ne m'étais aperçue de rien. Si j'étais encore en vie, c'était sans doute uniquement parce que Ramirez aimait jouer au chat et à la souris. Il aimait sentir la peur chez l'autre. Il aimait torturer, faire durer la douleur et distiller la terreur.

Il y avait eu un trou noir dans le continuum espace-temps quand Perin avait fait son vol plané. Tout le monde dans le bar, à part Ramirez et moi, avait été tétanisé sous le choc. Maintenant, ils se levaient tous.

— Qu'est-ce qui vous prend ? fit le barman, fonçant sur Ramirez.

Le regard de Ramirez obliqua vers le barman qui recula illico.

— Hé, mec, dit-il. Faut régler vos histoires dehors.

Perin, qui s'était relevé, flageolait sur ses jambes et fixait Ramirez d'un regard assassin.

— Vous êtes dingue ou quoi ? fit-il. Vous êtes carrément barje !

— Le champion n'aime pas qu'on lui parle comme ça, dit Ramirez, et ses yeux rétrécirent dans leurs orbites.

Une armoire à glace sans cou vint à la rescousse de Perin.

— Hé, fous-lui la paix, à ce petit gars !

Ramirez se tourna vers lui.

— Personne dit au champion ce que le champion doit faire.

Bang ! Un crochet du droit pour Sans-Cou, et Sans-Cou qui s'écroule comme un château de cartes.

Perin sortit son revolver et tira. La balle passa loin de Ramirez, et ce fut le sauve-qui-peut. Tout le monde sortit du bar à toutes jambes, sauf Perin, Ramirez et moi. Le barman hurlait dans le téléphone à la police de se bouger le cul et de venir dare-dare. Et par la porte ouverte, je vis la dépanneuse passer devant le bar, emportant la Jaguar verte.

— Le champion aime pas la police, dit Ramirez au barman. Fallait pas appeler la police.

Ramirez me regarda une dernière fois de ses yeux inhabités, puis il fila par la porte de derrière.

Je sautai au bas du tabouret.

— À la prochaine, dis-je à Perin. Je dois partir.

Ranger arriva au petit trot, regarda autour de lui, hocha la tête et me sourit.

— Tu ne me décevras jamais, dit-il.

11

Ranger avait garé la Mercedes en double file devant Mike's. Je montai, et on partit avant que Perin ait eu le temps de sortir.

Ranger me lança un coup d'œil interrogateur.
— Ça va ?
— Ça n'a jamais été aussi bien.

Ce qui me valut un autre regard, sceptique cette fois, de la part de Ranger.

— Oui, enfin, je suis un peu sonnée. Je crois que je n'aurais pas dû boire tout le verre.

Je me rapprochai de Ranger parce que je le trouvais très beau et immensément supérieur à cette crapule de Morelli.

Ranger rétrograda comme on arrivait à un feu.

— Tu m'expliques ce coup de feu ?
— C'est Perin qui a tiré. Sans blesser personne, je te rassure.

Je lui souris. Ranger était beaucoup plus impressionnant que d'habitude quand j'étais pétée au Saphir de Bombay.

— Il a voulu te tirer dessus ?
— Mmmm-non. Il y avait un type à qui ça ne

plaisait pas trop que Perin me parle. Et ils se sont pris la tête.

Du bout du doigt, je touchai le diamant que Ranger portait à l'oreille.

— Très joli, dis-je.

Sourire de Ranger.

— Tu as bu combien de verres?

— Un. Mais c'était un grand. Et je n'ai pas l'habitude de boire.

— C'est noté, dit Ranger.

Je ne savais pas trop ce qu'il entendait par là, mais j'espérais que ça avait à voir avec faire l'amour et profiter de la situation.

Il s'engagea dans mon parking et s'arrêta en douceur devant ma porte. Grosse déception car cela signifiait qu'il me déposait, contrairement à se-garer-et-monter-boire-un-dernier-verre... et plus si affinités.

— Tu as de la visite, me dit-il.

— Moi?

— C'est la moto de Morelli.

Je pivotai pour m'en assurer. En effet, la Ducati de Morelli était garée à côté de la Cadillac de M. Feinstein. *Aaargh!* Je plongeai la main dans mon fourre-tout et farfouillai dedans.

— Qu'est-ce que tu cherches? s'enquit Ranger.

— Mon revolver.

— Je ne crois pas que ce soit une bonne idée de le descendre. Les flics sont très sensibles sur ces questions-là.

Je m'arrachai à la voiture, rajustai ma jupe et, furibarde, entrai dans l'immeuble.

En arrivant à mon étage, je trouvai Morelli

assis dans le couloir. Jean noir, bottes de moto noires, T-shirt noir et blouson de moto... noir. Barbe de deux jours et cheveux longs, même selon les critères morelliens. Si je ne lui en voulais pas, je me serais déshabillée avant même d'arriver à ma porte. Je me rendis compte que j'avais eu la même pensée au sujet de Ranger, mais bon, c'est comme ça. Qu'y puis-je ? Sous peu Bobosse et Briggs allaient me paraître craquants.

— Ah, tu ne manques pas de culot de venir ici ! dis-je à Morelli tout en cherchant mes clés.

Il sortit son jeu de clés de sa poche et ouvrit ma porte.

— Depuis quand as-tu la clé de chez moi ?

— Depuis que tu me l'avais redonnée à l'époque où on était en bons termes.

Il me regarda et l'amusement adoucit ses traits.

— Tu as bu ?

— Risque du métier ! dis-je. J'étais en mission pour Ranger, et boire m'a paru la chose à faire sur le moment.

— Tu veux un café ?

— Pas question, ça gâcherait tout. De toute façon, je n'ai pas envie de boire de ton café. Et maintenant, tu peux disposer, merci.

— Je ne crois pas.

Il ouvrit mon frigo, fouilla dedans et découvrit le paquet de moka que j'avais acheté au Grand Union. Il dosa l'eau, le café et mit la machine à café en route.

— Laisse-moi deviner, dit-il. Tu es en colère contre moi ?

Je levai les yeux tellement haut dans mes orbites que je me vis en train de penser — des yeux desquels je cherchais Briggs. Où était donc ce petit démon ?

— Tu veux bien me donner un indice ? me demanda Morelli.

— Tu ne le mérites pas.

— C'est sans doute vrai, mais pourquoi ne pas m'en donner un quand même ?

— Ter-ry-Gil-man.

— Et alors ?

— Alors, c'est tout. C'est ça ton indice, connard !

Morelli prit deux tasses dans le placard au-dessus du comptoir et les emplit de café. Il y ajouta du lait et m'en tendit une.

— Il me faut un peu plus qu'un nom, dit-il.

— Absolument pas. Tu sais très bien de quoi je parle.

Son alphapage sonna. Morelli poussa quelques jurons hauts en couleur, lut l'inscription et appela de mon téléphone.

— Je dois partir, dit-il. J'aimerais bien rester, mais il y a du nouveau.

Arrivé à la porte, il se retourna et revint vers moi.

— J'ai failli oublier. Tu as vu Ramirez ?

— Oui. Et je compte le faire interdire dans mon quartier et faire annuler sa mise en liberté conditionnelle.

— Déjà annulée. Il a embarqué une prostituée hier soir et il a failli la tuer. Il l'a tabassée et l'a laissée pour morte dans une benne à ordures. Elle a réussi à en ressortir, et c'est deux gamins qui l'ont trouvée ce matin.

— Elle va s'en tirer ?

— Apparemment oui. Elle est toujours dans un état critique, mais elle tient le choc. Tu l'as vu quand ?

— Il y a une demi-heure.

Je lui narrai la saisie de la voiture et l'incident avec Ramirez.

Je le vis s'échauffer au fur et à mesure de mon récit. Un peu d'agacement. Beaucoup de colère.

— Je suppose que tu n'envisages pas de revenir habiter chez moi ? dit-il. Jusqu'à ce que Ramirez soit arrêté, pas plus.

On serait un peu à l'étroit avec Terry Gilman, non ?

— Tu supposes juste, répondis-je.

— Et si je t'épousais ?

— Maintenant tu veux m'épouser ? Et une fois que Ramirez aura été arrêté, qu'est-ce qui se passe ? On divorce ?

— Le divorce, ça n'existe pas dans ma famille. Mamie Bella ne voudrait pas en entendre parler. Chez nous, c'est le divorce à l'italienne ou rien.

— Eh ben, c'est gai !

Et vrai. Je comprenais certains points de vue de Morelli sur le mariage. Chez les Morelli, les hommes avaient de mauvais antécédents conjugaux. Ils buvaient trop, trompaient leurs épouses, battaient leurs enfants, et cet enfer durait jusqu'à ce que la mort les sépare. Heureusement pour ces dames Morelli, la mort emportait leurs époux assez vite. Ils se faisaient tuer d'un coup de revolver lors d'une bagarre dans un bar ou en conduisant en état d'ivresse, ou ils se faisaient exploser le foie.

— On en reparle un autre jour, dis-je. Dépêche-toi, tu vas être en retard. Et ne t'inquiète pas pour moi, je serai prudente. J'ai fermé toutes mes portes et toutes mes fenêtres et je suis armée.

— Tu as une autorisation de port d'arme, ma jolie ?

— Oui, depuis hier.

— Je n'étais pas au courant.

Il inclina la tête et m'embrassa doucement sur la bouche.

— Pense à le charger, ton revolver.

C'était quand même un mec supersympa, dans le fond. Les gènes Morelli les plus détestables lui avaient été épargnés. Il avait le physique avantageux des Morelli, mais pas un de leurs excès phallocratiques. Quant à son côté homme à femmes, bon, il faut voir...

Je lui souris et le remerciai. De quoi, je n'en savais trop rien. De son conseil au sujet du revolver... ou peut-être du soin qu'il prenait de ma sécurité... En tout cas, il prit mon sourire et mon merci pour un encouragement, et il m'attira contre lui et m'embrassa de nouveau — un patin d'enfer, cette fois. Pas un baiser que j'étais près d'oublier... ni désireuse de voir finir.

Quand il s'écarta de moi, tout en me retenant contre lui, il avait retrouvé son sourire.

— C'est mieux, murmura-t-il. Je t'appelle dès que je peux.

Et le voilà parti.

Aaargh! Je fermai la porte à clé et me tapai le front du plat de la main. Ah, ce que j'étais conne! Je venais d'embrasser Morelli comme si de rien n'était. Ce n'était pas du tout le message que j'aurais voulu lui faire passer, mais pas du tout! Et Terry Gilman? Et Bobosse? Et Ranger? Oh, peu importait Ranger. Ranger, ce n'était pas la question. Ranger, c'était... une autre question.

Briggs passa la tête par l'entrebâillement de la porte de la salle de bains.

— La voie est libre? demanda-t-il.

— Qu'est-ce que vous fichez là-dedans?

— Je vous ai entendus dans le couloir et je ne voulais pas tout faire foirer. Apparemment, vous avez quand même fini par en choper un de vivant.

— Merci, mais c'est moi qui suis morte.

— Je vois ça.

À une heure du matin, je ne dormais toujours pas. C'était le baiser. Je ne pouvais pas m'empêcher de repenser à ce baiser et à ce que j'avais ressenti quand Morelli m'avait serrée contre lui. Là-dessus, j'ai commencé à imaginer ce que j'aurais ressenti s'il avait arraché mes vêtements et m'avait embrassée ailleurs. Dans la foulée, j'ai vu Morelli nu. Puis nu, et en érection. Puis nu, en érection et ne restant pas là, planté devant moi, sans rien faire. Voilà pourquoi je n'arrivais pas à dormir. Une fois de plus!

À deux heures, je n'avais toujours pas fermé

l'œil. *Aaargh, ce Morelli!* Je roulai hors du lit et titubai pieds nus jusqu'à la cuisine. Je passai en revue le contenu des placards et du frigo mais sans trouver ce qui réussirait à me rassasier. C'était de Morelli que j'avais faim, évidemment, mais puisque je ne pouvais pas avoir Morelli, ce dont j'avais envie, c'était de Treets. De beaucoup de Treets. J'aurais dû penser à en acheter au centre commercial.

Le Grand Union était ouvert vingt-quatre heures sur vingt-quatre. Tentant, mais mauvaise idée. Ramirez pouvait rôder dans le coin. C'était déjà un gros problème en pleine journée quand il y avait du monde et une bonne visibilité, mais sortir la nuit, ce serait de la folie pure.

Je retournai me coucher et, au lieu de penser à Joe Morelli, je me mis à penser à Ramirez, à me demander s'il était dans les parages, garé au parking ou dans une des rues transversales. Je connaissais toutes les voitures du parking. S'il y en avait une nouvelle, je la repérerais.

La curiosité me rongeait. Ainsi que la possibilité d'une arrestation. Si Ramirez était posté dans mon parking, je pourrais le faire alpaguer. Je m'extirpai des draps et gagnai la fenêtre sur la pointe des pieds. J'empoignai le double rideau et l'ouvris. Je m'attendais à voir le parking. Ce que je vis, ce furent les yeux d'obsidienne de Benito Ramirez. Il se trouvait sur mon escalier de secours et me regardait d'un air libidineux, son visage éclairé par la lumière ambiante, son corps massif et menaçant dans l'ombre du ciel de la nuit, ses bras étalés contre ma vitre, ses mains à plat contre le châssis.

Je fis un bond en arrière en criant, et la peur panique prit possession de moi tout entière. Je ne pouvais plus respirer. Je ne pouvais plus bouger. Je ne pouvais plus penser.

— Stéphanie, murmura-t-il d'une voix chantante étouffée par la vitre obscurcie.

Il rit doucement et chantonna de nouveau mon prénom.

— Stéphaniiiiiiiieeee...

Je fis volte-face et courus hors de ma chambre, dans la cuisine où je fouillai dans mon fourre-tout comme une folle en quête de mon revolver. Je finis par le trouver, retournai dans ma chambre en quatrième vitesse. Plus de Ramirez. Ma fenêtre était toujours bien fermée, les doubles rideaux entrouverts. Personne sur l'escalier de secours. Aucun signe de lui dans le parking. Aucune voiture inhabituelle. Sur le coup, je crus que j'avais tout imaginé. Puis je vis le papier scotché sur l'extérieur de ma vitre. Je lus le message écrit à la main.

Dieu t'attend. Bientôt, ce sera ton tour de Le voir.

Je retournai à la cuisine en courant et appelai la police. Ma main tremblait. Je n'arrivais pas à appuyer sur les bonnes touches. Je pris une profonde inspiration pour me calmer et refis une tentative. Autre inspiration et je pus enfin raconter au policier à l'autre bout du fil ce qui venait de se passer. Je raccrochai et appelai Morelli. Je raccrochai avant d'avoir fini de composer son numéro. Et si c'était Terry qui décrochait ? C'est idiot, me dis-je. Elle l'a déposé chez lui, et alors ? N'en tire pas des conclusions hâtives. Il y a une explication à tout.

Je refis le numéro. Ça sonna sept fois puis le répondeur s'enclencha. Morelli n'était pas chez lui. Il travaillait. Taux de certitude : quatre-vingt-dix pour cent. Dix pour cent de doute. Ce furent ces dix pour cent qui m'empêchèrent de tenter de le joindre sur son portable ou son alphapage.

Soudain, je pris conscience que Briggs était à côté de moi.

— Je crois que je n'ai jamais vu quelqu'un avoir aussi peur, dit-il.

Plus trace de son sarcasme habituel dans sa voix.

— Vous n'avez rien entendu à ce que je viens de vous dire.

— Il y avait un homme sur mon escalier de secours.

— Ramirez.

— Oui. Vous savez qui c'est ?

— Un boxeur.

— Pas seulement. C'est quelqu'un d'horrible.

— Je vous fais un thé. Vous ne m'avez pas l'air dans votre assiette.

Je portai mon oreiller et ma couette au salon et m'installai sur le canapé avec Briggs. J'avais allumé toutes les lampes de mon appartement, et mon revolver était à portée de main, sur la table basse. Je restai assise ainsi jusqu'à l'aube, m'assoupissant de temps en temps. Au lever du soleil, je retournai me coucher et dormis jusqu'à ce que le téléphone me réveille à onze heures.

C'était Margaret Burger.

— J'ai retrouvé un avis de débit, m'annonça-t-elle. Il était mal classé. Il remonte à l'époque où Sol avait des problèmes avec la société du câble. Je sais que M. Bobosse voulait en voir un. Vous pouvez me dire comment le joindre ?

— Je peux le lui transmettre. J'ai quelques trucs à faire, puis je passerai chez vous.

— Je ne bouge pas de la journée.

Je ne savais pas trop ce que je ferais de cet avis de débit, mais je me dis que je pouvais toujours y jeter un coup d'œil. Je me fis du café frais et bus d'un trait un verre de jus d'orange. Je me douchai vite fait, revêtis mon uniforme habituel — Levi's et T-shirt à manches longues —, bus mon café, mangeai une Pop Tart et appelai Morelli. Toujours pas de réponse, mais, cette fois, je lui laissai un message : qu'il me bipe dès que Ramirez se ferait arrêter.

Je sortis ma bombe lacrymogène de mon fourre-tout et la clipai à la ceinture de mon Levi's.

— Faites gaffe ! me cria Briggs de la cuisine quand je sortis.

J'avais un nœud à l'estomac quand j'entrai dans l'ascenseur. Idem quand je mis le pied dans le hall, puis dans le parking. Je courus à la Porsche, mis le contact et conduisis en gardant l'œil sur le rétro.

Je me rendis compte que je ne cherchais plus Fred aux quatre coins de Trenton. Petit à petit, ma quête d'oncle Fred s'était métamorphosée en un mystère autour d'une femme mutilée, d'employés de bureau trucidés et d'une société de ramassage des ordures peu coopérative. Je me disais que tout ça se tenait, que tout ça était lié à la disparition de Fred. Mais je n'étais pas entièrement convaincue. Il était toujours possible que Fred soit enfermé à Fort Lauderdale, et que je patauge dans la semoule pour le plus grand plaisir de Bobosse. Peut-être que Bobosse était en fait Allen Funt déguisé, et que j'étais la plus gaffeuse des chasseuses de primes?

Margaret m'ouvrit dès mon premier toc-toc. Elle avait préparé l'avis de débit qui m'attendait. Je le scrutai, mais ne vis rien que de très ordinaire.

— Vous pouvez le garder si vous voulez, me dit-elle. Il ne m'est d'aucune utilité. Peut-être que ce gentil M. Bobosse voudra le voir, lui aussi?

Je laissai tomber le papier dans mon fourre-tout et la remerciai. J'avais toujours une peur bleue de trouver Ramirez sur mon escalier de secours, aussi préférai-je aller à l'agence pour voir si ça disait à Lula de faire équipe avec moi pendant le restant de la journée.

— J'sais pas trop, fit-elle. Rien de prévu avec ton Bobosse, hein? Parce qu'il a un sens de l'humour complètement bizarre, ce mec.

Je lui dis qu'on prendrait ma voiture, qu'elle n'avait aucune inquiétude à avoir.

— Ouais, ça devrait le faire, dit-elle. Et si je me mettais un chapeau? pour pas qu'on m'reconnaisse...

— Pas la peine. J'ai une nouvelle voiture.

Connie décolla les yeux de son écran d'ordinateur.

— Quel genre ? demanda-t-elle.
— Noire.
— C'est mieux que bleu pastel, dit Lula. C'est quoi ? Une de ces mini-Jeep ?
— Nan. C'est pas une Jeep.

Connie et Lula me regardèrent comme un seul homme, dans l'expectative.

— Alors ? fit Lula.
— C'est... une Porsche.
— Une quoi ? s'écria Lula.
— Une Porsche.

Elles étaient déjà toutes les deux à la porte.

— Bordel, mais c'est vrai que ça a tout l'air d'une Porsche, dit Lula. Qu'est-ce t'as fait ? T'as braqué une banque ?
— C'est une voiture de fonction.

Lula et Connie me refirent leur duo curiosité avide — sourcils haussés jusqu'à la racine des cheveux.

— Ben quoi ? fis-je. Vous savez bien que je travaille pour Ranger...

Lula regarda l'intérieur de la voiture.

— Tu parles de la fois où le type s'est fait exploser la tronche ? dit-elle. Et du cheikh qui t'a filé entre les doigts ? Attends, tu veux dire que Ranger t'a filé cette caisse parce que tu bosses pour lui ?

Je me raclai la gorge et, avec le pan de mon T-shirt, essuyai une trace de doigt sur l'aile arrière.

Lula et Connie échangèrent un sourire entendu.

— Sacrée Stéph ! dit Lula. T'es chiée, cousine !

— Ne te fais pas d'idées. Ce n'est pas le genre de travail que tu crois, dis-je.

Là, le sourire de Lula se fendit jusqu'à ses oreilles.

— Je ne me fais pas d'idées, moi, sur le genre de ton travail. Connie, tu m'as entendu dire que je me faisais des idées sur le genre de son « travail » ?

— Je sais très bien ce à quoi vous pensez, dis-je.

Connie saisit la balle au bond.

— Voyons voir, fit-elle... il y a la pénétration... il y a la fellation... et il y a...

— Tu brûles, lança Lula.

— Tous les hommes qui travaillent pour Ranger conduisent des voitures noires, leur dis-je.

— Il leur refile des 4 × 4, trancha Lula. Pas des P-O-R-S-C-H-E !

Je me mordillai la lèvre inférieure.

— Vous en concluez qu'il attend quelque chose de moi ?

— Ranger fait rien pour rien, dit Lula. Tôt ou tard, faut y mettre le prix. Et t'es en train de nous dire que tu connais pas son tarif ?

— Disons que j'espérais être au même niveau que ses autres collaborateurs, et que cette voiture allait avec le poste.

— J'ai vu comme il te regardait, dit Lula. Et je sais que ses collaborateurs, comme tu dis, il les regarde pas comme ça. Je crois que t'as vraiment besoin qu'il t'explique le profil de ton poste. Pour moi, tu me diras, ça changerait rien. Si je pouvais ne serait-ce que toucher le corps de ce mec, putain, mais c'est moi qui lui achèterais une Porsche !

On se rendit au Grand Union et on se gara devant la First Trenton.

— Qu'est-ce qu'on est venues foutre ici ? s'enquit Lula.

Bonne question. La réponse que je pouvais y apporter était plutôt vague.

— J'ai deux avis de débit que je voudrais montrer à ma cousine. Elle travaille comme guichetière ici.

— Qu'est-ce qu'ils ont de spécial ces avis de débit ?

— Si je savais !

Je lui en tendis un.

— Qu'en penses-tu ?

— J'en pense que ça m'a tout l'air d'être un avis de débit à la con.

Il y avait beaucoup de monde à l'heure du déjeuner. On fit la queue au guichet de Leona. Je jetai un coup d'œil en direction du bureau de Shempsky. La porte était ouverte, et je le vis à son bureau, au téléphone.

— Salut, dit Leona quand ce fut mon tour. Qu'est-ce qui t'amène ?

— Je voulais te montrer ça.

Je fis glisser l'avis de débit vers elle.

— Tu y vois quelque chose d'anormal ?

Elle l'examina recto verso.

— Non.

Je lui donnai celui de Fred validant son paiement à la RGC.

— Et celui-ci ?

— Rien.

— Rien de bizarre du côté des comptes ?

— À première vue, non.

Elle tapa quelques infos dans son ordinateur et scruta son écran.

— L'argent ne reste pas longtemps sur ce compte de la RGC. À mon avis, c'est un petit compte qu'ils ont ouvert ici pour retirer des espèces.

— Qu'est-ce qui te fait dire ça ?

— La RGC est la plus grosse société de ramassage des ordures du coin, et je ne vois que très peu de transactions là... En plus, je suis cliente de la RGC et les chèques que je leur fais sont encaissés à la Citibank. Quand on travaille dans une banque, on fait attention à ces choses-là.

— Et le chèque du fournisseur d'accès au câble ?

Leona le regarda derechef.

— Ouais. Même chose. Mes chèques sont encaissés ailleurs.

— Est-ce inhabituel d'affecter deux clients à deux banques différentes ?

Elle haussa les épaules.

— Je n'en sais rien. Je dirais que non puisque ces deux sociétés le font.

Je la remerciai et laissai retomber les avis de débit dans mon fourre-tout. En me retournant pour partir, je faillis bousculer Shempsky.

— Oups ! fit-il en se poussant. Je ne voulais pas vous bousculer. Je venais juste voir comment ça se passait.

— Ça se passe très bien, lui répondis-je.

Je lui présentai Lula et mis à l'actif de

Shempsky le fait qu'il ne paraisse pas remarquer ses cheveux orange fluo ni qu'elle avait boudiné plus de cent kilos de femme dans une paire de collants taille XXXL et couronné le tout d'un T-shirt Garcia rouge cerise et d'un blouson en fausse fourrure auréolé d'un col censé évoquer la crinière d'un lion.

— Alors, me lança-t-il, le mystère de l'avis de débit est-il éclairci ?

— Pas encore, mais c'est en cours. J'ai trouvé un avis de débit similaire à l'ordre d'une autre entreprise. Et ce qui est curieux, c'est que les deux chèques concernés ont été encaissés ici.

— Pourquoi curieux ?

Je décidai de bluffer. Je ne tenais pas à impliquer Leona ou Margaret Burger.

— Parce que les chèques que je fais à ces sociétés sont encaissés ailleurs. Tu ne trouves pas ça bizarre ?

Shempsky sourit.

— Non. Pas du tout. Il n'est pas rare que des sociétés ouvrent un petit compte dans une banque locale pour pouvoir disposer facilement de liquidités, mais qu'elles déposent le gros de leurs gains ailleurs.

— Ça me rappelle quelque chose, fit Lula.

— Tu as l'autre avis de débit sur toi ? me demanda Shempsky. Tu veux que j'y jette un œil ?

— Non, mais merci quand même.

— Ben dis donc, dit-il, tu es vraiment tenace. Tu m'impressionnes. Je suppose que tu penses que tout ça a un lien avec la disparition de Fred ?

— Je pense que c'est possible.

— Et ça te mène où ?

— À la RGC. Je n'ai toujours pas éclairci les choses avec eux en ce qui concerne le compte client de Fred. J'espérais le faire vendredi dernier, mais j'y suis arrivée après le suicide de Lipinski.

— Mauvais timing, commenta Shempsky.

— En effet.

Il m'adressa son sourire banquier sympa.

— Bon, eh bien, bonne chance.

— La chance, elle en a pas besoin, lui dit Lula. Elle est bonne. Elle les chope toujours, les mecs, si tu vois ce que je veux dire. Elle est tellement bonne qu'elle roule en Porsche. T'en connais combien de chasseurs de primes qui roulent en Porsche ?

— C'est une voiture de fonction, précisai-je à Shempsky.

— Supervoiture, dit-il. Je t'ai vue hier au moment où tu démarrais.

J'avais enfin l'impression de tenir quelque chose. J'avais ma petite idée sur la façon dont tout pouvait s'articuler. C'était un peu boiteux, mais ça valait le coup de creuser. Je pris Klockner Boulevard jusqu'à Hamilton Avenue, et traversai South Broad. J'entrai dans la zone industrielle et fus soulagée de ne pas être accueillie par les gyrophares de voitures de police. Pas de drame aujourd'hui. Le parking de la RGC était vide de camions et d'odeurs nauséabondes. De toute évidence, la mi-journée est le meilleur moment pour se rendre dans une société de ramassage des ordures.

— Ils seront peut-être un peu à fleur de peau en ce moment, dis-je à Lula.

— À fleur de peau de balle, ouais, fit-elle. Tout ce que j'espère, c'est qu'ils ont repeint les murs.

Le bureau n'avait pas l'air d'avoir été repeint de frais, mais pas l'air gore non plus. Derrière le comptoir, un homme travaillait à l'un des deux bureaux. Il avait la quarantaine, le cheveu brun, la silhouette fine. Il releva la tête à notre arrivée.

— J'aimerais régulariser un compte, lui dis-je. J'en avais parlé à Larry, mais ça n'a pas pu être fait. Vous êtes nouveau ici ?

Il me tendit la main.

— Mark Stemper. Je suis de l'agence de Camden. Je suis venu en remplacement provisoire.

— C'est le mur où s'est scratché le cerveau ? demanda Lula. Il m'a l'air repeint. Comment vous avez fait pour le ravoir si propre ?

— On a fait venir une entreprise de nettoyage, dit Stemper. Je ne sais pas trop de quel produit ils se sont servis.

— Ben, dommage, parce que j'en aurais l'utilité.

Il la jaugea, sur ses gardes.

— Ça vous arrive souvent d'avoir du sang sur vos murs ?

— Non, pas sur mes murs...

— Bon, si nous revenions à notre compte ? suggérai-je.

— À quel nom ?

— Fred Shutz.

Il le tapa au clavier de son ordinateur, puis secoua la tête.

— Il n'y a personne à ce nom.

— Justement.

Je lui expliquai le problème et lui montrai l'avis de débit.

— Nous ne sommes pas à cette banque, dit-il.

— Peut-être y avez-vous un autre compte ?

— Ouais, intervint Lula, un compte local pour avoir du liquide...

— Non. Toutes nos agences passent par la Citibank.

— Alors, comment expliquez-vous cet avis de débit ?

— Je ne me l'explique pas.

— Martha Deeter et Larry Lipinski étaient les seuls employés de bureau ici ?

— Oui.

— Quand vous recevez le paiement trimestriel d'un client, qu'est-ce que vous en faites ?

— Tout se gère ici. Le règlement est traité informatiquement et déposé sur notre compte à la Citibank.

— Merci de votre aide, lui dis-je. C'est très aimable à vous.

Lula me suivit dehors.

— Moi, je trouve pas qu'il t'ait tant aidée que ça, dit-elle. Il savait que dalle.

— Il savait que ce n'était pas la bonne banque.

— Ouais, j'ai vu que ça t'avait superexcitée.

— J'ai fait une sorte de *brainstorming* à moi

toute seule pendant que je parlais avec Allen Shempsky.

— Tu me racontes?

— Supposons que Larry Lipinski n'ait pas enregistré tous les paiements. Supposons qu'il ait touché dix pour cent des sommes qu'il déposait sur un autre compte?

— Détournement, fit Lula. Tu penses qu'il détournait du fric de la RGC, que ton oncle Fred s'est pointé et qu'il a piqué une gueulante et que Lipinski s'est débarrassé de lui?

— Peut-être.

— T'es balèze, cousine. T'en as là-dedans!

On se tapa dans les mains, bras levé, bras baissé, et puis elle essaya de m'entraîner dans un langage des signes hypercomplexe mais je m'emberlificotai très vite.

En réalité, je pensais que c'était un peu plus compliqué que ça, qu'on ne s'était pas débarrassé de Fred simplement parce qu'il était venu faire un esclandre au sujet de la gestion de son compte. Il me semblait plus probable que la disparition de Fred était liée à la femme démembrée, et je ne me sortais pas de l'idée que cette inconnue pourrait bien être Laura Lipinski. Du coup, ça se tenait. Je pouvais construire un scénario plausible jusqu'au moment où Fred surprenait Lipinski en train de jeter le sac-poubelle derrière l'agence immobilière. Mais après, mystère et boule de gomme!

Nous nous apprêtions à remonter en voiture quand la porte latérale du bâtiment s'ouvrit sur Stemper qui nous fit signe.

— Hé! cria-t-il. Attendez! Cette histoire

d'avis de débit me tracasse. Ça vous ennuierait que j'en fasse une copie?

Je ne voyais pas en quoi cela pourrait être gênant. Du coup, on retourna dans son bureau et on attendit qu'il ait fini de manipuler la photocopieuse.

— Elle ne marche jamais, bon sang de bonsoir. Attendez, je crois qu'il faut que je remette du papier...

Une demi-heure plus tard, je récupérai l'original de l'avis de débit agrémenté de plates excuses.

— Je suis vraiment navré que ça ait pris autant de temps, dit-il, mais ce ne sera peut-être pas en vain. Je vais envoyer cette copie à l'agence de Camden et voir ce qu'ils en disent. Je trouve ça très bizarre. C'est la première fois que je vois un truc pareil.

On retourna à la Porsche et on se laissa tomber sur le cuir des sièges.

— J'adore cette caisse, dit Lula. Je me sens balèze dans cette caisse.

Je voyais très bien ce qu'elle voulait dire. C'était une voiture fantastique. Que ce soit vrai ou pas, quand je la conduisais, je me sentais plus jolie, plus sexy, plus intrépide, plus douée. Ranger n'avait pas tort d'élargir ses horizons professionnels. Quand j'étais au volant de cette Porsche, mes horizons, je les voyais en Scope.

Je démarrai et mis le cap sur la sortie du parking — une ouverture dans la clôture grillagée. Des bennes hors d'usage étaient garées à l'arrière; les employés et les visiteurs se garaient sur le devant. La nuit, le portail à deux battants, assez large pour permettre à deux bennes de se croiser, devait être fermé et verrouillé ; mais la journée, il était grand ouvert.

Je m'arrêtai au bord du trottoir, regardai à gauche et vis la première benne de la journée qui regagnait l'écurie. C'était un engin colossal. Un mastodonte vert et blanc qui faisait trembler la terre à son approche, précédé par une odeur de pourriture et escorté par un vol de mouettes qui descendaient en piqué.

La benne amorça son virage pour entrer dans le parking en le prenant très large. Lula bondit sur son siège.

— Nom d'un chien, il nous voit pas, ce type, ou quoi ? Il tourne comme s'il était seul sur la route !

J'enclenchai la marche arrière, mais trop tard. La benne emboutit l'aile de la Porsche et écorcha la moitié de la carrosserie. Je m'arc-boutai sur le klaxon. Le chauffeur pila et baissa la tête vers nous, tout étonné.

Lula sauta de la voiture à tout bersingue, et je suivis le mouvement, crapahutant sur le siège car ma portière était écrabouillée sous le monstre de benne.

— Pfft, les filles, dit le chauffeur. J'sais pas ce qui s'est passé. Je ne vous ai vues que lorsque vous avez klaxonné.

— C'est pas une raison ! brailla Lula. C'est une Porsche, je te signale ! Tu sais ce qu'elle a dû faire pour l'avoir, cette Porsche ? Bon, remarque, pour l'instant, rien encore, mais je crois que si elle a de la chance, il va falloir qu'elle se défonce. J'espère qu'elle est assurée, ta boîte.

Elle se tourna vers moi.

— Faut que vous échangiez vos coordonnées d'assurances, me dit-elle. C'est toujours la première chose à faire. T'as la carte ?

— Je n'en sais rien. Je suppose que tous ces papiers sont dans la boîte à gants.

— Je vais les chercher... J'y crois pas que ça arrive à une Porsche ! Les gens devraient faire gaffe quand ils voient une Porsche sur la route !

Elle se pencha à l'intérieur de la voiture, fouilla dans la boîte à gants et revint en moins de deux.

— Ça doit être ça, dit-elle en me tendant une carte. Et voilà ton sac. Tu vas avoir besoin de ton permis de conduire.

— On devrait peut-être aller voir le type au bureau, dit le chauffeur de la benne. C'est lui qui règle ce genre de choses.

Je trouvai cette idée plutôt bonne. Et tant qu'on y était, pourquoi est-ce que je ne filerais pas ni vu ni connu et courrais m'acheter un aller simple pour Rio de Janeiro ? Je n'avais pas trop envie de raconter tout ça à Ranger.

— Ouais, fit Lula. On ferait mieux d'aller voir le gars du bureau parce que moi je crois que j'ai le coup du lapin, là, je sens que ça vient, alors vaut mieux que j'aille m'asseoir.

J'aurais bien levé les yeux au ciel, mais j'y renonçai pour économiser de l'énergie au cas où Lula deviendrait brusquement paralysée suite à la collision dont elle venait d'être victime à moins d'un kilomètre à l'heure.

On entra tous dans les locaux, et à peine avait-on franchi la porte qu'on entendit une explosion. On s'arrêta net. On échangea un regard. On resta figés une fraction de seconde, stupéfaits, puis on piqua un sprint pour voir ce qui s'était passé.

On déboula dehors, mais on fut stoppés dans notre élan par une deuxième explosion. Des flammes jaillirent de la Porsche et s'en allèrent lécher le réservoir de la benne.

— Oh, merde, dit le chauffeur. Tous aux abris ! Je viens de faire le plein !

— Hein ? dit Lula.

Et tout sauta. *Baaaouuuuum !* La benne à ordures sauta en l'air. Pneus et portières volèrent comme des frisbees. La benne retomba, tressautant sous le choc. Elle s'inclina... et elle tomba sur la Porsche en flammes, l'aplatissant comme une crêpe.

On se colla dos à la façade du bâtiment tandis qu'une pluie de morceaux de métal et de caoutchouc tombait autour de nous.

— Ho, ho, fit Lula. Tous les chevaux du roi et tous les serviteurs du roi vont pas pouvoir remettre c'te Porsche tout droit...

— Je comprends pas, dit le chauffeur. Je l'ai à peine touchée, votre voiture. Pourquoi ça explose comme ça ?

— C'est ce qui leur arrive tout le temps à ces bagnoles, lui répondit Lula. Elles explosent. Mais là, je dois dire que c'était la meilleure de toutes. C'est la première fois qu'elle fait sauter une benne à ordures. Une fois, elle est rentrée dans un missile antichar, mais là je dois dire, c'était que dalle comparé à ça.

Je tirai mon portable de mon fourre-tout et j'appelai Morelli.

12

Il ne restait plus qu'une seule voiture de pompiers pour dégager le site. On avait fait venir une grue pour déplacer la benne à ordures. Une fois qu'elle fut désencastrée de la voiture, j'aurais pu mettre la Porsche dans ma poche. Connie était venue chercher Lula pour la ramener au travail, et la plupart des conducteurs de bennes revenus de leur tournée s'étaient désintéressés de l'accident et dispersés.

Morelli, arrivé sur place peu après le premier camion de pompiers, se tenait dangereusement près de moi, les poings sur les hanches, le regard noir, me soumettant à un interrogatoire musclé.

— Tu peux répéter? fit-il. Pourquoi est-ce que Ranger t'a donné cette Porsche?

— C'est une voiture de fonction. Tous ceux qui travaillent pour lui ont une voiture noire, et comme la mienne est bleue...

— Il t'a donné une Porsche.

Je lui lançai un regard aussi noir que le sien.

— Et alors? Où est le problème?

— Je veux savoir ce qu'il y a entre Ranger et toi, c'est ça le problème !

— Je viens de te le dire ! Je fais un boulot pour lui !

Et du charme aussi je crois bien, mais le dire à Morelli ne me parut pas indispensable. Et puis, c'était quoi, ce plan ? L'hôpital qui se moquait de la charité ?

Morelli ne parut pas satisfait et pas content du tout.

— Je suppose que tu n'as pas pris la peine de vérifier la validité de l'immatriculation de la Porsche ?

— Tu supposes juste.

Et il y avait peu de chance que quelqu'un puisse jamais la vérifier étant donné que la Porsche faisait dorénavant cinq centimètres d'épaisseur.

— Ça ne te tracassait pas de conduire une voiture éventuellement volée ?

— Ranger ne me prêterait pas une voiture volée.

— Ranger prêterait une voiture volée à sa mère. D'où il les tire toutes ces voitures qu'il refile à la ronde ? De son chapeau ?

— Je suis sûre qu'il y a une explication logique.

— Telle que ?

— Telle que je ne sais pas. Et de toute façon, il y a des choses bien plus importantes que ça qui me tracassent pour le moment. Entre autres, pourquoi ma voiture a-t-elle explosé ?

— Bonne question. Je pense qu'il est hautement improbable que la collision avec la benne en soit la cause. Si tu étais quelqu'un de normal, je serais bien en peine de trouver une explication, mais comme il s'agit de toi... à mon avis, quelqu'un avait placé une bombe.

— Pourquoi n'a-t-elle pas explosé au moment où j'ai mis le contact ?

— J'ai demandé à Murphy, notre expert. Il pense qu'elle a dû être réglée sur une minuterie de sorte qu'elle explose en pleine rue et non sur le parking.

— Donc, le poseur de bombe est peut-être quelqu'un de la RGC qui ne voulait pas que l'explosion se passe dans les locaux ?

— On a cherché Stemper, on ne l'a pas trouvé.

— Et sa voiture ?

— Toujours là.

— Tu plaisantes ? Il ne s'est pas envolé.

Haussement d'épaules morellien.

— Ça veut pas dire grand-chose. Il a pu aller boire un pot avec un pote. Ou en avoir marre d'attendre qu'on ait nettoyé le parking pour que les voitures puissent en sortir et il est rentré chez lui par un autre moyen.

— Mais vous allez le rechercher, hein, les gars ?

— Affirmatif.

— Et il n'est pas encore rentré chez lui ?

— Pas encore.

— J'ai une théorie, lui dis-je.

Sourire morellien.

— C'est le moment que je préfère.

— Je pense que Lipinski détournait des fonds. Et peut-être Martha Deeter était-elle aussi dans le coup, ou peut-être avait-elle découvert le pot aux roses, ou peut-être était-elle tout simplement une empêcheuse de tourner en rond. Bref, je pense que Lipinski gérait un petit compte perso.

Je montrai à Morelli les avis de débit et lui narrai ma petite enquête à la banque.

— Et tu penses que l'autre gus qui bosse pour le fournisseur d'accès au câble, John Curly, détourne lui aussi de l'argent ? me demanda-t-il.

— Il y a des similitudes.

— Et que Fred aurait disparu parce qu'il faisait trop d'histoires ?

— Pas seulement.

Je lui parlai des ordures ménagères monstrueuses dans le sac-poubelle, de Laura Lipinski et, pour finir, du congé sabbatique de Fred.

— Je n'aime pas ça, dit Morelli. J'aurais préféré que tu m'en parles plus tôt.

— Je viens de faire le rapprochement.

— Une longueur d'avance sur moi. J'ai été vraiment bête sur ce coup. Parle-moi du faux bookmaker.

— Bobosse.

— Ouais.

Je haussai le sourcil.

— Je croyais que vous travailliez ensemble.

— Il ressemble à quoi ton Bobosse ?

— Un cube avec des sourcils. À peu près ma taille. Brun. Une bonne coupe ne lui ferait pas de mal. Un peu dégarni. L'air de connaître la rue. Dégaine et vocabulaire de flic. Boit de la Corona.

— Je le connais, mais je ne peux pas dire que je bosse avec lui. Il ne travaille qu'avec une seule personne : lui.

— Je suppose que tu ne veux pas me faire partager ce que tu sais de lui ?

— Peux pas.

Mauvaise réponse.

— O.K., dis-je. Parlons clair. Un fédé me suit depuis des jours, il campe sur mon paillasson, il s'introduit chez moi et tu trouves que tout baigne !

— Non, je ne trouve pas que tout baigne. Je pense que ça justifie de lui flanquer une dérouillée. Je ne savais pas qu'il faisait ça, et j'ai l'intention de faire en sorte que ça cesse. Mais je ne peux vraiment pas te dire de quoi il retourne pour le moment. Ce que je peux te dire, en tout cas, c'est que tu devrais te retirer de cette enquête et nous laisser faire à partir de maintenant. Apparemment, tu marches sur mes brisées.

— Hum, hum. Et pourquoi serait-ce à moi de me retirer ?

— Parce que c'est toi qui as failli sauter sur une bombe. Ma voiture n'a pas explosé, que je sache !

— La journée n'est pas finie.

L'alphapage de Morelli se rappela à son bon souvenir. Il lut l'inscription et soupira.

— Il faut que j'y aille. Tu veux que je te dépose chez toi ?

— Non merci, je dois rester. J'ai fait prévenir Ranger. Je ne sais pas trop ce qu'il compte faire de la Porsche.

— Il va bientôt falloir qu'on parle de Ranger, toi et moi.

Aïe aïe aïe ! Je n'étais pas trop pressée d'avoir cette conversation.

Morelli contourna la grue et monta à bord de la Fairlane marron poussiéreux qui était sa voiture de fonction. Il démarra et sortit du parking.

Je reportai mon attention sur le grutier. Il manœuvrait le porte-charge. Le câble se souleva d'un coup sec, exposant les restes de la Porsche.

Un éclair noir scintilla derrière la grue. C'était la Mercedes de Ranger.

— Juste à temps, lui dis-je en guise d'accueil.

Il considéra les morceaux de métal aplatis et carbonisés qui pendillaient au bout de la grue.

— C'est la Porsche, dis-je, elle a explosé, elle a pris feu et la benne à ordures lui est tombée dessus.

— J'aime beaucoup le coup de la benne.

— J'avais peur que tu sois fou furieux.

— Les voitures, ça va, ça vient, *baby*. Les gens, c'est plus dur à remplacer. T'es O.K ?

— Ouais. J'ai eu de la chance. Je t'attendais pour savoir ce que tu voulais faire avec la Porsche.

— On ne peut plus tirer grand-chose de ce soldat mort au combat. Il ne nous reste plus qu'à nous éloigner de sa dépouille.

— Ce fut une supervoiture.

Ranger lui lança un dernier regard.

— Tu es peut-être plus du type 4 × 4, me dit-il en m'entraînant vers sa Mercedes.

Les réverbères de Broad Street étaient allumés quand on la traversa. Le crépuscule gagnait du terrain. Ranger enfila Roebling Street et s'arrêta devant chez Rossini.

— Je dois voir un type ici, j'en ai pour quelques minutes, dit-il. Viens boire un verre, et on pourra dîner tôt une fois que j'en aurai fini. Ça ne devrait pas être long.

— Ça concerne une affaire « chasseur de primes » ?

— Immobilier. C'est mon avocat. Il a des papiers à me faire signer.

— Tu achètes une maison ?

Il m'ouvrit ma portière.

— Un immeuble de bureaux à Boston.

Chez Rossini est un excellent restaurant du Bourg, plaisant mélange de confort et d'élégance avec linge de table et menu gastronomique. Plusieurs hommes en costume étaient au petit bar en chêne, au fond. Quelques tables étaient déjà occupées. D'ici à une demi-heure, la salle serait comble.

Ranger me guida jusqu'au bar et me présenta à son avocat.

— Stéphanie Plum, dit ce dernier. Votre visage me dit quelque chose.

— Je n'ai pas fait exprès de mettre le feu au salon funéraire. C'était un accident.

Il secoua la tête.

— Non, ce n'est pas ça, dit-il avec un sourire. J'y suis ! Vous étiez mariée avec Dickie Orr. Il a travaillé brièvement pour notre cabinet.

— Dickie a toujours fait les choses brièvement.

Surtout notre mariage. Le porc.

Vingt minutes plus tard, Ranger avait fait ses petites affaires, son avocat avait fini son verre et s'en était allé. On s'installa à une table. Ranger était noir aujourd'hui. T-shirt noir, jean cargo noir, bottes noires et blouson noir. Il garda son blouson et tout le monde dans la salle comprit pourquoi. Ranger n'est pas du genre à laisser son arme au vestiaire.

On commanda et Ranger se carra dans sa chaise.

— Tu ne parles jamais beaucoup de ton mariage, me dit-il.

— Et toi, tu ne parles jamais beaucoup tout court.

Sourire.

— Profil bas.

— Tu as déjà été marié ?

— Il y a longtemps.

Je ne m'étais pas attendue à cette réponse.

— Des enfants ?

Il me dévisagea un long moment avant de répondre.

— J'ai une fille. Elle a neuf ans. Elle vit avec sa mère en Floride.

— Tu la vois ?

— Quand je suis dans le coin.

Mais qui est donc homme ? songeai-je. Il possède des immeubles de bureaux à Boston. Et il est père d'une gamine de neuf ans. J'avais toutes les peines du monde à mettre ces faits nouveaux dans mon dossier mental Ranger-le-trafiquant-d'armes-chasseur-de-primes.

— Parle-moi de la bombe, me dit-il. J'ai

l'impression que je ne suis pas à jour pour ce qui est de ta vie.

Je lui confiai ma théorie.

Il était toujours vautré dans sa chaise, mais le contour de sa bouche s'était crispé.

— Les bombes, c'est pas bon ça, *baby*. Ça craint vraiment. C'est mauvais pour ton brushing.

— Tu as une suggestion ?

— Ouais, tu as déjà pensé à prendre des vacances ?

Je fis la moue.

— Des vacances, c'est au-dessus de mes moyens.

— Je peux te filer une avance pour services rendus.

Je me sentis rougir.

— Au sujet de ces services...

— Je ne paie pas pour le genre de services auxquels tu penses, si c'est ça qui t'inquiète, dit-il d'une voix sourde.

Boooooooooooon.

J'attaquai mes pâtes.

— Je n'ai pas envie de partir, de toute façon, dis-je. Je ne veux pas abandonner mon enquête sur oncle Fred. Et Rex ? Où est-ce que je le laisserais ? Et puis c'est bientôt Halloween. Je ne veux pas rater Halloween.

Halloween est une de mes fêtes préférées. J'adore la fraîcheur de l'air, les citrouilles et les décos à faire peur. Quand j'étais petite, je me fichais pas mal des bonbons que je collectais. Ce qui m'éclatait, c'était tout le côté déguisement. Ça en dit peut-être long sur ma personnalité, mais mettez-moi derrière un masque et je suis la plus heureuse des femmes. Pas un de ces horribles trucs en latex qui vous collent à la peau du visage et vous font suer sang et eau ; non, ce que j'aime, c'est ceux qui entourent les yeux et vous donnent un faux air de justicier solitaire. Et se peinturlurer le visage, ce n'est pas mal non plus.

— Bien sûr, je ne vais plus frapper aux portes en menaçant de jeter un mauvais sort si on ne me donne pas de bonbons, précisai-je en piquant un morceau de saucisse. Maintenant, je vais chez mes parents et c'est moi qui donne les sucreries. Mamie Mazur et moi, on se déguise toujours pour les enfants. L'année dernière, j'étais en Zorro et mamie en Betty Boop. Cette année, je crois qu'elle compte s'habiller en Spice Girl.

— Je te vois très bien en Zorro.

Pour tout avouer, Zorro est un de mes héros préférés. Zorro, c'est *The* Mec.

Comme dessert, je pris un tiramisu parce que c'était Ranger qui payait et parce que Rossini fait des tiramisus orgasmiques. Ranger se passa de dessert, bien entendu, car il ne voulait pas polluer son corps de glucides, car il ne voulait pas ajouter l'ombre d'un bourrelet à ses tablettes de chocolat. Je savourai mon entremets sans en laisser une miette puis, l'air de rien, je laissai tomber ma main sous la table et, d'une chiquenaude discrète, libérai le premier bouton-pression de mon jean.

Je ne suis pas une obsédée pondérale. Pour tout dire, je n'ai même pas de balance. Je me fais une idée de mon poids à la façon dont mes jeans me vont. Et, si déplaisant que ce fût à admettre, mon jean ne m'allait pas du tout du tout. Il fallait vraiment que je surveille mon alimentation. Et que je me fasse un programme de gym. *Demain. Je m'y mets dès demain. À partir de demain, je ne prends plus l'ascenseur, je monte par l'escalier... et je ne prends plus de muffins au petit déj.*

Je scrutai Ranger tandis qu'il me raccompagnait chez moi, voyant des détails au gré de la lumière des phares des autres voitures, de celle des réverbères des rues. Il ne portait pas de bague. Une montre au poignet gauche. Pas de diamant à l'oreille aujourd'hui. Fines pattes-d'oie. Des rides dues au soleil, pas au vieillissement. Côté âge, ma meilleure estimation était qu'il avait entre vingt-cinq et trente-cinq ans. Personne ne savait exactement. Et personne ne connaissait son passé. Il évoluait aisément dans les bas quartiers de Trenton, ayant le langage et la démarche de la zone et des minorités. Je n'avais vu aucune trace de ce Ranger-là ce soir. Ce soir, Ranger faisait plus Wall Street que Stark Street.

Nous demeurâmes silencieux pendant le trajet de retour jusque chez moi. Ranger s'engagea dans le parking que je scannai vite fait à l'affût d'affreux jojos. N'en voyant aucun, j'ouvris ma portière avant même que la Mercedes ne soit complètement arrêtée. À quoi bon s'attarder dans le noir avec Ranger et tenter le diable ? Je m'étais déjà assez ridiculisée comme ça le jour où j'étais à moitié pétée.

— T'es pressée ? fit Ranger d'un air amusé.
— Des trucs à faire.

Comme je m'apprêtais à descendre de voiture, il m'attrapa par la peau du cou.

— Tu vas faire attention à toi, hein ? dit-il.
— O-o-oui.
— Et tu sors toujours avec ton arme.
— Oui.
— Chargée.
— D'accord. Chargée.

Il me lâcha.

— Fais de beaux rêves, murmura-t-il.

Je courus à l'intérieur de mon immeuble, fonçai dans mon appartement, sautai sur le téléphone et appelai Mary Lou.

— J'ai besoin d'aide pour une planque ce soir, lui dis-je. Lenny peut garder les enfants ?

Lenny, c'est son mari. C'est un type sympa, mais il n'a pas grand-chose dans le ciboulot. Ça ne gêne pas du tout Mary Lou car ce qui l'intéresse avant tout, c'est qu'il en ait surtout dans le pantalon.

— On surveille qui ?
— Morelli.
— Oh, ma pauvre, tu es au courant.
— Au courant de quoi ?
— Ho-ho. Donc, tu ne sais pas.
— Quoi ? Mais quoi ?
— Terry Gilman.

Aaargh. Un direct dans le cœur.

— Quoi, Terry Gilman ?
— On l'a vue tard le soir avec Joe.

Incognito ne fait pas partie du vocabulaire du Bourg.

— Je suis au courant de ces rencontres nocturnes. Autre chose ?

— C'est tout.

— En dehors du fait qu'il voit Terry, il enquête aussi sur une affaire liée à la disparition d'oncle Fred, et il ne veut rien m'en dire.

— Quel con !

— Ouais. Et ça, alors que je lui ai donné quelques-unes des plus belles semaines de ma vie. Enfin bref. D'après ce qu'il me dit, il bosse tard la nuit, alors je pensais aller voir ce qu'il trafique.

— Tu viens me chercher en Porsche ?

— La Porsche est HS. J'avais pensé qu'on pourrait prendre ta voiture. Je crains que Morelli ne repère la Buick.

— *No problemo.*

— Mets des baskets et porte du noir.

La dernière fois que j'avais fait de l'espionnage avec Mary Lou, elle portait des bottines à talons aiguilles et des boucles d'oreilles en or grosses comme des assiettes. Pas vraiment la Femme Invisible.

— Vous allez espionner Morelli ? fit Briggs dans mon dos. Ah, ça doit valoir le déplacement.

— Il ne me laisse pas le choix.

— Je vous parie cinq dollars qu'il vous repère.

— Pari tenu.

— Il y a peut-être une explication pour cette histoire avec Terry, dis-je à Mary Lou.

— Ouais, comme... « c'est un enfoiré » ?

C'est une des choses que j'apprécie chez Mary Lou. Elle est toujours prête à croire que le pire est toujours sûr. Évidemment, dans le cas de Morelli, ce n'est pas très difficile. Il s'est toujours moqué de l'opinion des autres et n'a jamais levé le petit doigt pour remédier à sa réputation de belle canaille. Et dans le passé, ma foi, cette réputation était amplement justifiée.

Nous étions dans l'Espace de Mary Lou. Il fleurait bon l'Orebo, la sucette au raisin et le cheeseburger de chez McDo, et quand je me retournai pour regarder par la vitre arrière, je me trouvai face à deux sièges pour bébé qui me donnèrent le sentiment d'être un peu décalée. Nous étions à l'arrêt devant chez Morelli, regardant ses fenêtres, ne voyant rien. Les lumières étaient allumées, mais les rideaux fermés. Son pick-up était garé au bord du trottoir, donc il était sans doute chez lui, mais nous n'en avions pas la certitude. Sa maison était accolée à ses voisines, ce qui ne facilitait pas notre raid de surveillance car il nous était impossible d'en faire le tour en catimini pour jouer les voyeuses.

— On ne voit rien d'ici, dis-je. Allons nous garer dans la rue transversale, et approchons-nous à pied.

Mary Lou, qui avait suivi mes instructions à la lettre, était vêtue de noir. Blouson de cuir aux manches frangées, pantalon de cuir moulant et, compromis entre ma suggestion de mettre des baskets et ses dix centimètres de talon préférés, elle avait opté pour une paire de bottes de cow-boy.

La maison de Morelli se trouvait vers le milieu de la rue. Son petit jardin, bordé de haies broussailleuses, donnait sur une ruelle. Morelli ne s'était pas encore initié aux joies du jardinage.

Le ciel était couvert. La lune en était absente. Aucun réverbère ne bordait la ruelle. Ça me convenait parfaitement. Plus il fait noir, mieux c'est. Je portais mon ceinturon garni : bombe lacrymo, torche électrique, .38 Smith & Wesson, boîtier paralysant, téléphone portable. Je n'avais cessé de surveiller nos arrières en quête de signes de Ramirez, mais n'avais rien vu — ce qui ne me rassurait pas du tout étant donné que repérer Ramirez n'était apparemment pas un de mes dons.

On s'engagea dans la ruelle et on s'arrêta à hauteur du jardin de Morelli. Il y avait de la lumière dans la cuisine. Les stores de l'unique fenêtre de cette pièce et celui de la porte de derrière étaient levés. Morelli passa devant la fenêtre, et Mary Lou et moi reculâmes d'un pas dans l'ombre. Il revint et se posta devant le comptoir. Sans doute se préparait-il à manger.

La sonnerie de son téléphone parvint à nos oreilles. Morelli décrocha et arpenta la cuisine tout en parlant dans l'appareil.

— Ce n'est pas un coup de fil qui lui fait plaisir, dit Mary Lou. Il n'a pas souri une seule fois.

Morelli raccrocha et mangea un sandwich, toujours debout à son comptoir de cuisine. Il le fit glisser avec un Coca. Je me dis que le Coca, c'était bon signe. S'il comptait rester chez lui toute la soirée, il aurait sans doute pris une bière. Il éteignit la lumière de la cuisine.

Maintenant, j'avais un problème. Si je choisissais de surveiller le mauvais côté de la maison, je pourrais ne pas voir Morelli partir. Et le temps que je coure à la voiture et le prenne en chasse, il serait peut-être trop tard. Mary Lou et moi pouvions nous séparer, mais ça contredirait la raison de mon invitation. Je voulais une autre paire d'yeux pour surveiller l'arrivée potentielle de Ramirez.

— Viens, chuchotai-je en avançant à pas de loup vers la maison. Faut qu'on se rapproche.

Je collai mon nez à la vitre de la porte de derrière. Je distinguais très nettement la cuisine et la salle à manger. J'entendais la télé. Aucun signe de Morelli.

— Tu le vois ? s'enquit Mary Lou.
— Non.

Elle approcha son visage du mien pour regarder elle aussi.

— Dommage qu'on ne puisse pas voir la porte de devant d'ici, murmura-t-elle. Comment on pourra savoir s'il sort ?

— Il éteint les lumières quand il s'en va.

Clic. Les lumières s'éteignirent et le bruit de la porte d'entrée s'ouvrant et se refermant nous parvint.

— Merde !

D'un bond, je me décollai du carreau et piquai un sprint vers la voiture. Mary Lou m'emboîta le pas, s'en sortant plutôt bien malgré son pantalon moulant et ses bottes de cow-boy — et le fait que ses jambes sont plus courtes que les miennes.

On sauta dans l'Espace, Mary Lou enfonça la clé dans le contact et la voiture familiale passa en mode chasse à l'homme. On prit le virage à la corde, et on aperçut les phares arrière de Morelli disparaître au moment où il tournait à droite deux rues plus loin.

— Génial, dis-je. Pas la peine d'être trop près, il risquerait de nous repérer.

— Tu penses qu'il a rendez-vous avec Terry ?

— C'est possible. Ou peut-être va-t-il relayer quelqu'un en planque.

Maintenant que le premier choc était passé, je trouvais difficile à croire que Joe ait une histoire d'amour ou de cul avec Terry Gilman. Ça ne collait pas avec l'homme qu'il était. Ça ne collait pas avec le flic qu'il était. Joe ne se compromettrait pas avec les Grizolli.

Il m'avait dit qu'il avait quelque chose en commun avec Terry — les mœurs. Et je soupçonnais que leur lien, c'était ça. Il était possible que Joe et Terry travaillent ensemble, même si je ne voyais pas trop sur quoi. Et vu que les fédés étaient en ville, j'en concluais que Vito Grizolli n'y était pas pour rien. Peut-être Joe et Terry servaient-ils d'intermédiaires entre Vito et les fédés ? D'ailleurs, l'intérêt que Bobosse portait aux avis de débit étayait ma théorie de détournement de fonds. Mais pourquoi le gouvernement fédéral s'intéressait-il à un détournement d'argent de niveau artisanal, là, je séchais.

Joe s'engagea dans Hamilton Avenue et

s'arrêta devant le 7-Eleven cinq cents mètres plus loin. Mary Lou passa devant lui à toute allure, tourna à la rue suivante et s'arrêta au coin, phares coupés. Joe ressortit du magasin, un sachet à la main, et il regagna sa voiture.

— Oh la la, je meurs d'envie de savoir ce qu'il y a dans ce sachet, dit Mary Lou. Ils vendent des capotes au 7-Eleven ? Je n'ai jamais fait attention.

— Il a acheté un dessert, décrétai-je. Je fais un pari sur une glace. Au chocolat.

— Et moi je parie qu'il va aller déguster cette glace chez Terry !

Il redémarra et reprit l'avenue en sens inverse.

— Non, dis-je. Il ne va pas chez Terry. Il rentre chez lui.

— Quel pied ! Moi qui croyais que j'allais avoir droit à de l'action.

Moi, ce n'était pas de l'action que je voulais. Ce que je voulais, c'était retrouver oncle Fred et reprendre le cours normal de ma vie. Malheureusement, je ne risquais pas d'apprendre quoi que ce soit de nouveau si Morelli restait devant sa télé à manger de la glace toute la soirée.

Mary Lou roulait loin derrière Morelli, mais sans le perdre de vue. Il se gara devant chez lui, et Mary Lou et moi, on se gara dans la rue transversale, bis. On descendit de la familiale, on se faufila à pas furtifs dans la ruelle et on s'arrêta net à hauteur du jardin de Morelli. Il y avait de la lumière dans sa cuisine, et la silhouette de Joe allait et venait devant la fenêtre.

— Qu'est-ce qu'il fait ? demanda Mary Lou. Mais qu'est-ce qu'il fait ?

— Il prend une cuiller. J'avais raison : il est sorti s'acheter une glace.

La lumière s'éteignit en un clin d'œil et l'obscurité happa Morelli. Mary Lou et moi traversâmes son jardin sur la pointe des pieds, et regardâmes par la fenêtre.

— Tu le vois ? chuchota Mary Lou.

— Non, répondis-je sur le même ton. Il a disparu.

— Je n'ai pas entendu sa porte d'entrée.

— Non... mais il a allumé la télé. Il est juste hors de vue, quelque part...

— Dommage qu'il ait baissé les stores de ses fenêtres...

— Je m'en souviendrai pour la prochaine fois, dit Morelli.

Mary Lou et moi lançâmes un cri et voulûmes nous enfuir d'instinct, mais Morelli nous rattrapa toutes les deux par le pan de nos blousons.

— Regardez donc qui nous avons là ce soir, dit-il. Lucy et Ethel. C'est une soirée entre filles ?

— On cherche mon chat, dit Mary Lou. Il s'est perdu. On a cru le voir entrer dans ton jardin.

Sourire de Joe.

— Sympa de te voir, Mary Lou. Ça fait un bail.

— Je suis très occupée avec les gosses, tu sais, dit Mary Lou. Le foot, la maternelle, et Kenny qui n'arrête pas d'avoir des otites...

— Comment va Lenny ?

— Superbien. Il envisage d'embaucher quelqu'un. Son père va partir à la retraite, tu sais.

Lenny avait rallié l'entreprise familiale tout de suite après le bac. Stankovik & Fils, plomberie & sanitaires. Il gagnait bien sa vie, mais il sentait souvent les eaux usées et les tuyaux en métal.

— Il faut que je parle à Stéphanie, dit Morelli.

Mary Lou s'éloigna à reculons.

— Oh, je ne vais pas vous déranger. Je partais de toute façon, ma voiture est garée au coin.

Morelli ouvrit sa porte de derrière.

— Toi, me dit-il en lâchant mon blouson, tu entres. Je reviens tout de suite. Je vais raccompagner Mary Lou à sa bagnole.

— Inutile, protesta Mary Lou d'un air agité comme si elle était sur le point de prendre ses jambes à son cou. Je peux retrouver mon chemin toute seule.

— Il fait très noir, là-bas, dit Morelli à Mary Lou. Et tu as été contaminée par Calamity Jane ici présente. Je ne te quitte pas des yeux avant que tu sois remontée dans ta voiture.

J'obéis à Morelli. Je me précipitai à l'intérieur tandis qu'il raccompagnait Mary Lou. Dès qu'ils furent sortis du jardin, je passai en revue les numéros affichés sur son identificateur d'appels. Je les griffonnai sur un bloc-notes à côté du téléphone, arrachai la page et la fourrai dans ma poche. Le dernier appel reçu était masqué. Si j'avais su, j'aurais été moins prompte à filer doux devant Morelli.

J'avisai la glace posée sur le comptoir. Elle fondait. Autant la manger avant qu'elle ne soit plus qu'une flaque bonne pour la lavette.

J'en savourais la dernière cuillerée quand Morelli resurgit. Il ferma la porte, tourna la clé, baissa le store.

Je le regardai d'un air interrogateur...

— C'est juste qu'il y a des sales types qui te suivent, me dit-il. Et je n'ai pas envie qu'on te tire dessus à travers ma porte vitrée.

— À ce point-là ?

— On a placé une bombe sous ta bagnole, ma chérie !

Je commençais à m'y habituer.

— Comment tu nous as repérées, Mary Lou et moi ?

— Règle numéro un : quand on a le nez collé à une fenêtre... ne pas parler. Règle numéro deux : quand on fait une surveillance, ne pas utiliser la voiture de sa meilleure amie. Règle numéro trois : ne jamais sous-estimer la curiosité maladive des voisins. Mme Rupp m'a téléphoné pour me demander ce que tu fichais dans la ruelle à regarder par la fenêtre de chez elle, et elle voulait appeler la police. Je lui ai dit qu'il y avait de grandes chances que tu sois en train de regarder par la fenêtre de chez moi, que, de toute façon, la police, c'était moi, et que, par conséquent, il était inutile qu'elle appelle le commissariat.

— Mouais... de toute manière, tout ça, c'est ta faute parce que tu ne me dis rien !

— Si je te disais de quoi il retourne, tu le dirais à Mary Lou qui le dirait à Lenny qui le dirait à tous ses plombiers et le lendemain ce serait dans le journal.

— Mary Lou ne raconte pas tout à Lenny, lui fis-je remarquer.

— C'était quoi son accoutrement ? Elle faisait penser à la Voisina Dominatrixa. Il ne lui manquait que le fouet et le mac.

— C'est une forme d'affirmation de soi.

Le regard de Morelli glissa sur mon ceinturon.

— Et ça, c'est ta façon d'affirmer quoi ? demanda-t-il.

— Ma peur.

Il hocha la tête d'un air désabusé.

— Tu sais quelle est ma plus grande peur ? dit-il.

— ...

— Qu'un jour tu sois la mère de mes enfants.

Je ne savais trop si cette déclaration me faisait plaisir ou m'agaçait, du coup, je changeai de sujet.

— Je mérite que tu me mettes au courant de cette enquête, dis-je. J'y suis mêlée moi aussi, que tu le veuilles ou non.

Il continuait de me regarder, l'air impassible. Alors, je décidai de porter l'estocade.

— Et je te signale que je suis au courant de tes rencontres nocturnes avec Terry Gilman ! Et ce n'est pas tout. Je ne vais pas laisser tomber. Je vais continuer à te harceler et à te poursuivre jusqu'à ce que je sache ce qu'il en est exactement.

Et vlan !

— J'ai envie de te ligoter, de t'enrouler dans

un tapis et de te jeter à la décharge publique, dit Morelli. Mais Mary Lou risquerait de me dénoncer.

— O.K., et si on faisait l'amour ? On pourrait peut-être s'entendre...

Sourire de Joe.

— Là, tu commences à m'intéresser, dit-il.

— Parle d'abord.

— Pas si vite. Je veux d'abord savoir ce que j'aurai en échange de ces infos.

— De quoi as-tu envie ?

— De tout.

— Tu ne travailles donc pas ce soir ?

Il regarda sa montre.

— Oh, merde, si ! Je travaille. En fait, je suis en retard. Je dois relayer « Bobosse » qui est en planque.

— Vous surveillez qui ?

Il me regarda un long moment.

— O.K., finit-il par dire, je vais te briefer, parce que je n'ai pas envie que tu écumes tout Trenton à ma recherche. Mais si jamais j'apprends que tu as répété ça à qui que ce soit, je te jure que cette fois... je ne te raterai pas.

Je levai la main.

— Motus et bouche cousue, dis-je. Parole de scout.

13

Morelli s'adossa au comptoir de la cuisine et croisa les bras.

— Il est apparu des divergences entre les recettes de la chaîne de pressings de Vito Grizolli et sa déclaration de revenus, dit-il.

— Tu m'étonnes !

— Ouais. Donc les fédés ont décidé de l'épingler. Ils commencent leur enquête, mais voilà qu'ils découvrent qu'en fait Vito perd de l'argent à son insu.

— Tu veux dire que quelqu'un détourne des fonds chez Vito ?

Morelli partit à rire.

— Incroyable, non ? fit-il.

— Oh, c'est... monnaie courante.

— En tout cas, ça explique que les fédés bossent avec Vito pour épingler un plus gros poisson.

— Quel genre de poisson ?

Haussement d'épaules de Morelli.

— 'sais pas. Les deux cerveaux avec qui je travaille pensent qu'il y a une nouvelle organisation mafieuse sous roche.

— Et toi, qu'est-ce que tu en penses ?

— Jusqu'à ce que tu me montres les avis de débit, je pensais que c'était juste un gus à forte pulsion de mort qui voulait rembourser son emprunt immobilier. Depuis, je ne sais plus trop qu'en penser. Mais une nouvelle organisation mafieuse, ça me paraît aller un peu loin. Je n'en vois aucun autre signe.

— Ce n'est peut-être qu'une coïncidence.

— Je ne crois pas. Il y a trop de recoupements. Trois sociétés sont impliquées jusqu'à présent. Trois employés chargés de la comptabilité sont passés de vie à trépas. Un autre est porté disparu. Fred a disparu. Quelqu'un a placé une bombe sous ta voiture.

— Et la banque ? Est-ce que l'argent détourné de Vito est passé par la First Trenton ?

— Oui. Ce serait utile de faire quelques vérifications de ce côté-là, mais ça risquerait d'alerter celui ou ceux qui sont dans le coup qu'une enquête est en cours. Il se trouve que la RGC est aussi soupçonnée de fraude fiscale. Et RGC, ça veut dire Ruben, Grizolli et Cotell. Je savais que Grizolli était un des associés, mais pas qu'il y avait eu des irrégularités. Mes contacts chez les fédés ne m'avaient pas raconté ça.

— Vous travaillez en équipe et ils ne t'ont pas parlé de la RGC ?

— Tu ne connais pas ces mecs. Ils ont les dents longues. Ils n'aiment pas bosser en binôme avec des flics locaux.

Je lui fis mon plus beau sourire.

— Ouais, je sais, dit-il. On dirait que je viens de faire mon portrait. Bref, Bronfman, le type que tu connais sous le nom de Bobosse, surveillait les allées et venues à la RGC. Il était assis au snack-bar sur le trottoir d'en face le vendredi où Fred a disparu. Je suppose que Fred est un lève-tôt car il est arrivé à la RGC avant l'ouverture. Du coup, il est allé boire un café en face. Bronfman et lui ont engagé la conversation, et Bronfman s'est rendu compte que Fred était un de ceux dont le compte n'était pas enregistré. Le mardi suivant, Bronfman s'est dit que ça pourrait lui être utile d'avoir un des avis de débit de Fred. Il est allé à son domicile, mais Fred avait disparu. Quand Mabel lui a dit que tu étais sur l'affaire, Bronfman a décidé de se servir de toi comme bouclier. Tu pouvais fouiner, poser des questions sans que personne ne panique. Ça ne s'est pas passé exactement comme il l'avait escompté car il n'avait pas pris en compte ta nature revêche et méfiante.

— Je ne lui ai pas dit grand-chose.

— Non. Ses efforts ne lui ont rien rapporté, que dalle. C'est la bonne nouvelle.

Morelli planta son regard dans le mien.

— Maintenant que tu sais ce qu'il en est, dit-il, tu vas me dire ce que tu as trouvé, hein ?

— Bien sûr.

Peut-être.

— Bon sang ! fit Morelli.

— Hé, je te dirai peut-être quelque chose.

— Désolé, mais je n'avais pas assez d'éléments pour les mettre en rapport plus tôt.

— C'est en partie ma faute.

— Ouais, en partie ta faute. Tu ne me dis pas assez de choses. C'est en partie ma faute aussi.

— Quel est ton rôle auprès des fédés ?

— Vito refuse de traiter avec eux directement. Il dit qu'il ne veut parler qu'à quelqu'un qu'il connaît. Et je suppose qu'il se sent protégé quand les infos passent par deux filtres. Donc, il parle à Terry, Terry me parle et moi je parle à Frick et Frack.

— Qui avez-vous dans le collimateur ?

D'une chiquenaude, Morelli éteignit la lumière de la cuisine.

— Le responsable des comptes clients de Vito. Harvey Tipp.

— Vous avez intérêt à le surveiller de près. Son espérance de vie n'est peut-être plus très longue.

Morelli me déposa chez moi et continua sa route pour aller relayer Bronfman.

— Merci taxi, lui dis-je.

Il m'attrapa par le col au moment où je me détournais pour descendre.

— On a passé un deal, me rappela-t-il. Et tu as une dette envers moi.

— Maintenant ?

— Plus tard.

— Quand, plus tard ?

— À déterminer. Je voulais juste que tu n'oublies pas.

Ça ne risque pas !

Briggs travaillait à son ordinateur quand j'arrivai chez moi.

— Vous faites de longues journées, lui dis-je.

— Faut que je termine un projet. J'ai perdu

pas mal de données quand je me suis fait cambrioler. Une chance que mon portable ait été dans le placard de ma chambre, et qu'ils ne l'aient pas vu. J'avais sauvegardé la plus grosse partie de mon travail dessus, alors ce n'est pas la vraie cata.

Je me réveillai à quatre heures et ne pus me rendormir. Je restai ainsi pendant une heure, écoutant les bruits en provenance de mon escalier de secours, échafaudant un plan de fuite au cas où un quidam lancerait une bombe dans ma fenêtre. Je finis par renoncer et allai à la cuisine sur la pointe des pieds dans l'idée de me préparer un en-cas. J'avais tant de sujets d'inquiétude que je m'y perdais. Fred était le dernier de la liste. Morelli venant exiger son dû était beaucoup plus près du haut.

Briggs arriva en traînant les pieds.

— Encore sous le choc ?

— Ouais. Trop de trucs dans la tête. Je n'arrive pas à dormir.

Je baissai les yeux vers lui. Il portait un pyjama Winnie l'Ourson.

— Sympa le pyjama, dis-je.

— J'ai beaucoup de mal à trouver des choses qui me vont. Quand je veux vraiment impressionner les dames, je porte le Spider Man.

— C'est dur d'être une personne de petite taille ?

— Il y a des hauts et des bas. J'obtiens pas mal de faveurs parce qu'on me trouve mignon, et puis j'essaie de tirer parti de mon statut de minorité.

— J'avais remarqué.

— Hé, faut tirer parti de ce que Dieu vous a donné.

— C'est sûr.

— Alors, vous avez envie qu'on fasse un truc ? Une partie de Monopoly ?

— D'accord, mais c'est moi qui tiens la banque.

On jouait encore à sept heures quand le téléphone sonna.

— Je suis sur ton parking, me dit Ranger. Tu descends ou tu veux que je monte ?

— Comment se fait-il que tu m'appelles ? D'habitude, tu forces ma porte.

— Je ne voulais pas prendre le risque de te foutre une trouille bleue et de me faire tirer dessus.

— Bon raisonnement. Qu'est-ce qui t'amène ?

— Des roues, *baby*.

Je m'approchai de la fenêtre, ouvris les rideaux et baissai le regard sur Ranger. Il était adossé à une BMW noire.

— J'arrive, dis-je. Donne-moi le temps de m'habiller.

Je jetai mes jambes dans un jean et mes pieds dans des baskets pourries, puis je recouvris ma chemise de nuit en coton d'un sweat-shirt gris deux fois trop grand pour moi. Je chopai mes clés et enfilai les marches.

— Tu fais peur à voir, *baby,* dit Ranger en me voyant.

— Un ami m'a suggéré que ce look pourrait être un nouveau moyen de contraception.

— Tu ne fais pas peur à ce point-là.

Je lissai un faux pli imaginaire de mon sweat-shirt et regardai intensément une bouloche sur ma manche. Je relevai les yeux et m'aperçus que Ranger était hilare.

— La balle est dans ton camp, dit-il. Tu me préviens quand tu es prête.

— Pour la voiture ?

Son sourire, encore.

— Tu es sûr que tu veux me prêter une autre voiture ?

— Celle-ci est équipée de détecteurs sous le châssis.

Il brandit une petite télécommande.

— Tu appuies sur le bouton vert pour les lancer. S'il y a quoi que ce soit de suspect sous ta voiture, l'alarme se déclenche et le voyant rouge sur le tableau de bord s'allume. Malheureusement, ils ne savent pas faire la différence entre un chat, un balle de base-ball et une bombe, alors si le voyant clignote, il faudra que tu fasses ta petite enquête toi-même. Pas parfait, mais c'est toujours mieux que d'appuyer sur l'accélérateur et d'être réduite en confettis. Ce n'est sans doute pas nécessaire car je doute que quelqu'un essaie de te faire sauter deux fois.

Il me donna la télécommande et m'expliqua le reste du système de sécurité.

— Exactement comme James Bond, dis-je.

— Tu as des projets aujourd'hui ?

— Il faut que j'appelle Morelli pour savoir si Mark Stemper, le gars qui m'a retenue à la

RGC, a refait surface. Ensuite, je suppose que je ferai ma ronde habituelle. Mabel. L'agence. Harceler la RGC.

Et ouvrir l'œil pour Ramirez.

Et aller voir un psy?

— Il y a quelqu'un dans la nature qui doit avoir la rage que tu ne sois pas morte, dit Ranger. Autant que tu sortes en gilet pare-balles.

Il partit, et je suivis des yeux sa voiture qui s'éloignait, et avant de regagner mon immeuble, j'enclenchai les détecteurs de la BMW. Je terminai la partie avec Briggs, me douchai, secouai la tête dans l'espoir que cela donnerait du style à ma coiffure et appliquai du mascara pour qu'on remarque bien mes yeux et qu'on ne fasse pas trop attention au reste de ma personne.

Je brouillai un œuf et le mangeai avec un verre de jus d'orange et des multivitamines. Une nourriture saine en guise de petit déjeuner — juste au cas où je devrais tenir toute la matinée.

Je me dis que Ranger n'avait peut-être pas tort au sujet du gilet pare-balles. Ça m'aplatissait la poitrine, mais bon, qu'est-ce qui ne le faisait pas? Je portais un jean, des boots et un T-shirt sous le gilet plaqué contre mon corps. Je mis une chemise en coton bleue par-dessus le gilet, et je me dis que ce n'était pas si mal que ça.

Le voyant alerte à la bombe ne clignotait pas sur le tableau de bord de la BMW, alors je me sentis rassurée et pris place au volant. Mes parents étaient les premiers sur la liste des personnes à aller voir. Je me disais que ça ne me ferait pas de mal de boire une tasse de café et de faire le plein des dernières rumeurs.

Mamie apparut sur le seuil au moment même où je me coulais contre le trottoir.

— Ouah, ça, c'est de la voiture, dit-elle quand j'en descendis et que je mis le système de sécurité. C'est quoi comme marque ?

— Une BMW.

— On vient de lire dans le journal que tu avais une Porsche qui a sauté sous une bombe. Ta mère est dans la salle de bains, elle prend une aspirine.

Je gravis les marches de la véranda deux à deux.

— C'est dans le journal ?

— Oui, sauf qu'ils n'ont pas mis de photo de toi, cette fois. Juste une de la voiture. Bon sang, plate comme une crêpe aujourd'hui !

Super.

— Ils disent autre chose ?

— Ils t'ont surnommée La Chasseuse de Primes Explosive !

Peut-être une aspirine ne me ferait-elle pas de mal à moi non plus... Je laissai choir mon fourre-tout sur une chaise de la cuisine et pris le journal sur la table. Oh, mon Dieu, ça faisait la une !

— L'article dit que c'est très certainement une bombe, me raconta ma grand-mère. Mais une fois la benne tombée sur ta voiture, c'est sûr qu'ils ont dû avoir un mal de chien à faire le tri.

Ma mère nous rejoignit à la cuisine.

— À qui est cette voiture garée devant chez nous ?

— C'est la nouvelle BMW de Stéphanie, dit ma grand-mère. Elle est épatante, non ?

Un sourcil maternel se haussa dans ma direction.

— Deux nouvelles voitures ? fit-elle. Tu les sors d'où ?

— Ce sont des voitures de fonction.

— Oh ?

— Et je n'ai même pas eu à me faire sodomiser.

Ma mère et ma grand-mère en eurent le souffle coupé.

— Excusez-moi, dis-je. Ma langue a fourché.

— Je croyais que seuls les homosexuels se sodomisaient, fit remarquer ma grand-mère.

— Il suffit d'avoir un anus pour pouvoir le faire, lui rétorquai-je.

— Hum, hum, fit-elle. Il m'en reste encore quelque chose.

Je me servis une tasse de café et m'attablai.

— Alors, lançai-je. Quoi de neuf ?

Mamie Mazur prit un café et s'assit en face de moi.

— Harriet Mullen vient d'avoir un petit garçon. Ils ont dû lui faire une césarienne à la dernière minute, mais tout s'est bien passé. Oh, et Mickey Szajak est mort. Je crois qu'il était temps.

— As-tu entendu des choses sur Vito Grizolli ?

— Je l'ai croisé chez le boucher la semaine dernière, et j'ai trouvé qu'il avait forci.

— Comment s'en sort-il financièrement ?

— D'après ce qu'on m'a dit, ses pressings lui

rapportent énormément d'argent. J'ai vu Vivien au volant d'une nouvelle Buick.

Vivien, c'est la femme de Vito. À soixante-cinq ans, elle porte des faux cils et se teint les cheveux en roux flamboyant parce que c'est ainsi que Vito les aime. Quiconque ose la critiquer se retrouve chaussé de bottes en ciment et tombe accidentellement dans la Delaware.

— Je suppose qu'il ne circule aucune rumeur sur la First Trenton ?

— La banque ? demanda ma mère. Pourquoi t'intéresses-tu à la banque ?

— Je ne sais pas. Fred y a son compte. Je posais la question à tout hasard.

Ma grand-mère fixait ma poitrine.

— Tu as l'air différente, dit-elle. Est-ce que tu portes un de ces soutiens-gorge sport ?

Elle y regarda de plus près.

— Mazette ! J'ai compris ! Tu as mis un gilet pare-balles. Ellen, tu as vu ça ? Stéphanie porte un gilet pare-balles, alors ça, c'est quelque chose !

Ma mère devint pâle comme un linge.

— Pourquoi moi ? dit-elle.

Mon prochain arrêt fut chez Mabel.

Elle m'ouvrit et m'accueillit avec un grand sourire.

— Stéphanie, comme ça me fait plaisir de te voir, ma chérie. Tu veux un thé ?

— Je ne peux pas rester. Je passais juste pour prendre de tes nouvelles.

— Oh, comme c'est gentil de ta part. Je vais

très bien. Je crois que je me suis décidée pour les Bermudes.

Je pris une brochure sur la table basse.

— Croisières pour célibataires du troisième âge ?

— Ils ont des tarifs très avantageux, dit Mabel.

— Se serait-il passé quelque chose que tu ne m'aurais pas encore dit ? Aurais-tu eu des nouvelles de Fred ?

— Pas un mot. Si tu veux mon avis, il est mort.

En voilà une qui tenait le choc.

— Ça ne fait que deux semaines, dis-je. Il peut encore revenir.

Mabel coula un regard plein de convoitise vers la table basse.

— Tu as peut-être raison..., soupira-t-elle.

Dix minutes plus tard, j'étais à l'agence.

— Salut, cousine ! me lança Lula. T'as vu le journal de ce matin ? T'as droit à plusieurs colonnes. Et va pas croire que je suis vexée ou quoi ou qu'est-ce, mais j'suis même pas citée. Et on me donne pas un supersurnom genre La Chasseuse de Primes Explosive. C'est quand ils veulent que je les explose, moi !

— Je n'en doute pas, dis-je. C'est d'ailleurs pour ça que je me demandais si tu voulais bien m'accompagner encore aujourd'hui ?

— J'sais pas. Tu conduis quel genre de caisse ? T'es repassée à la Buick ?

— En fait, j'ai une BM.

Lula fonça regarder par la vitrine.

— Ouah, génial. Bien joué !

Vinnie passa la tête par l'entrebâillement de sa porte.

— Qu'est-ce qui se passe ?

— Stéphanie a une nouvelle bagnole. Celle-là, au bord du trottoir.

— Vous auriez entendu parler de quoi que ce soit de bizarre concernant la First Trenton ? demandai-je. D'un employé louche, par exemple ?

— Tu devrais demander au petit mec qu'on a vu hier, dit Lula. J'sais plus comment il s'appelle, mais il m'avait l'air sympa. Tu crois pas qu'il est louche, lui, quand même ?

— Difficile à dire qui est louche, lui répondis-je.

En vérité, je pensais que louche était un qualificatif un peu exagéré pour Shempsky.

— Tu la tiens d'où, cette voiture ? me demanda Vinnie.

— C'est une voiture de fonction. Je travaille pour Ranger.

Les traits de Vinnie se chiffonnèrent d'un gros sourire bien huileux.

— Ranger t'a refilé une bagnole ? Ha ! C'est quel genre de travail que tu fais pour lui ? Faut que tu sois superdouée pour obtenir une voiture pareille.

— Demande donc à Ranger, lui suggérai-je.

— Ouais, sûr, quand j'en aurai marre de vivre.

— Des nouveaux DDC sous le coude ? demandai-je à Connie.

— On en a eu deux hier, mais c'est de la menue monnaie. Je pensais que ça ne t'intéresserait pas. Apparemment, tu as de quoi faire en ce moment.

— Quel est le profil?

— Un voleur à l'étalage et un type qui bat sa femme.

— On prend le type qui bat sa femme, dit Lula. Nous, on laisse pas les types qui battent leur femme s'en sortir comme ça. Nous, on s'en occupe personnellement, des types qui battent leur femme.

Je pris le dossier des mains de Connie et le feuilletai. Kenyon Lally. Vingt-huit ans. Sans emploi. Long passé de violence conjugale. Deux condamnations pour conduite en état d'ivresse. Habitait dans une HLM. Aucune mention qu'il ait déjà tiré sur des chasseurs de primes.

— O.K., dis-je. On prend celui-là.

— Oh la la, fit Lula. Je vais te l'écraser comme une punaise, ce gars.

— Non. Non, non, non, non, on n'écrase aucune punaise. Pas de démonstration de force superflue.

— Ouais, sûr, je sais bien, dit Lula. Mais on pourrait démontrer de la force pas superflue, hein?

— Ce sera su-per-flu!

— En tout cas, ne lui fais pas la tête au carré comme avec l'autre crétin d'informaticien, dit Vinnie. Comme je te dis toujours : les coups de latte, dans les reins, là où ça se voit pas.

— Y a de quoi flipper d'être apparentée à un mec pareil, dit Lula en lui lançant un regard.

Connie remplit l'autorisation d'arrestation et

me rendit le dossier. Je le laissai tomber dans le fourre-tout que je rajustai sur mon épaule.

— À plus, dis-je.

— À plus, me répondit Connie. Et évite les bennes !

D'un coup de pouce sur la télécommande, je coupai l'alarme, et Lula et moi prîmes place dans la BM.

— Ça, c'est cool, dit Lula. Une femme de mon gabarit, c'est une caisse comme ça qu'il lui faut. Sûr que j'aimerais bien savoir où Ranger les trouve, toutes ces bagnoles. T'as vu cette petite plaque métallique avec des numéros dessus ? ben, c'est la plaque d'identification. Donc, en théorie, cette caisse, elle est pas volée.

— En théorie.

Ranger devait faire fabriquer ces plaques en gros. Je composai le numéro de Morelli sur le téléphone de voiture, et, à la sixième sonnerie, j'eus droit à son répondeur.

— J'sais bien que ça me regarde pas, dit Lula, mais qu'est-ce qu'il y a entre Morelli et toi ? Je croyais que c'était de l'histoire ancienne depuis que t'habitais plus chez lui.

— C'est plus compliqué que ça.

— Ton problème, c'est que tu sors qu'avec des mecs qui sont top au lit, mais pas top pour la bague au doigt.

— J'envisage de laisser tomber les mecs complètement. Le célibat, ce n'est pas si mal. On n'a plus à se soucier de s'épiler les jambes.

Le téléphone sonna, et je répondis via le haut-parleur.

— C'est quoi ce numéro ? s'enquit Morelli.

— Celui de ma voiture.
— La Buick?
— Non. Ranger m'en a donné une autre.
Silence.
— Quelle marque, cette fois? finit-il par demander.
— BM.
— Elle a une immatriculation?
— Oui.
— Fausse?
Je haussai les épaules.
— Apparemment pas.
— Ça va chercher loin au tribunal.
— Tu as eu des nouvelles de Mark Stemper?
— Non. Je crains qu'il ne soit en train de jouer au rami avec ton oncle Fred.
— Et Laura Lipinski?
— Elle a disparu de la surface de la terre. Elle est partie de chez elle jeudi, la veille du jour de la disparition de ton oncle.
Excellent timing pour être fourrée dans le sac-poubelle.
— Merci. C'est tout ce que je voulais savoir. Terminé.
Je m'engageai dans le parking du Grand Union, roulai vers la banque et me garai à une distance respectueuse des autres véhicules. Nous descendîmes de voiture et je branchai l'alarme.
— Tu veux que je reste ici au cas où quelqu'un rôderait dans le coin avec une bombe sur la banquette arrière et ne saurait pas où la poser? demanda Lula.
— Pas la peine. Ranger m'a expliqué que la voiture était dotée de détecteurs.

— Ranger t'a refilé une caisse avec des détecteurs de bombe ? Le directeur de la CIA, il en a même pas, lui, des détecteurs de bombe. J'ai lu qu'il avait juste droit à un miroir au bout d'une tige métallique.

— Je crois que ça n'a rien à voir avec la science-fiction. C'est seulement des détecteurs de corps étrangers fixés sous le châssis.

— Oh la la, j'aimerais bien savoir où Ranger les trouve, ses détecteurs de corps étrangers. Ça me paraît un bon soir pour cambrioler la résidence du gouverneur, non ?

Je commençais à me sentir bonne cliente de la banque. Je saluai le vigile à l'entrée, et fis un signe à Leona. Je cherchai Shempsky des yeux, mais il n'était nulle part en vue et son bureau était vide.

— Il est parti déjeuner, dit le vigile. Il fait sa pause plus tôt que d'habitude aujourd'hui.

Pas de problème. Leona me faisait signe d'approcher, de toute façon.

— J'ai lu ce qui t'est arrivé dans le journal, me dit-elle. Alors, ta voiture a sauté sur une bombe ?

— Oui. Et puis une benne à ordures lui est tombée dessus.

— C'était génial, commenta Lula. C'était géant.

— Pfft, fit Leona, il ne m'arrive jamais rien d'amusant à moi. Jamais ma bagnole saute sur une bombe ni rien.

— Oui, mais toi tu travailles dans une banque, lui dis-je. Et ça, c'est vachement cool.

Et puis tu as des enfants. C'est super, les enfants.

Bon, O.K., là, je ne suis pas tout à fait sincère pour les gosses. Mais je n'avais pas envie qu'elle ait le blues. C'est vrai, quoi, on n'a pas toutes la chance d'avoir un hamster.

— On est venues te demander si y avait des gens suspects qui bosseraient ici, lui dit Lula.

Leona parut décontenancée.

— À la banque?

— Heu... bon, peut-être le terme de suspect n'est-il pas approprié, dis-je. Y a-t-il quelqu'un ici qui pourrait avoir des contacts avec des gens qui... comment dire... ne sont pas forcément complètement respectueux des lois?

Leona leva les yeux au ciel.

— Presque tout le monde, dit-elle. Marion Beedle était une Grizolli avant de se marier. Tu connais Vito Grizolli? Sinon on a Phil Zuck qui s'occupe des emprunts logements et qui est le voisin de Sy Bernstein, l'avocat qui vient d'être rayé du barreau pour procédures illégales. Le vigile a un frère qui purge une peine à Rahway pour cambriolage. Tu veux que je continue la liste?

— Adoptons une autre approche. Y a-t-il quelqu'un ici qui te semble vivre au-dessus de ses moyens? Ou qui a désespérément besoin d'argent? Quelqu'un qui aime jouer? Ou consomme des drogues chères?

— Hum. Ça, c'est plus difficile comme question. Annie Shuman a un enfant qui a une maladie osseuse. Frais médicaux très élevés. On en a deux ou trois qui jouent au loto. Dont moi. Rose

White aime aller à Atlantic City pour tenter sa chance aux machines à sous.

— J'pige pas pourquoi tu veux savoir tout ça, de toute façon, me dit Lula.

— Nous savons que trois sociétés ont ouvert un compte supplémentaire dans cette banque. Nous pensons qu'il est possible qu'elles l'aient fait pour détourner des fonds. Donc, ce n'est peut-être pas un hasard que ces comptes aient été ouverts ici.

— Tu veux dire qu'y aurait quelqu'un de la banque qui serait impliqué ? demanda Lula.

— Je vois où tu veux en venir, dit Leona. Tu suggères qu'on blanchit de l'argent. Des fonds sont déposés sur ces comptes et ressortent presque aussitôt.

— Je ne sais pas s'il s'agit de blanchiment à proprement parler, dis-je. Où va cet argent ?

— Je n'ai pas cette info, répondit Leona. Il faudrait que tu voies ça avec un responsable, et encore je doute qu'il te réponde. Je suis sûr que ça doit être confidentiel. Tu devrais en parler à Shempsky.

Nous attendîmes une quinzaine de minutes, mais Shempsky ne se montra pas.

— On devrait peut-être aller chez le mec qui bat sa femme, suggéra Lula. Je te parie qu'il est assis dans son salon en train de boire une bière et de jouer au con.

Je regardai ma montre. Midi. Il y avait des chances que Kenyon Lally se lève à peine. Les ivrognes au chômage ont tendance à faire la grasse matinée. Peut-être une bonne heure pour le choper.

— O.K., dis-je. On y fait un saut.

— On va faire un tabac avec la BMW dans la cité HLM, dit Lula. Tout le monde va croire que tu deales.

Oh! chouette.

— Je sais qu'y a les détecteurs de bombe et tout ça, dit Lula après qu'on eut roulé un kilomètre, mais n'empêche que j'ai quand même le trouillomètre à zéro d'être assise à côté de toi.

Je ne la comprenais que trop bien.

— Je peux te ramener à l'agence si tu ne te sens pas bien.

— Ça non. J'ai pas peur à ce point-là. Mais ça fait cogiter, quoi. Ça me rappelle quand je tapinais. Je ressentais la même chose. On savait jamais si on montait pas dans la bagnole d'un dingue.

— Ça devait être dur comme boulot.

— La plupart de mes clients étaient des habitués, alors c'était pas trop mal. Le pire, c'était de faire le pied de grue au coin de la rue. Qu'il fasse chaud, qu'il neige, qu'il pleuve ou qu'il vente, fallait être là. Les gens croient que le plus dur, c'est d'être sur le dos, mais non. Le plus dur, c'est d'être sur tes deux jambes toute la journée et toute la nuit. J'ai chopé des varices à force d'être restée tant d'heures debout. Peut-être que si j'avais été une meilleure pute, j'aurais été plus souvent sur le dos et moins souvent sur mes deux jambes...

Je pris Nottingham Street jusqu'à Greenwood puis tournai à droite et traversai la voie ferrée. Les logements sociaux de Trenton me font penser à un camp de prisonniers de guerre et, en bien des façons, c'en est un. Cela dit, pour être juste, j'ai vu pire. Et c'est toujours mieux que de vivre dans Stark Street. Je suppose que l'idée de départ était de faire des appartements entourés de verdure, mais, dans la réalité, ce sont des bunkers de brique et de ciment ancrés dans de la terre sèche. Si je devais décrire ce quartier en un mot, je serais bien obligée de choisir l'adjectif « sinistre ».

— C'est l'immeuble d'après, me dit Lula. Appart 4B.

Je me garai au coin, un peu plus loin de façon que Lally ne puisse nous voir, descendis de voiture et étudiai la photo de notre homme.

— Sympa, ton gilet pare-balles, me dit Lula. Il va être bien utile pour le comité d'accueil.

Le ciel était gris et le vent soufflait à travers les cours. Quelques rares voitures étaient garées dans la rue, mais il n'y avait aucune activité à la ronde. Pas de toutous, pas de bambins, personne sur les vérandas. On aurait dit une ville fantôme sortie de l'imagination d'Hitler.

On marcha jusqu'à l'appartement 4B et on sonna.

Kenyon Lally vint nous ouvrir. Il était de ma taille, élancé, portait un jean taille basse et un maillot de corps thermique. Il n'était pas peigné, pas rasé. Il avait l'allure d'un homme qui tabasse les femmes.

— Hum, hum, fit Lula en le voyant.

— J'ai déjà donné, dit Lally.

Et il nous claqua la porte au nez.

— J'aime pas quand on me fait ce coup-là, dit Lula.

Je sonnai derechef.

Pas de réponse.

— Hé ! cria Lula. Agents de cautionnement judiciaires ! Ouvrez !

— Tu peux toujours courir ! cria Lally en retour.

— Bon, y en a marre de ces conneries, dit Lula.

Elle flanqua un grand coup de pied dans la porte qui s'ouvrit toute grande.

On en resta comme deux ronds de flan. Ni elle ni moi ne nous étions attendues à ce que ça marche.

— Ah, ces immeubles sociaux ! finit par dire Lula en hochant la tête. Franchement, on se demande...

— Ça, vous allez me le payer, dit Lally.

Lula était campée sur ses jambes, mains enfoncées dans les poches de son blouson.

— Ah ouais ? Et comment tu comptes t'y prendre ? dit-elle. Viens donc me chercher, Gros Bras.

Lally lui fonça dessus. Lula sortit une main de sa poche, la posa sur le torse de Lally et celui-ci s'effondra par terre comme un sac de sable.

— J'ai le boîtier paralysant le plus rapide des States, dit Lula. Oups, regarde ça... zut, j'ai buzzé Gros Bras sans le faire exprès.

Je passai les menottes à Lally et vérifiai qu'il respirait toujours.

— Mince, fit Lula. Je suis si maladroite que je lui ai donné un coup de pied...

Elle se pencha vers lui, boîtier paralysant en main.

— Tu veux que je lui redonne le grand frisson ?

— Non ! m'écriai-je. Pas de grand frisson !

14

Au bout d'un quart d'heure, Lally cligna des yeux et remua les doigts, mais je voyais qu'il faudrait encore un bon moment avant qu'il puisse se lever et marcher.

— Tu devrais t'inscrire dans un club de gym, lui dit Lula. Et laisser tomber la bière. T'as plus la forme. Je t'ai buzzé qu'une fois, et regarde-toi. J'ai jamais vu quelqu'un d'aussi lessivé après juste une petite décharge de rien du tout.

Je tendis les clés de contact à Lula.

— Va chercher la voiture, comme ça il aura moins à marcher.

— Y a des chances que tu me revoies plus.

— Ranger te retrouverait.

— Ouais, fit Lula, et ça, ce serait le meilleur.

Un quart d'heure plus tard, elle était de retour.

— Elle n'est plus là, dit-elle.
— Qu'est-ce qui n'est plus là ?
— La bagnole. Elle n'est plus là.
— Comment ça, elle n'est plus là ?
— Qu'est-ce tu comprends pas dans « elle n'est plus là » ?

— Tu ne veux quand même pas dire qu'elle a été volée ?

— Si. C'est exactement ce que je veux dire. On nous a piqué la caisse.

Mon cœur fit le grand écart. Je ne voulais pas en croire mes oreilles.

— Comment quelqu'un aurait-il pu la voler ? On n'a pas entendu l'alarme.

— Elle a dû se déclencher pendant qu'on était ici, à l'intérieur. La bagnole était pas tout près, et le vent souffle pas dans notre direction. De toute façon, ils savent comment s'y prendre pour ce genre de trucs, les cousins. Mais quand même, ça m'étonne. Je me disais qu'une si belle bagnole dans ce coin-là, ils penseraient que c'était à un dealer. Et les bagnoles des dealers, pas touche si on tient à sa qualité de vie. Je suppose que leur espérance de vie était déjà limitée à ces gars-là. Je suis arrivée au moment où le pick-up à plateau tournait deux rues plus loin. Ils devaient être dans le coin.

— Qu'est-ce que je vais dire à Ranger ?

— Que la bonne nouvelle, c'est qu'ils lui ont laissé ça.

Elle me tendit les deux plaques minéralogiques.

— Ils ont pas voulu des numéros d'immatriculation. Et ils ont laissé ça aussi. On dirait qu'ils ont retiré ça au chalumeau.

Elle laissa tomber un petit morceau de tableau de bord carbonisé dans ma main. La plaquette d'identification du véhicule y était toujours accrochée.

— C'est tout ?

— Ouais. Y avait plus que ça par terre.

Lally se contorsionnait sur le trottoir, essayant de se relever, mais ses gestes n'étaient toujours pas coordonnés et il avait les mains menottées dans le dos. Il bredouillait des insultes en bavant.

— 'pècedslope... 'spècedenculées...

Je fouillai dans mon fourre-tout en quête de mon portable, finis par le trouver et appelai Vinnie. Je lui expliquai que j'avais arrêté Kenyon Lally, mais que j'avais un petit problème de voiture, alors s'il voulait bien passer nous prendre, Lally, Lula et moi...

— C'est quoi ton problème? s'enquit-il.

— Rien. Aucune importance. Ne t'en fais pas.

— Je ne viens pas si tu ne me le dis pas. Et j'espère que ça vaut le déplacement!

Je poussai un soupir.

— On m'a volé la voiture.

— C'est ça?

— Ouais.

— Pfft, je m'attendais à mieux... je sais pas moi, qu'un train l'avait percutée... ou qu'un éléphant s'était assis dessus.

— Bon, tu viens nous chercher, oui ou non?

— J'arrive. Retiens-toi.

On s'assit pour l'attendre, et mon portable sonna. Lula et moi échangeâmes un regard.

— T'attends un coup de fil? me demanda-t-elle.

Nous pensions toutes deux qu'il pouvait s'agir de Ranger.

— Ben, réponds ! dit Lally. 'spècedeconnasse.

— C'est peut-être Vinnie, fit remarquer Lula. Il a peut-être croisé une chèvre en chemin et il a décidé de s'offrir un cinq à sexe.

Je farfouillai dans mon sac, retrouvai le téléphone, croisai les doigts et répondis.

C'était Joe.

— On a retrouvé Mark Stemper, m'annonça-t-il.

— Et ?

— Il n'est pas très en forme.

Zut.

— À quel point ? demandai-je.

— Au point mort. Une balle dans la tête. On a voulu faire passer ça pour un suicide, mais le problème, c'est qu'on ne lui a pas mis le revolver dans la bonne main. Il était gaucher.

— Aïe.

— Ouais. Pas très pro.

— C'est arrivé où ?

— Dans un immeuble abandonné à deux rues de la RGC. C'est un gardien qui l'a trouvé.

— Tu t'es demandé pourquoi Harvey Tipp était toujours en vie ?

— Je suppose qu'il ne représente pas de menace. Ou peut-être est-il proche du Big Boss. Ou peut-être n'est-il pas impliqué. On n'a rien sur lui outre le fait qu'il manque de pragmatisme.

— Je crois qu'il est temps que tu ailles lui parler.

— Je crois que tu as raison.

Moment de silence.

— Autre chose, dit Morelli. Tu roules toujours en BMW ?

— Qui ça, moi ? Non. J'ai renoncé à ce joujou.

— Que lui est-il arrivé ?

— Il s'est fait voler.

J'entendis le rire muet de Morelli à l'autre bout de la ligne.

— Ce n'est pas drôle ! criai-je. Tu crois que je devrais aller porter plainte ?

— Je crois que tu devrais commencer par prévenir Ranger. Tu veux que je vienne te chercher ?

— Non. Vinnie ne devrait pas tarder.

— À plus tard, Calamity Jane.

Je raccrochai et briefai Lula au sujet de Stemper.

— Y en a un qui laisse rien au hasard, dit-elle.

J'inspirai profondément et composai le numéro perso de Ranger. Pas de réponse. Téléphone de voiture. Pas de réponse. Je pouvais toujours essayer son portable, mais je n'avais pas envie de trop tirer sur la corde. Je laissai mon numéro sur son alphapage. La condamnée à mort grappillait quelques minutes.

De la fenêtre, je vis Vinnie arriver dans sa Cadillac. Je me dis que ça pourrait être sympa de le retenir ici une petite demi-heure pour voir si sa voiture disparaîtrait elle aussi, mais je renonçai à cette idée pour raisons pratiques. Il faudrait que j'appelle quelqu'un d'autre à la rescousse. Et pire que tout : je serais obligée de passer du temps avec Vinnie.

Aidée de Lula, je traînai Lally sur le trottoir et on attendit que Vinnie ait déverrouillé ses portières.

— Les déchets, sur la banquette arrière, dit-il.

— Quoi ! fit Lula, main sur la hanche. C'est qui que tu traites de déchets ?

— À bon entendeur..., fit Vinnie.

— À bon entendeur, c'est ton petit cul de pervers qui va se retrouver derrière ! brailla Lula.

— Pourquoi moi ? soupirai-je.

Je crus entendre ma mère et je fus prise d'une crise de panique éclair. J'aime beaucoup ma mère, mais je ne veux pas être comme elle. Je ne veux pas cuisiner de bons petits rôtis. Je ne veux pas vivre dans une maison avec une seule salle de bains pour trois personnes. Et je ne veux pas épouser mon père. Je veux épouser Indiana Jones. Je me disais qu'Indiana Jones était le juste milieu entre mon père et Ranger. Un peu comme Morelli. En fait, Morelli n'était pas loin du tout d'Indiana Jones. Oh, et puis de toute façon ça n'avait aucune importance puisque Morelli n'avait pas envie de se marier.

Vinnie nous déposa, Lula et moi, à l'agence et emmena Lally au poste de North Clinton.

— Oh, c'était géant ! s'exclama Lula. Dommage pour la caisse, c'est sûr. Mais il me tarde de voir ce que sera la prochaine.

— Il n'y aura pas de prochaine. Je ne veux plus de voitures. À partir de maintenant, je roule en Buick. Il ne lui arrive jamais rien à ma Buick.

— Ouais, fit Lula, mais ça c'est pas forcément un plus.

J'appelai la First Trenton, demandai à parler à Shempsky et j'appris qu'il était rentré chez lui pour soigner ses maux d'estomac. Je trouvai son numéro dans l'annuaire et tentai de le joindre. Pas de réponse. Juste histoire de, je demandai un rapide contrôle de ses crédits. Rien d'inhabituel. Emprunt logement, cartes de crédit créditrices.

— Pourquoi t'intéresses-tu à Shempsky ? demanda Lula. Tu crois qu'il est dans le coup ?

— Je n'arrête pas de penser à la bombe sous la Porsche. Il savait que je roulais en Porsche.

— Ouais, mais il a pu en parler à des gens. Il a pu dire à quelqu'un que t'allais à la société de ramassage des ordures dans ta Porsche toute neuve.

— C'est sûr.

— Tu veux que je te dépose quelque part ?

Je fis non de la tête.

— Un peu d'air et d'exercice, ça ne me fera pas de mal, dis-je. Je vais rentrer à pied.

— Ça fait loin.

— Pas tant que ça.

Je mis le pied sur le trottoir et remontai le col de mon blouson pour me protéger du vent. Le temps s'était rafraîchi. Le ciel était gris. C'était le milieu de l'après-midi, mais déjà il y avait de la lumière dans les maisons pour résister à la tombée du soir. Les voitures passaient dans Hamilton Avenue, leurs conducteurs concentrés sur leur destination. Il y avait peu de monde dans la rue. C'était une journée idéale pour rester chez soi, se faire un chocolat chaud ou entreprendre le grand ménage d'hiver. Mais c'était aussi une journée idéale pour être dehors, marcher sous les quelques feuilles encore accrochées aux arbres, se sentir ragaillardie par l'air vif. C'est la période de l'année que je préfère. Et s'il n'y avait le fait que des gens soient assassinés à droite à gauche, et que mon oncle Fred ait disparu, et que quelqu'un veuille ma peau, et que Ramirez souhaite m'organiser un tête-à-tête avec Jésus — ce serait une super-journée.

Une heure plus tard, j'entrai dans mon immeuble, et je me sentais bien. J'avais les idées claires et ma circulation était au top. La Buick trônait au parking, solide comme un roc, et tout aussi sereine. J'avais la clé de contact dans ma poche. Et si j'allais voir Shempsky chez lui ?

La porte de l'ascenseur s'ouvrit sur Mme Bestler. Elle sortit la tête de la cabine.

— Vous montez ?

— Non, lui dis-je. J'ai changé d'avis. J'ai des courses à faire.

— Les accessoires féminins sont en promotion au premier étage, dit-elle. Vingt pour cent de remise !

Elle rentra la tête et la porte se referma sur elle.

Je retraversai le parking et ouvris tout doucement la portière de la Buick. Rien ne fit *boum*, alors je me glissai au volant. Je mis le contact et bondis dehors. Je restai à bonne distance pendant dix minutes. Toujours pas d'explosion. Ouah ! Quel soulagement ! Je remontai en voiture, passai la première et roulai hors du parking. Shempsky habitait dans le quartier d'Hamilton, après Klockner Boulevard, derrière le lycée. Un coin de pavillons de banlieue. Deux voitures, deux revenus, deux enfants par famille. Ce ne fut pas difficile de trouver sa rue et sa maison. Très personnalisée. Porte encastrée entre deux pans de façade. Murs blancs et volets noirs. Très classe.

Je me garai au bord du trottoir, marchai jusqu'à la porte et sonnai. J'étais sur le point de répéter l'opération quand une femme m'ouvrit. Elle était joliment vêtue. Pull marron, pantalon assorti, mocassins. Cheveux courts coupés au carré. Maquillage Barbara Gould. Gentil sourire. Une compagne idéale pour Allen. Je craignais d'oublier tout de suite ce qu'elle me dirait et, d'ici à une demi-heure, de ne plus me souvenir du tout à quoi elle ressemblait.

— Maureen ? m'enquis-je.
— Oui ?
— Je suis Stéphanie Plum... on était dans la même école.

Elle se frappa le front.

— Mais oui, bien sûr ! Où ai-je la tête ? Allen m'a parlé de toi l'autre soir. Il m'a dit que tu étais passée à la banque.

Son sourire s'évanouit.

— J'ai appris pour Fred, dit-elle. C'est affreux.

— Tu ne l'as pas vu, je suppose ?

Juste au cas où elle le retiendrait prisonnier dans sa cave...

— Non !

— Je demande ça à tout le monde, dis-je en guise d'explication devant son air déconcerté.

— Et tu fais bien. J'aurais pu le voir passer dans la rue.

— Tout juste.

Jusqu'à présent, aucun signe d'Allen. Bien sûr, s'il était vraiment malade, il était peut-être alité à l'étage.

— Allen est ici ? Je suis passée à la banque pour le voir, mais il était sorti déjeuner, et puis j'ai été occupée. Je pensais qu'il était peut-être rentré à l'heure qu'il est.

— Non. Il rentre toujours à cinq heures.

Retour du sourire sur son visage.

— Tu veux entrer, l'attendre ? Je peux te faire une tisane ?

Ma part fouine ne demandait qu'à fureter dans la maison de Shempsky. La part de moi qui avait envie de vivre au moins jusqu'au lendemain estima plus sage de ne pas laisser la Buick sans surveillance.

— Je te remercie, mais une autre fois, répondis-je à Maureen. Je dois garder l'œil sur la Buick.

— M'maaaan ! cria un enfant de la cuisine. Timmy a un M & M coincé dans le nez.

Maureen hocha la tête en souriant.

— Les enfants, soupira-t-elle. Tu sais ce que c'est.

— Non, j'ai un hamster. Et c'est difficile de lui enfoncer un M & M dans la narine.

— Je reviens tout de suite, dit Maureen. J'en ai pour une seconde.

J'entrai dans le vestibule et Maureen se précipita à la cuisine. Je regardai autour de moi. Le salon se trouvait sur la droite. C'était une pièce vaste et agréable dans des tons bordeaux. Il y avait un piano droit contre un mur. Des photos de famille étaient posées dessus. Allen, Maureen et les enfants à la plage. Les mêmes à Disney World. Les mêmes à Noël.

Il y avait beaucoup de photos. Si l'une d'entre elles tombait par inadvertance dans mon sac, sans doute ne le remarquerait-on pas...

J'entendis un enfant crier, puis Maureen gazouiller que tout était super et que le méchant M & M était parti.

— Je reviens, dit-elle.

La télévision de la cuisine était allumée, et, en un clin d'œil, je m'emparai d'une photo, la fourrai dans mon sac et retournai me planter dans le vestibule.

— Excuse-moi, me dit Maureen en revenant. On n'a pas le temps de s'ennuyer avec eux !

Je lui tendis ma carte professionnelle.

— Si tu pouvais demander à Allen de m'appeler quand il rentrera...

— Oui, bien sûr.

— Au fait, il a quoi comme voiture ?

— Une Taurus bordeaux. Et puis la Lotus.

— Allen a une Lotus ?

— C'est sa danseuse.

Une danseuse qui coûte vraiment cher...

Comme je devais passer devant la galerie marchande pour rentrer chez moi, j'en profitai pour faire un détour par le parking et jeter un coup d'œil à la banque. L'agence était fermée.

Je fis le tour du parking en quête d'une Taurus bordeaux. Peine perdue.

— Allen, murmurai-je, mais où es-tu ?

Puis, comme elle n'habitait pas loin, je me dis que ça ne mangeait pas de pain d'aller dire un petit coucou à Irène Tully et d'en profiter, tant qu'à faire, pour lui montrer la photo d'Allen Shempsky. On ne peut jamais savoir ce qui va rafraîchir la mémoire de quelqu'un.

— Oh, pour l'amour du ciel ! s'exclama Irène en m'ouvrant la porte. Vous êtes toujours à la recherche de Fred ?

Elle lança un regard inquiet en direction de la Buick.

— Votre grand-mère est avec vous ?

— Non. Pas cette fois. Elle est restée à la maison. Je voulais vous demander si ça ne vous ennuierait pas de regarder une autre photo ?

— Encore une de ce mort ?

— Non. D'un vivant.

Je lui tendis la photo de Shempsky.

— Oh, comme ils sont mignons, dit-elle. Quelle famille adorable !

— Vous reconnaissez quelqu'un sur cette photo ?

— Pas vraiment. J'ai l'impression d'avoir déjà vu cet homme quelque part, mais je n'arrive pas à le restituer.

— Il pourrait être celui avec qui oncle Fred a parlé sur le parking ?

— C'est possible. Si ce n'est pas lui, il lui ressemble. C'était un homme ordinaire. C'est sans doute pour ça que je ne me le rappelle pas vraiment. Il n'avait rien de spécial. Évidemment, celui du parking, il ne portait pas une casquette avec des oreilles de Mickey ni un bermuda.

Je repris la photo.

— Je vous remercie de votre aide.

— C'est quand vous voulez, dit-elle. Vous avez toujours des photos tellement intéressantes.

Je dépassai la rue qui menait à mon immeuble et continuai dans Hamilton Avenue vers le Bourg. J'avais repensé à l'attentat à la bombe, et j'avais un plan. Étant donné que je n'allais nulle part ce soir, j'allais enfermer la Buick dans le garage de mes parents et me ferais raccompagner chez moi par mon père. Ainsi, non seulement la voiture serait en sécurité, mais cela présentait l'avantage supplémentaire pour moi de faire un bon dîner.

Je n'avais pas à m'inquiéter de la disponibilité du garage car mon père n'y mettait jamais sa voiture. Il y rangeait des jerricanes d'huile de vidange et des vieux pneus. Il y avait aussi installé un établi contre un mur. Un établi avec un étau, et des petits bocaux tout pleins de clous et de bitoniaux bien alignés les uns à côté des autres. Je n'avais jamais vu mon père travailler à son établi, mais quand il en avait vraiment trop marre de ma mère et de ma grand-mère, il allait s'enfermer dans le garage pour fumer un cigare.

— Oh ! dit Mamie Mazur sur le seuil de la porte. Mauvais signe. Où est la voiture noire ?

— Volée.

— Déjà ? Tu ne l'as même pas gardée une journée, celle-là !

J'allai à la cuisine prendre la clé du garage.

— Je vais mettre la Buick au garage pour la nuit, dis-je à ma mère. C'est O.K?

Elle porta la main à son cœur.

— Oh, mon Dieu! Tu vas faire sauter notre garage!

— Personne ne va faire sauter le garage, maman!

Tant que personne ne sait que la Buick s'y trouve...

— J'ai du jambon. Tu restes dîner?

— Ouais.

Je mis la Buick au garage, verrouillai à double tour tout ce qui pouvait l'être et retournai à la maison pour le menu jambon.

— Demain, ça fera deux semaines que Fred a disparu, dit ma grand-mère lorsque nous fûmes passés à table. Moi, j'aurais pensé qu'il serait déjà revenu à l'heure qu'il est — mort ou vif. Même les extraterrestres ne gardent pas les Terriens aussi longtemps. En général, ils vous mettent des sondes dans les boyaux, et ils vous relâchent.

Mon père s'affaissa sur son assiette.

— Alors, bien sûr, si ça se trouve, ils ont peut-être commencé à sonder Fred, et il leur a claqué entre les doigts. Qu'est-ce qu'ils font dans ces cas-là, à votre avis? Vous croyez qu'ils l'ont balancé dans l'espace? Si ça se trouve, leur soucoupe volante était au-dessus de l'Afghanistan quand ils ont éjecté Fred, et on ne le retrouvera jamais. Enfin, au moins, il n'est pas une femme, c'est déjà ça, parce que j'ai entendu dire qu'en Afghanistan les femmes ne sont pas bien traitées du tout du tout...

Ma mère, qui portait sa fourchette à sa bouche, immobilisa son geste et lança un regard en direction de la fenêtre. Elle demeura ainsi quelques instants, à l'écoute, puis se remit à manger.

— Personne ne va mettre une bombe dans le garage, maman. J'en suis quasiment sûre.

— Mince, fit ma grand-mère, ce serait quelque chose si quelqu'un faisait vraiment sauter notre garage. Alors là, ce serait une bonne histoire à raconter au salon de coiffure.

Je commençais à me demander pourquoi Ranger ne m'avait toujours pas rappelée. Ça ne lui ressemblait pas. Je mis mon fourre-tout sur mes genoux et farfouillai dedans en quête de mon portable.

— Qu'est-ce que tu cherches ? s'enquit ma grand-mère.

— Mon téléphone portable. J'ai un tel bazar dans ce sac que je ne trouve jamais rien.

Je commençai à tout sortir et à tout poser sur la table. Bombe de laque, brosse à cheveux, trousse à maquillage, torche électrique, mini-jumelles, plaques d'immatriculation de Ranger, flacon de vernis à ongles, boîtier paralysant...

Mamie Mazur se pencha par-dessus la table pour regarder tout ça de plus près.

— C'est quoi, ce machin ? demanda-t-elle.

— On appelle ça un boîtier paralysant.

— À quoi ça sert ?

— Ça émet une décharge électrique.

Mon père piqua un morceau de jambon, très concentré sur le contenu de son assiette.

Ma grand-mère se leva et fit le tour de la table pour mieux voir le boîtier paralysant.

— Qu'est-ce que tu fais avec ?

Elle le prit et l'examina sous toutes les coutures.

— Comment ça marche ?

Je fouillais toujours dans mon sac.

— Tu appuies l'extrémité en métal sur quelqu'un et tu enfonces le bouton.

— Stéphanie, dit ma mère, reprends ça à ta grand-mère avant qu'elle ne s'électrocute.

— Ah ! m'écriai-je.

Je venais de localiser mon portable. Je l'extirpai du sac et le regardai. Plus de batterie. Pas étonnant que je n'aie pas de nouvelles de Ranger.

— Tu as vu ça, Frank ? dit ma grand-mère à mon père. Tu as déjà vu un machin pareil ? Stéphanie dit qu'il suffit de toucher quelqu'un avec, puis de presser le bouton...

— Non !

Ma mère et moi avions crié d'une seule voix.

Trop tard. Mamie Mazur avait déjà posé l'extrémité du boîtier sur le bras de mon père et... *bzzzzzzzzzzzz.*

Les yeux de mon père se vitrifièrent, un morceau de jambon tomba de sa bouche, et il s'écroula par terre.

— Il a dû faire un infarctus, dit ma grand-mère, les yeux baissés sur lui. Je lui ai dit et redit qu'il prenait toujours trop de sauce.

— C'est le boîtier ! lui hurlai-je. Voilà ce qui se passe quand on s'en sert sur quelqu'un !

Ma grand-mère se pencha sur mon père.

— Je l'ai tué?

Ma mère s'agenouilla à côté de mon père.

— Frank? Frank, tu m'entends?

Je pris son pouls.

— Il va bien, dis-je. Mamie lui a juste grillé quelques neurones, mais il n'y aura pas de séquelles. Il sera sur pied d'ici à quelques minutes.

Mon père ouvrit un œil et péta.

— Oups, fit ma grand-mère. On a frappé?

On recula toutes les trois en éventant l'air de la main.

— J'ai fait un bon gâteau au chocolat pour le dessert, annonça ma mère.

J'appelai Ranger du téléphone de la cuisine et laissai un autre message sur son répondeur. « Désolée pour mon portable. La batterie est à plat. Je serai chez moi dans une demi-heure. Il faut que je te parle. » Ensuite, j'appelai Mary Lou pour lui demander si elle voulait bien me déposer chez moi. Je me disais que ce ne serait pas une très bonne idée de demander à mon père de conduire si peu de temps après s'être fait buzzé. Et je ne voulais pas que ma mère laisse ma grand-mère et mon père en tête à tête. Et surtout, je n'avais pas envie d'être là quand mon père piquerait sa crise contre Mamie Mazur.

— Je mourais d'envie d'avoir de tes nouvelles, pépia Mary Lou quand elle débarqua. Alors? Qu'est-ce qui s'est passé avec Morelli hier soir?

— Pas grand-chose. On a parlé de l'affaire sur laquelle il est en ce moment, et il m'a raccompagnée chez moi.

— C'est tout ?
— En gros, oui.
— Pas de... crac-crac ?
— Nan.
— Bon, soyons claires. Tu veux dire que, hier soir, tu étais avec deux des mecs les plus sexy du monde, et tu ne t'es fait ni l'un ni l'autre ?
— Il n'y a pas que les mecs dans la vie.
— Exemple ?
— Assurer toute seule.
— Fais attention, ça rend sourd.
— Non ! Je voulais dire, se sentir bien avec soi-même. Tu sais, comme faire un boulot et s'en tirer superbien. Ou comme lorsqu'on se donne une règle et qu'on s'y tient.

Mary Lou me gratifia de son air moue-dégoûtée-narines-plissées-regard-que'est-ce-que-c'est-que-ces-conneries.

— Quoiiiii ? gémit-elle.
— Bon, d'accord, ça ne m'est encore jamais arrivé, mais c'est possible !
— Oui bien sûr, quand les poules auront des dents. En tout cas moi, personnellement, je préfère avoir un orgasme.

Mary Lou vira dans mon parking et pila. Nous fûmes projetées contre nos ceintures de sécurité.

— Obondieu, s'écria-t-elle. Tu vois qui je vois ?

La Mercedes de Ranger était garée dans l'ombre près de la porte de mon immeuble.

— Zut, fit Mary Lou. Si c'était moi qu'il attendait, j'aurais prévu des Durex.

Ranger était adossé à sa voiture, bras croisés sur ses pectoraux, immobile. Présence très menaçante dans la nuit. Présence très Durex.

— Merci de m'avoir déposée, dis-je à Mary Lou tout en regardant Ranger et en me demandant ce à quoi il pensait.

— Ça va aller ? Il a l'air si... dangereux.

— C'est ses cheveux.

— Ce n'est pas que les cheveux.

C'étaient les cheveux, les yeux, la bouche, le corps, le revolver contre sa hanche.

— Je t'appelle demain, dis-je à Mary Lou. Ne t'en fais pas pour Ranger. Il n'est pas aussi méchant qu'il en a l'air.

Bon, d'accord, je ne dis pas toujours la stricte vérité, mais c'est toujours pour la bonne cause. Pas la peine que Mary Lou soit toute la nuit dans tous ses états.

Elle lança un dernier regard à Ranger et sortit du parking sur les chapeaux de roues. Je pris une profonde inspiration et m'avançai vers Ranger.

— Où est la BMW ? me demanda-t-il.

Je tirai les plaques minéralogiques et d'identification de mon fourre-tout et les lui tendis.

— J'ai eu comme un petit problème...

Il haussa les sourcils et un petit sourire frémit aux commissures de sa bouche.

— C'est tout ce qui reste de la voiture ?

J'acquiesçai et déglutis.

— On me l'a volée.

Son sourire s'élargit.

— Et ils t'ont laissé les plaques et ça ? C'est gentil.

Moi, je ne trouvais pas ça gentil du tout. Moi, je trouvais ça carrément nul à chier ! En fait, je trouvais que c'était ma vie qui était nulle à chier ! La bombe, Ramirez, oncle Fred — et puis juste au moment où je pensais réussir quelque chose, faire une arrestation, je me faisais voler ma voiture. Le monde entier était nul à chier et me faisait un pied de nez.

— C'est dur, la vie, dis-je à Ranger.

Une larme se forma au bord de ma paupière puis roula sur ma joue. *Aaargh !*

Ranger me dévisagea un long moment, puis il se retourna et jeta les plaques sur le siège arrière de sa Mercedes.

— Ce n'était qu'une voiture, *baby*. Ce n'est pas important.

— Ce n'est pas que la voiture, c'est... c'est tout.

Une autre larme se fraya un chemin hors de mon œil.

— J'ai trop de problèmes, hoquetai-je.

Ranger était tout près de moi. Je sentais sa chaleur. Et je voyais ses pupilles noires dilatées dans l'obscurité du parking.

— Tiens, en voilà un autre de problème, dit-il.

Et il se pencha vers moi et m'embrassa. Sa main sur ma nuque... sa bouche sur ma bouche... tout en douceur d'abord, puis plus exigeante... Il me serra contre lui et m'embrassa de nouveau, et le désir me submergea, chaud, mouillé, effrayant.

— Aïe, aïe, aïe, soupirai-je.

— Ouais, fit-il. Penses-y.

— Ce que je pense, c'est que... c'est que... c'est que ce serait une mauvaise idée.

— Bien sûr que ce serait une mauvaise idée. Si c'était une bonne idée, ça ferait longtemps que je serais dans ton lit, baby.

Il sortit une feuille de calepin de son blouson.

— J'ai un job pour toi demain. Un jeune cheikh qui rentre chez papa maman a besoin qu'on l'accompagne à l'aéroport.

— Ah non ! Pas question que je serve de chauffeur à ce petit con.

— Regarde les choses en face, Stéph. Il mérite que ce soit toi.

Un point pour lui.

— O.K., dis-je. De toute façon, je n'ai rien d'autre à faire.

— Voici les instructions, dit-il en me tendant la feuille. Tank t'apportera la voiture.

Et le voilà parti.

— Obondieu, dis-je. Qu'est-ce que je viens de faire ?

Je me précipitai dans le hall et appuyai comme une folle sur le bouton d'appel de l'ascenseur, parlant toujours toute seule.

— Il m'a embrassée... je l'ai embrassé... Où avais-je la tête ?

Je levai les yeux au ciel.

— J'avais la tête collée à la sienne... *oh ouiiii!*

La porte de l'ascenseur s'ouvrit et Ramirez en sortit.

— Bonjour, Stéphanie. Le champion t'attendait.

Je poussai un cri strident et bondis sur le côté,

mais je pensais trop à Ranger et pas assez à Ramirez, et je manquai de réflexe. Ramirez m'empoigna par les cheveux et me tira vers la porte.

— Le moment est venu, Stéphanie. Le moment est venu pour toi de voir ce que ça fait d'être avec un homme, un vrai. Et après, quand le champion en aura terminé avec toi, tu seras prête pour Dieu.

Je trébuchai et tombai sur un genou. Il continua de me tirer par les cheveux. J'avais une main dans mon fourre-tout, mais impossible de trouver la bombe lacrymogène ou le boîtier paralysant. Trop de bordel là-dedans. Je fendis l'air de mon sac et le touchai en plein visage. Il arrêta de me tirer, mais ne cilla même pas.

— Ça, c'était pas sympa, Stéphanie. Ça, tu vas le regretter, Stéphanie. Je vais être obligé de te punir avant de te remettre à Dieu.

Je résistai de toutes mes forces et hurlai à pleins poumons.

Deux portes s'ouvrirent au rez-de-chaussée.

— Mais qu'est-ce qui se passe ici ? demanda M. Sanders.

Mme Keene sortit la tête par l'entrebâillement de sa porte.

— C'est vrai, ça, qu'est-ce que c'est que ce raffut ?

— Appelez la police ! criai-je. Au secours ! Appelez la police !

— Ne vous inquiétez pas, ma chère, dit Mme Keene. J'ai mon revolver.

Elle tira deux coups et dégomma une ampoule.

— Je l'ai eu ? Vous voulez que je remette ça ?

Mme Keene avait de la cataracte et des culs-de-bouteille en guise de lunettes.

Ramirez avait fui par la porte au premier coup de feu.

— Vous l'avez raté, madame Keene, mais ça va. Vous lui avez fait peur.

— Vous voulez qu'on appelle quand même la police ?

— Je vais m'en occuper, leur dis-je. Merci.

Tout le monde me prenait pour une chasseuse de primes hors pair et comme je n'avais pas envie de gâcher mon image de marque, je marchai d'un pas très calme jusqu'à l'escalier et gravis les marches une à une en me disant de ne pas craquer... j'allais rentrer chez moi, fermer ma porte à double tour et appeler la police. Bien sûr, je pouvais toujours trouver mon revolver et courir après Ramirez dans le parking, mais, en vérité, j'avais vraiment trop peur. Et pour être tout à fait honnête, je ne suis pas une très bonne tireuse. Autant le laisser à la police.

Quand j'arrivai devant ma porte, j'avais déjà ma clé dans la main. J'inspirai profondément et réussis à l'enfoncer dans la serrure du premier coup. L'appartement était plongé dans l'obscurité et la quiétude. Il était trop tôt pour que Briggs soit couché. Il avait dû sortir. Rex tournait silencieusement dans sa roue. Le voyant rouge de mon répondeur clignotait. Deux messages. Un de Ranger, sans doute, laissé en début d'après-midi. J'allumai la lumière, posai mon sac sur le comptoir de la cuisine et fis défiler les messages.

Le premier était bien de Ranger. Il me demandait de le rappeler sur son alphapage.

L'autre était de Morelli.

« Il faut que je te parle. C'est très important. »

Je l'appelai chez lui.

— Alleeeez, dis-je. Décrooooche !

Pas de réponse. Alors, j'entamai le passage en revue des numéros en mémoire. Le premier était celui du téléphone de voiture de Morelli. Pas de réponse non plus. *Essaie son portable.* Je pris le téléphone et me dirigeai vers ma chambre... mais je m'arrêtai net sur le seuil.

Allen Shempsky était assis sur mon lit. Derrière lui, la fenêtre était brisée. Pas de mystère sur la façon dont il avait pénétré chez moi. Il tenait un revolver. Et il faisait peur à voir.

— Tu raccroches, me dit-il. Ou je te bute.

15

— Qu'est-ce que tu fais ici?
— Bonne question, me répondit Shempsky. Je me le demande aussi. Je pensais avoir tout prévu.
Il hocha la tête.
— Et tout est parti en eau de boudin..., dit-il.
— Tu n'as pas bonne mine.
Il avait les joues rouges, les yeux injectés de sang, hagards, les cheveux hirsutes. Il était en costume, mais sa chemise lui sortait du pantalon et sa cravate était toute vrillée.
— Tu as bu? lui demandai-je.
— Je ne me sens pas très bien.
— Tu ferais peut-être mieux de poser ce revolver.
— Peux pas. Faut que je te tue. Mais qu'est-ce qui ne va pas chez toi, hein? N'importe qui d'autre aurait laissé tomber à un moment. C'est vrai, quoi, tout le monde s'en fout de Fred.
— Où est-il?
— Ah! Encore une question.

J'entendis des bruits étouffés en provenance du placard.

— C'est le nain, dit Shempsky. Il m'a foutu une de ces trouilles. Je croyais qu'il n'y avait personne ici. Et tout d'un coup, je vois ce Munchkin qui se radine.

En deux enjambées, j'atteignis ma penderie. Je l'ouvris et baissai les yeux. Briggs était troussé comme une dinde de Noël, les mains liées derrière le dos avec mon fil à linge, du gros Scotch sur sa bouche. Il avait l'air d'aller. Mort de trouille et fou de rage.

— Ferme la porte, dit Shempsky. On l'entend moins la porte fermée. Je vais être obligé de le tuer, lui aussi, mais je repousse le moment. C'est comme buter Prof, ou Atchoum ou Grincheux. Et je dois t'avouer que ça me fout les boules de buter Atchoum. C'est mon préféré, Atchoum.

Ceux qui n'ont jamais été menacés au revolver à bout portant ne peuvent concevoir la terreur que cela représente. Et le regret que la vie soit trop courte et qu'on n'ait pas su l'apprécier à sa juste valeur.

— Tu n'as pas vraiment envie de nous tuer, Atchoum et moi, dis-je en faisant des efforts surhumains pour que ma voix ne tremble pas.

— Mais si. Hé, pourquoi pas ? J'ai bien tué tous les autres.

Il renifla et s'essuya le nez d'un revers de manche.

— Je me suis chopé la crève, dit-il. Ah, vraiment, quand les choses commencent à mal tourner...

Il se passa la main dans les cheveux.

— C'était une idée géniale pourtant. On prend quelques clients et on se les garde pour soi. Superclean. Sauf que je ne m'attendais pas à ce que des gens comme Fred viennent faire des vagues. On gagnait tous du blé. On ne faisait de mal à personne. Et puis d'un coup, *badaboum,* les gens se mettent à paniquer. Lipinski d'abord, puis John Curly.

— Alors, tu les as tués ?

— Qu'est-ce que tu voulais que je fasse d'autre ? C'est le seul moyen efficace pour faire tenir quelqu'un tranquille, tu sais...

— Et Martha Deeter ?

— Martha Deeter, dit-il dans un soupir. Une des choses que je regrette vraiment, c'est qu'elle soit morte et que je ne puisse plus la tuer de nouveau. S'il n'y avait pas eu Martha Deeter...

Il hocha la tête.

— Tu me passeras l'expression, mais elle avait vraiment un balai dans le cul côté comptabilité. Tout devait être fait strictement dans les règles. Impossible de la faire changer d'idée pour Shutz, alors que ça ne la regardait pas. C'était une hôtesse d'accueil bête comme une oie, mais il fallait qu'elle fourre son nez partout. Après ton départ, elle a décidé de s'occuper de tu tante et de toi, pour l'exemple. Elle voulait envoyer un fax au siège pour leur suggérer d'examiner votre problème à la loupe et de vous attaquer pour fausses réclamations. Tu imagines où ça pouvait mener ? Même s'ils s'étaient contentés de vous téléphoner pour calmer les choses, ça pouvait entraîner l'ouverture d'une enquête interne.

— Donc, tu l'as tuée ?

— Ça me paraissait plus prudent. Avec le recul, je me dis que c'était peut-être un peu exagéré, mais, comme je te disais, c'est le seul moyen vraiment efficace pour que quelqu'un se tienne tranquille. On ne peut pas faire confiance à la nature humaine, on ne peut pas, c'est comme ça. Et tu sais quoi ? J'ai fait une découverte surprenante. Ce n'est pas si difficile que ça de tuer quelqu'un.

— Où as-tu appris à fabriquer des bombes ?

— À la bibliothèque. En fait, la bombe, je l'avais faite pour Curly, mais, par hasard, je le vois traverser la rue pour aller à sa voiture. C'était tard le soir, il sortait d'un bar. Je n'arrivais pas à croire à ma chance. Je lui ai roulé dessus plusieurs fois. Il fallait que je sois sûr qu'il soit mort, tu comprends. Je ne voulais pas qu'il souffre. C'était pas un mauvais bougre. Juste... un chieur.

Je ne pus réprimer un frisson.

— Ouais, dit Shempsky, à moi aussi ça m'a filé la chair de poule la première fois que je lui ai roulé dessus. Alors je me suis imaginé que c'était un dos-d'âne. Enfin bref, j'avais cette bombe qui ne demandait qu'à sauter, et là-dessus j'apprends que tu es retournée à la RGC. J'ai appelé Stemper et je l'ai baratiné pour qu'il te retienne une demi-heure pour que la banque ait le temps de faire un jeu d'écriture pour l'avis de débit.

— Du coup, tu as dû tuer Stemper.

— Stemper, c'est ta faute ! Stemper serait encore en vie si tu n'avais pas été obsessionnelle avec cet avis de débit. Deux dollars !

Il renifla encore.

— Tous ces gens qui sont morts et ma vie qui part en couilles à cause de deux putains de dollars !

— Il me semble que tout a commencé avec Laura Lipinski, non ?

— Tu as fait le rapprochement ?

Il s'affaissa un peu sur mon lit.

— Elle menait la vie dure à Larry. Il avait commis l'erreur de lui dire pour l'argent. Elle le quittait, et elle exigeait sa part. Elle disait que si on ne la lui donnait pas, elle dirait tout à la police.

— Donc, tu l'as tuée ?

— Notre erreur, ç'a été notre façon de nous débarrasser du corps. Je n'avais jamais fait ça avant, alors j'ai pensé à le découper en morceaux, les fourrer dans des sacs-poubelle et les disperser à travers la ville la veille du passage de la benne. Primo, laisse-moi te dire que découper un cadavre, c'est pas de la tarte ! Et secundo, Fred Grippe-sou errait dans la ville dans le but d'économiser un dollar sur ses feuilles mortes, et il nous a vus, Larry et moi, avec le sac. Bon sang, c'était quoi le pourcentage de risque de se faire prendre ?

— Je ne comprends pas le rôle de Fred dans tout ça.

— Il nous a vus jeter le sac-poubelle, c'est tout. Il faisait la même chose, lui aussi. Le lendemain matin, Fred va à la RGC et Martha l'envoie bouler. Il s'en va en se disant qu'il a déjà vu le collègue de Martha quelque part. Un peu plus tard, il fait le rapprochement : c'est le type qui se débarrassait du sac-poubelle. Du coup, Fred retourne à l'agence immobilière avec un appareil photo et mitraille le sac sous toutes les coutures. Je suppose qu'il avait l'intention d'agiter les photos sous le nez de Larry pour l'embarrasser et le persuader d'accepter de le rembourser. Seulement au bout de deux ou trois photos, Fred a trouvé que le sac avait une forme un peu bizarre et sentait plutôt mauvais. Et Fred a ouvert le sac.

— Pourquoi n'est-il pas allé voir la police ?
— À ton avis ? Pour le fric.
— Il voulait vous faire chanter.

Voilà pourquoi Fred avait laissé l'avis de débit sur la table. Il n'en avait nul besoin. Il avait les photos.

— Fred râlait parce qu'il ne percevait pas de retraite complémentaire. Il a bossé cinquante ans à la fabrique de boutons, et touchait des clopinettes. Il prétendait avoir lu qu'il fallait tabler sur quatre-vingt-dix mille dollars pour pouvoir s'offrir une maison de retraite décente. C'est ce qu'il demandait. Quatre-vingt-dix mille dollars.

— Et Mabel ? Il ne voulait pas lui financer son séjour en maison de retraite ?

Shempsky haussa les épaules.

— Il n'a rien dit au sujet de Mabel.

Ah, le mufle !

— Pourquoi as-tu tué Larry ?

Non que ça m'intéressait énormément à ce stade, mais il fallait que je gagne du temps. Toujours plus de temps. Je n'avais pas envie qu'il appuie sur la détente. Si pour ça je devais continuer à lui faire la causette, alors j'allais m'y employer.

— Lipinski a eu la trouille. Il voulait laisser tomber. Il voulait prendre sa part et basta. J'ai bien essayé de l'en dissuader, mais il était vraiment paniqué. Donc, j'ai dû aller le voir pour le calmer.

— C'est réussi. Plus calme que mort, c'est difficile.

— Il refusait de m'écouter, alors qu'est-ce que tu voulais que je fasse ? J'ai pensé que j'avais fait du bon boulot en maquillant ça en suicide.

— Tu as une belle vie — une belle maison, une belle femme, de beaux enfants. Pourquoi détourner des fonds ?

— Au début, c'était juste de l'argent de poche. Tipp et moi, on jouait au poker avec une bande de gars, le lundi soir. Et la femme de Tipp ne voulait jamais lui filer du blé. Du coup, il a commencé à détourner des fonds. Juste deux petits comptes pour jouer au poker. Mais c'était tellement facile. Je veux dire, personne ne s'apercevait que ces sommes disparaissaient. Du coup, on a décidé d'élargir nos opérations à une grosse partie des comptes de Vito. Tipp connaissait Lipinski et Curly, et il les a mis sur le coup.

Shempsky s'essuya le nez une fois de plus.

— Si au moins j'avais eu l'occasion de me faire beaucoup de fric à la banque, poursuivit-il. Mais non ! Mon boulot est un cul-de-sac. C'est ma tête, tu comprends. Je ne suis pas bête.

J'aurais pu devenir quelqu'un, seulement personne ne fait attention à moi. Dieu nous donne à tous un talent ou un autre. Et tu sais ce que c'est, le mien ? C'est de passer inaperçu. Personne ne se souvient de moi, de mon visage. Ça m'a pris des années, mais j'ai enfin trouvé comment tirer parti de mon talent.

Il partit d'un rire un peu barje qui mit tous les poils de mes bras au garde-à-vous.

— Mon talent, c'est que je peux escroquer les gens, les assassiner en pleine rue, et personne ne le remarque !

Allen Shempsky était soûl ou complètement fou. Ou les deux. Et vu le tour que prenait son soliloque, il n'aurait même pas besoin de me tirer dessus parce que j'étais déjà à moitié morte de trouille. Mon cœur battait à tout rompre, résonnant à mes oreilles.

— Qu'est-ce que tu vas faire maintenant ? demandai-je.

— Après t'avoir butée, tu veux dire ? Que veux-tu que je fasse ? Je vais rentrer à la maison. Ou peut-être que j'irai faire un tour en bagnole au hasard. Je suis plein aux as. Je peux me permettre de ne pas retourner à la banque si je n'en ai pas envie.

Shempsky suait à grosses gouttes, mais sous le rouge qui lui était monté aux joues il était blême.

— Putain, fit-il. Je me sens vraiment pas bien.

Il se leva, pointa son revolver sur moi.

— T'as pas quelque chose contre la crève ? me demanda-t-il.

— Juste de l'aspirine.

— Ça suffira pas, l'aspirine. J'aimerais rester là et discuter plus longtemps avec toi, mais il faut que j'aille acheter des médicaments. Je crois que j'ai de la fièvre.

— Tu n'as pas l'air dans ton assiette.

— Je parie que j'ai les joues rouges.

— Oui, et les yeux vitreux.

On entendit un grattement en provenance de l'escalier de secours. On tourna tous les deux la tête, mais on ne vit que la nuit derrière la fenêtre brisée.

Shempsky se retourna vers moi et arma le chien de son arme.

— Maintenant, ne bouge pas, me dit-il, que je puisse te tuer avec la première balle. C'est mieux. C'est beaucoup plus propre. Et puis si je te tire dans le cœur, tu pourras avoir un cercueil ouvert. Je sais que tout le monde apprécie.

Nous prîmes tous deux une profonde inspiration — moi me préparant à mourir, lui se préparant à viser. Mais au même instant, l'air fut transpercé par un cri à glacer les sangs, un cri de folie furieuse. Et Ramirez emplit l'espace de la fenêtre, les traits déformés par la rage, ses petits yeux noyés de haine.

Shempsky se retourna instinctivement et fit feu, vidant son chargeur sur Ramirez.

Je ne perdis pas de temps à essayer de courir. Je *volai* littéralement à travers mon salon jusqu'à ma porte, puis dans le couloir, puis jusqu'au bas des deux volées de marches, et faillis rentrer de plein fouet dans la porte de Mme Keene. Je tambourinai non-stop.

— Dieu du ciel, dit-elle, on peut dire que vous avez une nuit agitée, vous. Qu'est-ce qui se passe maintenant ?

— Votre revolver ! Donnez-moi votre revolver !

J'appelai la police et remontai, revolver au poing. La porte de mon appartement était grande ouverte. Shempsky n'était plus là. Et Briggs était toujours vivant dans ma penderie.

Je lui arrachai le Scotch de la bouche.

— Ça va ?

— Merde, dit-il. J'ai fait dans ma culotte.

Les policiers débarquèrent les premiers, puis ce fut le tour des auxiliaires médicaux, puis des inspecteurs de la Crime, et enfin du médecin légiste. Ils n'eurent aucune difficulté à trouver mon appartement : la plupart d'entre eux y étaient déjà venus. Morelli était arrivé avec les policiers.

Trois heures s'étaient écoulées et la petite sauterie touchait à sa fin. J'avais fait ma déposition. Il ne restait plus maintenant qu'à enfiler le corps de Ramirez dans une housse et à l'évacuer. Rex et moi nous étions repliés à la cuisine pendant que les professionnels faisaient leur travail. Randy Briggs était parti après sa déposition, décidant qu'il était plus sûr de vivre dans son appartement sans porte que chez moi.

Rex avait l'air d'être toujours ingambe ; moi j'étais vannée, en manque d'adrénaline. J'avais l'impression de n'avoir plus qu'une pinte de sang dans les veines.

Morelli me rejoignit et, pour la première fois de la soirée, on put partager un moment de solitude.

— Tu devrais être soulagée, dit-il. Tu n'as plus d'inquiétudes à avoir au sujet de Ramirez.

J'opinai.

— C'est horrible à dire, mais je suis ravie qu'il soit mort. Des nouvelles de Shempsky ?

— Personne ne l'a vu, ni lui ni sa voiture. Il n'est pas retourné à son domicile.

— Je crois qu'il a pété les plombs. Et il a une grosse crève. Il avait l'air vraiment mal en point.

— Qui n'aurait pas l'air mal en point en étant recherché pour plusieurs meurtres ? On te laisse sous la garde d'un policier ce soir pour être sûr que personne n'entre par ta fenêtre, mais tu risques d'avoir froid dans ta chambre. Je pense qu'il vaudrait mieux que tu dormes ailleurs. Je vote pour chez moi.

— J'aurai moins peur chez toi. Je te remercie.

Le chariot portant le corps roula sur le sol de l'entrée avec un bruit métallique et franchit ma porte. J'eus la nausée, et pris le bras de Morelli. Il m'attira contre lui et me serra très fort.

— Tu te sentiras mieux demain, dit-il. Tu as besoin d'une bonne nuit de sommeil.

— Avant que j'oublie, tu m'as laissé un message en me disant que tu voulais me parler...

— On a interrogé Harvey Tipp au poste et il a bavé comme un crapaud. Je voulais te mettre en garde contre Shempsky.

Je fus réveillée par le soleil qui entrait à flots par la fenêtre de la chambre de Joe... qui n'était pas à côté de moi. Je me revoyais vaguement m'endormir dans sa voiture en venant chez lui, puis me rendormir à côté de lui. Je ne me souvenais absolument pas qu'on ait fait l'amour d'une façon ou d'une autre. Et comme ma petite culotte était sur moi et non en boule par terre... CQFD.

Je quittai le lit et gagnai la salle de bains pieds nus. Je vis une serviette humide accrochée derrière la porte, et un jeu de serviettes propres délicatement posées sur le rebord de la baignoire à mon intention. Un mot était scotché au miroir au-dessus du lavabo. « Dois partir tôt pour le boulot. Fais comme chez toi. » Ça confirmait mes soupçons : je m'étais endormie dès que j'avais posé la tête sur l'oreiller. Et comme Morelli appréciait qu'on réagisse à ses caresses, il n'en avait pas profité pour m'obliger à m'acquitter de ma dette à son égard.

Je me douchai, m'habillai et partis à la cuisine en quête d'un petit déjeuner. Morelli ne se constituait pas de stocks de Pop-Tarts, aussi dus-je me rabattre sur un sandwich au beurre de cacahuètes. J'en avais mangé la moitié quand mon job de chauffeur me revint en mémoire. Je n'avais pu trouver le temps de lire mes instructions et je ne savais absolument pas où je devais aller chercher le cheikh. Je farfouillai dans le désordre de mon fourre-tout et finis par retrouver la carte. Elle stipulait que Tank devait m'amener la limousine à neuf heures, que je devais prendre le cheikh à dix heures et le conduire à l'aéroport de Newark. Il était bientôt huit heures. Je m'empressai de terminer mon sandwich, fourrai mes vêtements de la veille dans mon sac en toile et appelai Mary Lou pour qu'elle me dépose.

— Ouah, fit-elle, on peut dire que tu sais y faire. Quand je t'ai laissée, tu étais avec Ranger, après Morelli. Tu as dû avoir une nuit mouvementée...

— Tu n'en connais pas le quart.

Je lui racontai tout : le baiser, Ramirez, Shempsky, et finalement Morelli.

— Je n'arrive pas à imaginer qu'on puisse être trop crevée pour coucher avec Morelli, dit-elle. Bon, évidemment, je ne me suis jamais fait agresser par un violeur homicide, ni menacer à bout portant par un banquier frappadingue, ni retrouvée avec un type assassiné sur mon escalier de secours.

Quand j'entrai dans le hall de mon immeuble, Mme Bestler attendait l'ascenseur.

— Vous montez ? dit-elle. Premier étage... ceintures, sacs à main, housses mortuaires...

— Je prends l'escalier, lui dis-je. Un peu d'exercice ne me fera pas de mal.

J'ouvris la porte de mon appartement et surpris un jeune flic en train de donner des croquettes à Rex.

— Il avait l'air d'avoir faim, me dit-il. J'espère que ça ne vous ennuie pas.

— Pas du tout. N'hésitez pas à vous joindre à lui pour le petit déjeuner. Fouillez dans le frigo, vous finirez bien par trouver quelque chose que vous aimez.

Il me sourit.

— Merci. Un vitrier est en train de réparer votre fenêtre. C'est Morelli qui lui a demandé de venir. Je suis censé partir dès qu'il aura fini.

— Ça me paraît très bien.

Direction ma chambre. Je pris mon uniforme de chauffeur — tailleur noir, bas, chaussures à talons —, allai me changer dans la salle de bains, fis un raccord maquillage, rimmel et laque. Quand je ressortis, le vitrier s'en était allé, et ma fenêtre réparée était d'une propreté étincelante.

Je pris mon sac à bandoulière, dis *bye-bye* à Rex et filai au parking.

Quand je sortis par la porte de derrière à neuf heures tapantes, Tank m'y attendait déjà avec une carte et mon itinéraire.

— Ça devrait te prendre une demi-heure d'ici, me dit-il.

— Il sait que c'est moi qui le conduis?

Tank se fendit d'un sourire.

— On a pensé que ça lui ferait une jolie surprise.

Je pris les clés de la limousine et me glissai au volant.

— Tu es armée, hein?

— Ouais.

— Et ça va après ce qui s'est passé hier soir?

— Comment es-tu au courant?

— C'est dans le journal.

Super!

Je dis au revoir à Tank du bout de mon petit doigt et démarrai. Je gagnai Hamilton Avenue et tournai à droite puis m'engageai dans le Bourg.

Je n'avais pas l'intention de détruire une autre voiture noire. Je me garai devant chez mes parents et entrai pour prendre les clés du garage.

— Tu as encore droit aux honneurs de la presse, me dit ma grand-mère. Et le téléphone sonne non-stop. Ta mère fait du repassage à la cuisine.

Ma mère fait toujours du repassage dans les moments de crise. Certains boivent, d'autres se droguent. Ma mère repasse.

— Comment va papa ? demandai-je à ma grand-mère.

— Il est sorti faire des courses.

— Pas de problèmes liés au boîtier paralysant ?

— Bah, il n'est pas le plus heureux des hommes, mais à part ça, il va bien. Je vois que tu as encore une nouvelle voiture.

— C'est un prêt. J'ai un boulot de chauffeur. Je vais la laisser ici et reprendre la Buick. Je me sens plus en sécurité dans la Buick.

Ma mère sortit de la cuisine.

— C'est quoi, cette histoire de chauffeur ?

— Ce n'est rien, dis-je. Je dois conduire un homme à l'aéroport.

— Bien, dit ma mère. Emmène ta grand-mère.

— Mais je ne peux pas !

Ma mère me tira dans la cuisine et baissa d'un ton.

— Tu conduirais le pape dans sa *papamobile* que ta grand-mère irait quand même avec toi. Si elle dit un mot de travers à ton père quand il rentrera, il va lui régler son compte au couteau à viande. Alors, à moins que tu ne tiennes à avoir encore plus de sang sur les mains, tu vas faire ton devoir de petite-fille et sortir ta grand-mère de cette maison pendant quelques heures jusqu'à ce que les choses se tassent. Et de toute façon, tout est ta faute.

D'un geste vif, ma mère posa une chemise sur la planche à repasser puis enchaîna avec le fer.

— Et qu'est-ce que j'ai fait pour avoir une fille qui a des hommes qui se tirent dessus sur son escalier de secours ? Le téléphone n'a pas arrêté de sonner de toute la matinée. Qu'est-ce que tu veux que je dise aux gens ? Comment puis-je expliquer tout ça ?

— Tu n'as qu'à leur dire que je recherchais oncle Fred et que les choses ont mal tourné.

Ma mère secoua son fer en l'air.

— Ah, lui, s'il n'est pas déjà mort, je le tuerai de mes propres mains !

Hum. Apparemment, maman était légèrement stressée.

— D'accord, dis-je. J'emmène mamie.

Ce n'était peut-être pas une mauvaise idée, après tout. Il m'était avis que le cheikh pervers serait moins prompt à exhiber sa zézette en présence de ma grand-mère.

— Quel dommage qu'on ne puisse pas prendre cette belle voiture noire, dit ma grand-mère. Elle fait plus voiture de maître.

— Je ne veux courir aucun risque, lui dis-je. Je veux que rien n'arrive à cette limousine, alors je vais l'enfermer à double tour dans le garage.

Je chargeai mamie dans la Buick que je sortis de l'allée en marche arrière et garai dans la rue.

Puis, je rentrai prudemment la Lincoln au garage et verrouillai les portes.

Très exactement trente-cinq minutes plus tard, j'arrivai à l'adresse que Tank m'avait donnée. Elle était située dans un quartier résidentiel composé de maisons avec parc d'au moins un hectare. La plupart d'entre elles étaient nichées au bout d'une allée fermée par un portail électronique et bordée d'arbres et de haies taillées d'une main de pro. J'appuyai sur le bouton de l'interphone et déclinai mon identité. Les battants du portail s'écartèrent, et je m'engageai dans l'allée vers la maison.

— Bien sûr, c'est très joli, dit ma grand-mère, mais ils ne doivent pas recevoir beaucoup de visites à l'improviste. Je te parie qu'ils passent complètement à côté d'Halloween.

Je demandai à ma grand-mère de ne pas bouger et me dirigeai vers la porte qui s'ouvrit... sur Ahmed Fahed qui, en me voyant, fit grise mine.

— Vous ! s'écria-t-il. Qu'est-ce que vous fichez ici ?

— Surprise surprise ! C'est moi, votre chauffeur.

Il lança un coup d'œil à la voiture.

— C'est quoi, ce machin ?

— C'est une Buick.

— Il y a une vieille dame à l'intérieur.

— C'est ma grand-mère.

— Laissez tomber. Je ne vais pas avec vous. Vous êtes incompétente.

Je le pris par le bras et le tirai vers moi.

— De vous à moi, j'ai eu deux ou trois jours un peu difficiles, lui dis-je. Et ma patience a des limites. Alors, j'apprécierais que vous montiez en voiture sans faire trop d'histoires. Parce que sinon... je vous tire une balle dans la tête.

— Ah, j'aimerais bien voir ça!
— Chiche?

Un homme se trouvait derrière Ahmed Fahed. Il portait deux valises et semblait mal à l'aise.

— Mettez-les dans le coffre, lui dis-je.

Une femme nous rejoignit à la porte.

— Qui est-ce? demandai-je au gamin.
— Ma tante.
— Faites-lui au revoir en souriant et montez dans la voiture.

Il poussa un soupir et fit au revoir de la main. Je fis au revoir de la main. Tout le monde se fit au revoir de la main. Et nous voilà partis.

— On serait bien venues avec la voiture noire, dit ma grand-mère à Ahmed Fahed, mais les voitures noires, elles portent la poisse à Stéphanie.

Ahmed Fahed s'enfonça dans la banquette arrière, tout renfrogné.

— Sans blague, fit-il.
— Mais avec celle-là, vous n'avez aucun souci à vous faire, poursuivit ma grand-mère. Celle-là, elle était enfermée au garage, alors personne n'a pu mettre de bombe. Et, touchons du bois, elle n'a pas encore explosé.

Je pris la Route 1 jusqu'au Nouveau-Brunswick, puis l'autoroute et je fonçai vers le nord, poussant la Buick pied au plancher, soulagée que mon passager soit toujours entièrement habillé et que ma grand-mère se soit endormie, bouche ouverte, retenue par sa ceinture de sécurité.

— Je suis étonné que vous travailliez toujours pour cette société, dit Ahmed Fahed. Si j'étais votre employeur, je vous aurais virée.

Je fis la sourde oreille et allumai l'autoradio.

Il se pencha vers moi.

— Peut-être est-ce difficile de trouver des gens compétents pour faire ce genre de petit boulot merdique...

Je lui lançai un coup d'œil dans le rétro.

— Je te file cinq dollars si tu me fais voir tes seins, chuchota-t-il.

Je levai les yeux au ciel et augmentai le volume de la radio.

Il se renfonça dans son siège.

— Ce que c'est chiant ! cria-t-il. Je n'aime pas cette musique !

— Vous avez soif ?

— Oui.

— Vous voulez qu'on s'arrête pour acheter à boire ?

— Oui !

— Ça tombe mal.

J'avais branché mon téléphone portable sur l'allume-cigares et fus surprise de l'entendre sonner.

C'était Briggs.

— Où êtes-vous ? me demanda-t-il. C'est votre portable, là ?

— Oui. Je suis sur l'autoroute du New Jersey, sortie 10.

— C'est vrai ? C'est génial. J'en ai une bien bonne à vous raconter. J'ai bossé toute la nuit pour m'introduire dans le système informatique de Shempsky. J'ai réussi à accéder à ses dossiers, et j'ai quelque chose d'intéressant. Hier soir tard, il a réservé un billet d'avion, et il doit partir de Newark dans une heure et demie pour Miami.

— C'est vous le meilleur !

— Hé, ne charriez pas une personne de petite taille.

— Appelez la police. Non, appelez d'abord Morelli.

Je lui donnai les numéros de Joe.

— Si vous n'arrivez pas à l'avoir, appelez le commissariat. Ils contacteront leurs collègues de Newark. Moi, je vais essayer de repérer Shempsky sur la route.

— Je ne peux pas dire à la police que j'ai joué au hacker !

— Dites-leur que c'est moi qui vous ai donné l'info en vous demandant de la relayer.

Un quart d'heure plus tard, je ralentissais pour la sortie au péage. Mamie Mazur, pleinement éveillée, cherchait des yeux la Taurus bordeaux, et Ahmed Fahed boudait dans son coin, bras croisés sur sa poitrine.

— C'est lui ! cria ma grand-mère. Je le vois, là, devant nous ! Regardez cette voiture bordeaux qui vient de repartir du péage tout à gauche !

Je payai mon écot autoroutier et lançai un coup d'œil à la voiture. Oui, effectivement, elle ressemblait à la voiture de Shempsky, mais c'était la quatrième fois que ma grand-mère était certaine de l'avoir vue en cinq minutes. Il y avait beaucoup de voitures bordeaux sur l'autoroute du New Jersey.

J'appuyai sur le champignon et me lançai aux trousses de la voiture pour vérifier. C'était bien une Taurus, et la couleur de cheveux du conducteur pouvait coller, mais vu de dos, je ne pouvais pas être sûre.

— Il faut que tu le doubles, me dit ma grand-mère.

— Si je le double, il va me voir.

Mamie Mazur sortit un .44 Magnum de son sac à main.

— Penchez-vous tout le monde, je vais lui tirer dans les pneus!

— Non! criai-je. Personne ne tire! Si tu tires une seule fois, je le dis à maman. On n'est même pas sûres qu'il s'agisse bien d'Allen Shempsky.

— C'est qui, Allen Shempsky? demanda Ahmed Fahed. C'est quoi ce binz?

Je roulai juste derrière la Taurus. Il aurait été plus prudent qu'il y ait une voiture entre nous, mais je craignais de la perdre dans la circulation.

— Mon père vous a embauchée pour me protéger, dit Ahmed Fahed, pas pour faire une course-poursuite.

Ma grand-mère, penchée en avant, plissait les yeux pour essayer de voir le conducteur de la Taurus.

— On pense que ce type a tué Fred.

— C'est qui, Fred?

— Mon oncle, lui dis-je. C'est le mari de tatie Mabel.

— Ah, donc vous voulez venger un meurtre familial. Ça, c'est bien.

Rien de tel qu'une petite vengeance pour combler le fossé culturel.

La Taurus prit la sortie pour l'aéroport. Le conducteur regarda dans son rétro pour changer de file, puis tourna carrément la tête pour nous lancer un regard médusé. C'était bien Shempsky. Et j'étais repérée. Nous sommes très peu dans le New Jersey à rouler en Buick 53 bleu pastel et blanc. Il devait se demander comment diable je m'y étais prise pour le retrouver.

— Il nous a vus, dis-je.

— Rentrez-lui dedans, dit Ahmed Fahed. Forcez-le à s'arrêter. Et puis on lui fonce tous les trois dessus et on mate ce chien !

— Ouais ! renchérit ma grand-mère. Tamponne le derrière de ce gros bébé !

En théorie, l'idée se tenait. En pratique, je craignais qu'il n'en résulte un carambolage d'une vingtaine de véhicules les uns sur les autres, et un gros titre dans le journal : La Chasseuse de Primes Explosive a Encore Frappé !

Shempsky fit une embardée et changea de file. Il doubla deux voitures, rechangea de file. Il approchait du terminal, et il était bien décidé à me semer à tout prix. Il se faufila entre deux voitures et percuta la portière d'un pick-up bleu. Il braqua sec et emboutit l'arrière d'un 4 × 4. Tout le monde s'arrêta derrière l'accident. Trois voitures nous séparaient, et je ne pouvais m'approcher. On n'avançait plus.

L'aile avant droite de la Taurus de Shempsky était en accordéon dans la roue. Il était bloqué.

Il allait s'enfuir. Je bondis de la Buick et partis comme une flèche. Ahmed Fahed était derrière moi, suivi de Mamie Mazur.

Shempsky fonça vers les comptoirs d'enregistrement, bousculant les gens, les enfants, les bagages. Je le perdis de vue un instant dans le terminal bondé, puis le repérai juste devant moi. Je me mis à courir le plus vite possible sans me soucier de qui je pouvais faire tomber. Je me jetai sur lui et réussis à l'attraper par le pan de sa veste. Ahmed Fahed lui sauta dessus un dixième de seconde plus tard, et on tomba tous les trois par terre. On fit quelques roulés-boulés, mais Shempsky n'opposa guère de résistance.

Pendant qu'Ahmed Fahed et moi le maintenions à terre, Mamie Mazur arriva au son de ses semelles de crêpe. Elle avait son revolver au poing et nos deux sacs à main coincés à la pliure de son coude.

— Ne laisse jamais ton sac dans la voiture, me dit-elle. Tu as besoin du revolver ?

— Non. Range ça et donne-moi les menottes.

Elle fouilla dans mon fourre-tout, trouva lesdites menottes, me les tendit et je les passai à Shempsky.

Ahmed Fahed et moi nous relevâmes, et on se tapa tous les trois dans les mains pour sceller notre victoire, en haut, en bas, et là-dessus Ahmed Fahed et Mamie Mazur enchaînèrent avec un langage des signes compliqué qui, pour moi, n'avait ni queue ni tête.

Constantin Stiva, à l'entrée du salon de repos,

gardait l'œil sur le cercueil au fond de la salle. Mamie Mazur et Mabel se tenaient côte à côte à la tête du cercueil, recevant les condoléances et présentant leurs excuses.

— Nous sommes vraiment désolées, dit Mamie Mazur à Mme Patucci. Nous avons été obligées de faire fermer le cercueil car cela faisait deux semaines que Fred était dans la terre quand nous l'avons retrouvé, et les vers lui avaient déjà rogné une grande partie du visage.

— Comme c'est dommage, soupira Mme Patucci. Il manque quelque chose quand on ne peut pas voir le défunt.

— C'est tout à fait mon point de vue, confirma ma grand-mère. Mais Stiva n'a vraiment rien pu faire, et il nous a imposé de fermer le couvercle.

Mme Patucci se retourna et regarda Stiva. Stiva lui adressa un petit signe de tête compatissant et lui sourit.

— Ce Stiva! dit Mme Patucci.

— Oui, fit ma grand-mère. Il nous regarde comme un vautour.

Allen Shempsky avait enterré Fred dans un trou peu profond au centre d'un bouquet d'arbres en face du cimetière pour chiens de Klockner Boulevard. Il prétendait avoir tiré sur Fred sans le vouloir, ce qui était difficile à croire étant donné que la balle mortelle avait frappé Fred entre les deux yeux.

Fred avait été exhumé le vendredi matin, l'autopsie faite le lundi, et en ce mercredi, sa dépouille était exposée en *prime time*. Mabel semblait s'amuser, et Fred aurait été heureux de voir qu'il y avait foule. En gros, tout baignait.

J'étais dans le fond de la pièce, à côté de la porte, comptant les minutes avant de pouvoir partir. J'essayais de me faire la plus discrète possible, les yeux fixés sur la moquette, pas particulièrement désireuse de parler de Fred ou de Shempsky.

Une paire de bottes de moto entra dans mon champ de vision. Elles étaient reliées à des jambes en Levi's que je ne connaissais que trop bien.

— Salut, ma belle, dit Morelli. Tu t'amuses bien ?

— Oui. J'adore les expositions des corps. À côté, un match Rangers contre Pittsburgh, c'est de la gnognotte. Ça fait un bail, dis donc.

— Depuis que tu es tombée dans le coma tout habillée dans mon lit.

— Je ne me suis pas réveillée tout habillée.

— Tu avais remarqué ?

Je me sentis rougir.

— Je suppose que tu étais très occupé.

— J'ai dû boucler l'affaire avec les fédés. Ils ont voulu interroger Vito à Washington, et Vito tenait à ce que je l'accompagne. Je viens de rentrer cet après-midi.

— J'ai arrêté Shempsky.

Je récoltai un sourire.

— On m'a dit ça. Félicitations.

— Je ne comprends toujours pas pourquoi il en est venu à tuer des gens. Pourquoi ne s'est-il pas contenté de jouer son rôle de banquier et d'ouvrir des comptes clients ?

— Il était censé faire transiter l'argent via une banque des îles Caïmans sur des comptes exonérés d'impôts. L'ennui, c'est qu'il détournait l'argent détourné. Quand Lipinski et Curly ont paniqué et exigé leur part, l'argent n'était plus là.

Shempsky ne m'avait pas raconté tout ça.

— Pourquoi n'a-t-il pas refait transiter les fonds ?

— Il avait fait de mauvais placements. Je crois qu'il a été dépassé par les événements, et ç'a été de mal en pis, jusqu'au moment où il a complètement perdu le contrôle de la situation. Il y avait aussi d'autres irrégularités bancaires. Shempsky savait que c'était de l'argent sale.

Je sentis une haleine tiède sur mon cou. Morelli regarda la personne qui venait d'arriver et grimaça.

C'était Bobosse.

— Joli coup de filet, poupée, dit-il.

Il s'était fait couper les cheveux, et était lavé et rasé de près. Il portait une chemise, un pull ras du cou et un pantalon de ville. Sans ses sourcils, je ne l'aurais peut-être pas reconnu.

— Qu'est-ce que vous fichez ici ? lui demandai-je. Je croyais que l'enquête était close ? Vous ne retournez pas à Washington ?

— Tous les fédés ne travaillent pas à Washington. Il se trouve que je suis un fédé du New Jersey.

Du regard, il fit le tour de la salle.

— Je me disais que Lula serait peut-être ici, dit-il, puisque vous êtes si liées toutes les deux.

Je lui adressai un haussement de sourcils.

— Lula?

— Ouais. Ben... je me disais qu'on pourrait peut-être bien s'amuser ensemble.

— Écoutez, ce n'est pas parce qu'elle a fait le trottoir...

Il m'arrêta d'un geste.

— Hé, ce n'est pas ça du tout. Je la trouve sympa, quoi. Je la trouve... cool.

— Alors, appelez-la.

— Vous croyez que je peux? Je veux dire, vous ne pensez pas qu'elle risque de me raccrocher au nez à cause du coup des roues?

Je pêchai un stylo dans le fond de mon sac et écrivis le numéro de Lula sur le dos de la main de Bobosse.

— Prenez le risque.

— Et moi? fit Morelli, une fois Bobosse parti. Est-ce que j'aurai droit à un numéro sur ma main?

— Tu as assez de numéros pour toute ta vie.

— Tu as une dette envers moi...

Un frisson ricocha dans mon ventre.

— Oui, reste à savoir quand je vais la payer.

— La balle est dans ton camp.

J'avais déjà entendu ça quelque part!

Mamie Mazur me faisait signe de l'autre bout de la salle.

— Ho, ho! cria-t-elle. Viens par ici une minute!

— Il faut que j'y aille, dis-je à Morelli.

Il prit mon stylo dans mon sac et écrivit son numéro de téléphone sur le dos de ma main.

— *Ciao,* dit-il.

Et il partit.

— La fête est bientôt finie, me dit-elle. On va tous chez Mabel manger un moka, et elle veut nous montrer sa nouvelle chambre. Tu viens avec nous ?

— Merci, mais je crois que je passe mon tour. À demain.

— C'est moi qui te remercie, me dit Mabel. La nouvelle société de ramassage des ordures que tu m'as trouvée est vraiment très bien.

Je garai la Buick et m'accordai quelques instants pour jouir de la nuit. L'air était vif et le ciel sans étoiles. Des lumières brillaient aux fenêtres de mon immeuble. Les seniors regardaient la télé. Poseurs de bombes et violeurs ne rôdaient plus dans ce petit quartier de Trenton qui avait recouvré sa tranquillité. Je gagnai mon hall d'entrée et fis un crochet par la rangée de boîtes aux lettres pour prendre mon courrier. Un prélèvement de carte de crédit, un rappel de rendez-vous chez le dentiste, une enveloppe à en-tête de RangeMan qui contenait un chèque pour service rendu au cheikh. Il y avait aussi un mot de Ranger. « Ravi que la Lincoln ait survécu, mais tu l'avais enfermée dans un garage. Tricher n'est pas jouer ! » Son baiser me revint en mémoire, et un nouveau frisson me ricocha de par le corps.

Je montai l'escalier au petit trot, entrai chez moi, fermai la porte à clé et fis le point. Mon appartement était tout beau tout propre. J'avais fait un week-end grand ménage. Pas de vaisselle sale sur le comptoir. Pas de chaussettes par terre. Rex avait une cage impeccable, et les copeaux de pin sentaient bon la forêt. L'ambiance était accueillante, douillette, tranquille. Et intime.

— Et si j'invitais quelqu'un ? suggérai-je à Rex. C'est vrai, quoi, l'appart n'a jamais été aussi propre. Et mes jambes sont épilées. Sans parler de cette petite robe géniale que je n'ai jamais mise...

Rex me décocha un regard pour me signifier qu'il ne savait pas trop sur quel pied danser en ce qui concernait mes intentions.

— O.K. ! finis-je par lui dire. Et alors, où est le problème ? Je suis une grande fille ! J'ai des envies de grande fille.

Je songeai à Ranger, encore, en essayant d'imaginer ce qu'il donnerait au lit. Puis je songeai à Joe. Lui, je savais ce qu'il donnait au lit.

Dilemme.

Je pris deux bouts de papier, écrivis Joe sur l'un et Ranger sur l'autre. Je les laissai tomber dans un bol, fermai les yeux, les mélangeai et en tirai un. Que Dieu décide à ma place !

Je lus le prénom. J'espérais que Dieu savait ce qu'il faisait. Je montrai le papier à Rex qui n'eut pas l'air trop d'accord, alors je recouvris sa cage d'un torchon.

J'appuyai sur le numéro en mémoire avant que le courage ne me manque.

— J'aimerais te demander ton avis sur une de mes robes, lui dis-je.

Bref silence.

— Quand ?
— Maintenant.

Je suppose qu'il y a un moment et un lieu pour tout — et le moment était venu pour l'ersatz de robe noire moulante. Je l'enfilai par la tête et la plaquai contre mon corps. Elle m'allait comme un gant. Je secouai mes cheveux pour leur donner du volume, et pulvérisai quelques gouttes de Dolce Vita sur mes poignets. Je glissai mes pieds dans mes chaussures à bride à talons sexe, et fis une retouche rouge à lèvres. Écarlatissime. *Ouah!*

J'allumai une bougie sur la table basse et une autre dans la chambre. Je tamisai l'éclairage. J'entendis la porte de l'ascenseur s'ouvrir, et mon cœur bondit dans ma poitrine. Ressaisis-toi, me dis-je. Tu n'as aucune raison d'être nerveuse. C'est la volonté de Dieu.

Tu dis n'importe quoi, me souffla ma petite voix intérieure. Tu as triché. Tu as entrouvert un œil avant de choisir le papier.

O.K., j'avais triché. Et alors? L'important, c'est que j'aie pioché l'homme qu'il me fallait. Peut-être pas l'homme de ma vie, mais en tout cas l'homme de ma nuit.

J'allai lui ouvrir au second coup qu'il frappa à ma porte. Je n'étais pas si impatiente que ça! Je reculai, et nos regards se croisèrent. Il ne trahissait aucun signe de nervosité, lui. De la curiosité, peut-être. Et du désir. Et autre chose aussi — peut-être le besoin d'être sûr que c'était ce que je voulais.

— Salut, lui dis-je.

Il parut amusé, mais pas au point de sourire. Il entra, referma la porte, tourna le verrou. Sa

respiration était régulière et profonde, son regard sombre, son expression grave tandis qu'il me dévorait des yeux.
— Jolie, la robe, dit-il. Enlève-la.

Faites de nouvelles découvertes sur **www.pocket.fr**

- Des 1ers chapitres à télécharger
- Les dernières parutions
- Toute l'actualité des auteurs
- Des jeux-concours

POCKET

Il y a toujours un **Pocket** à découvrir

Impression réalisée par

Brodard & Taupin
50068 – La Flèche (Sarthe), le 25-11-2008

Dépôt légal : juin 2003

POCKET – 12, avenue d'Italie - 75627 Paris cedex 13

Imprimé en France